LE CŒUR À LA CRAIE

Paru dans Le Livre de Poche :

L'ENFANT LÉOPARD

PAULETTE ET ROGER

LA TREIZIÈME MORT DU CHEVALIER

DANIEL PICOULY

Le Cœur à la craie

ROMAN

GRASSET

© Éditions Grasset & Fasquelle, 2005.
ISBN : 978-2-253-11567-0 – 1re publication LGF

A Benjamin Franklin, inventeur du paratonnerre
et saint patron des coups de foudre

Le coup de foudre est un cœur à la craie
qui jamais ne s'efface

1

Record du monde

Je vais bientôt avoir neuf ans et je ne suis toujours pas tombé amoureux. Pas le moindre coup de foudre. Encore plus difficile pour moi de tomber amoureux que pour M. Coty de trouver un président du Conseil. La IVe République est en danger, dit la radio. Moi aussi.

Neuf ans déjà et toujours rien.

Il faut que je me rende à l'évidence, je ne suis pas un enfant précoce.

Mon père, lui, a été précoce.

Précoce en tout : football, pêche, barre fixe, bricolage, boxe, mais surtout, précoce en amour.

Quand le p'pa rencontre la m'am, il a 8 ans, 9 mois, et 18 jours. Il tombe amoureux d'elle, comme ça, clac !

Record du monde de coup de foudre.

Il a été homologué à 8 ans, 9 mois, 18 jours, 11 heures, 54 minutes et 9 secondes. Une sacrée performance. Elle tient depuis vingt-huit ans, mais j'ai décidé de la battre.

L'idée m'est venue en calculant la date à laquelle j'aurai le même âge que lui, le jour de son coup de foudre. J'en ai laissé tomber le crayon.

C'était dans une semaine.

Je n'ai plus pensé qu'à ça. Le temps a filé. Aujourd'hui, même en recomptant lentement sur mes doigts, il ne me reste plus que vingt-quatre heures pour réussir.

— Moi, je n'y crois pas au coup de foudre.

Le non-croyant c'est Bonbec, mon copain de classe. Mon meilleur copain. On est tous les deux à l'école Foch (1851-1929) de Villemomble. La meilleure école du monde. On est dans la 7e de M. Brûlé, le meilleur maître du monde.

— Donc, je suis le meilleur élève du monde !

Ça, c'est ce prétentieux de Delac, premier de la classe à perpétuité, de père en fils. Comme une concession au cimetière.

Avec Bonbec, on s'est associés pour le détester. On ne peut pas le piffer, le sentir, l'encaisser, le saquer, le voir en peinture, l'encadrer... Plus on trouve de mots pour détester Delac, plus on le déteste et plus il le mérite.

Delac nous enrichit le vocabulaire.

Avec Bonbec, on s'est mis voisins de table. C'est plus pratique pour comploter. Attention, on est voisins, mais pas à la même place. Bonbec est plutôt tête de classe et moi plutôt queue. Quand je dis « plutôt », c'est « franchement » qu'il faut comprendre.

En changeant les mots, on change de place plus facilement qu'en faisant ses devoirs.

Bonbec, le non-croyant du coup de foudre, a l'air en forme, ce matin. Il ressemble à une grosse bulle de chewing-gum rose coiffée en brosse. Bonbec est gros. Même très gros pour son âge. Il dit qu'il a un ver solitaire et même plusieurs. En fait, il est gourmand. Goinfre. C'est un vrai ogre.

Un ogre rose capable de dévorer une boulangerie à lui tout seul.

— La boulangerie, la boulangère et le petit mitron !

Là, il se vante, pour étaler sa confiture en histoire. Bonbec est bon en histoire. Moi aussi. Les jours de compo, on n'est plus copains. Chacun pour soi, et pas d'antisèche.

L'antisèche, c'est une spécialité de Bonbec. Il en fait pour tout, même pour savoir quoi dire à sa poule. Il en a partout. « Tu ne peux pas savoir tout ce qu'on arrive à cacher sur un gros. »

En ce moment, on ne se cache pas, mais on attend sa poule sous la passerelle du chemin de fer, en feuilletant des piles de magazines. Dehors, il pleut à n'en plus finir. Bonbec prend son air songeur.

— Tu l'aimes, toi, ta mère ? Moi, je crois que je préférerais en avoir une autre.

Comparer nos parents ou être mort, ce sont deux de nos sports favoris.

Quand on est mort, on regarde notre enterrement d'en haut, pour vérifier le chagrin de notre famille. Dès qu'on les a bien vus pleurer, on réapparaît pour leur dire que c'était pour rire.

Comparer nos parents, c'est surtout parler de nos mères et élire la meilleure du monde. Bonbec a son idée.

— Pour moi, c'est celle de Jaquet. Elle est belle, bien habillée, gentille et fait les meilleurs moelleux aux marrons.

Mme Jaquet est la mère de Jean-Pierre, un copain de classe qui habite dans ma rue. C'est-vrai-que. Mais je ne dis trop rien, car la mienne, de mère, est toujours quelque part à voleter au-dessus de moi.

— Je ne sais pas comment tu fais pour avoir ta mère et un cheval dans la tête. Comment tu l'appelles, déjà, ton cheval ?

— Blanco.

Le pauvre. Depuis quelque temps, je l'oublie un peu partout : devant l'école, sous la passerelle, devant chez l'épicier. C'est à cause de cette histoire de coup de foudre. Elle me remplit la tête. Il n'y a plus de place pour lui. Le temps que ça se passe, j'ai décidé de laisser Blanco se reposer au Champ de personne, le terrain vague du quartier. Je reviendrai le chercher plus tard. Et là, on s'offrira une de ces galopes !

— Moi, rien que ma mère, je n'aimerais pas l'avoir dans la tête. Tu as vu sa taille ?

Surtout son poids. La mère de Bonbec « accuse 118 kilos sur la bascule » ! Dans cette expression, je n'ai jamais compris si on accusait la bascule ou le poids. Peu importe, avec la mère de Bonbec, il y a de quoi accuser pour deux.

— A 120 kilos, je me tue ! c'est ce qu'elle dit à chaque fois qu'elle se pèse.

Pour la mort d'Humphrey Bogart (1899-1957), ça avait failli. La mère de Bonbec engloutit des montagnes de chocolat à chaque disparition d'une vedette qu'elle aime. Alors on surveille leur santé dans les magazines. « Tu trouves pas qu'elle a mauvaise mine, Brigitte Bardot, dans la publicité Lux ? »

— Bonbec, pourquoi tu crois pas au coup de foudre ?

— C'est impossible pour des parents. Nous, d'accord, c'est de notre âge, mais eux, ils sont trop vieux.

— Il a bien fallu qu'ils commencent par être jeunes.

— Pas les miens. Quand je les regarde, je suis sûr qu'ils ont toujours été comme ça.

— T'as bien vu des photos d'avant.

— Chez nous, elles ont disparu. Comme ça, ma mère peut dire qu'elle n'a pas pris un gramme depuis son mariage. Mais je ne vois pas où elle aurait pu trouver une robe de mariée à sa taille.

La m'am non plus n'a pas de robe de mariée sur sa photo de noces. J'aurais bien aimé la voir avec un voile et un bouquet. Derrière la photo, il y a juste écrit « Paulette et Roger ». Pas de date. Je la regarde souvent pour essayer de comprendre : le p'pa a vingt et un ans, pile, la m'am vingt-sept. Elle est veuve et attend son dixième enfant. C'est Serge qui est dans son ventre. Il sera blond avec les yeux bleus, mais ça ne se voit pas encore.

— Pour faire un truc pareil, ton père, il devait être drôlement fou, ou drôlement amoureux.

Il a raison, Bonbec. Fou ou amoureux.

Fou, sûrement. En une seule photo, le p'pa devenait père de dix enfants, le jour de sa majorité. Amoureux, encore plus. C'est quand même la m'am qu'il tient par la taille.

En plus, il sourit. Tranquille. Bien droit. Elégant. Beau. On voit bien que le p'pa était taillé pour les records.

Pour les records et les mystères.

J'ai fait des calculs. Si le p'pa a eu son coup de foudre pour la m'am en 1929 et qu'ils se sont mariés en 1941, ça veut dire qu'il l'a gardé secret pendant douze ans.

A croire que les coups de foudre, c'est comme les bombes : il y en a à retardement.

— Tu peux toujours m'expliquer, je n'y crois pas à ton histoire de record du monde.

Qu'il y croie ou non, Bonbec, je vais le battre ce record.

Vingt-neuf ans que le p'pa le détient, ça suffit.

Place aux jeunes.

« Détenu », j'aime bien ce mot. Il donne l'impression que le record est prisonnier dans un donjon.

Un record, c'est comme une princesse qui attend que son chevalier la libère.

Son « preux chevalier ».

M. Brûlé nous avait demandé d'expliquer cette expression tirée d'une dictée.

J'avais répondu que *preux* est une abréviation de *preums* qui veut dire premier. Donc, dans un tournoi, le « preux chevalier » est celui qui arrive à toucher la princesse, le preux ! Alors, la princesse est à lui.

Les chevaliers battus sont *deuze* ou *troize*, comme quand on fait la course avec mes petites sœurs pour embrasser le p'pa au retour de l'usine.

Preums ! Deuze ! Troize ! Le seul tiercé que le p'pa touche dans l'ordre.

Elucubration, c'est ce que M. Brûlé avait écrit dans la marge.

Au moins le mot était joli.

Il faut que je m'y fasse, nous ne sommes plus au Moyen Age. Dommage. En ce temps-là, le temps durait plus longtemps, les guerres traînaient pendant cent sept ans. Aujourd'hui, les guerres ne sont plus des guerres, seulement des « événements » et ceux d'Algérie prennent « une vilaine tournure » comme dit Geneviève Tabouis à la radio.

La m'am va continuer à guetter les lettres de mes grands frères, envoyer des mandats et préparer des colis. Ne pas se tromper, surtout : c'est Gérard qui fume des Disque bleu et Roland des Balto.

Le p'pa prédit l'arrivée de son copain de Gaulle comme un chevalier qui vient sauver la France.

La France aussi est une princesse.

— Attention, le grand Charles reviendra pas pour inaugurer les chrysanthèmes.

Je ne comprends pas l'expression, mais je sens bien que le p'pa a envie de reprendre du service en Chaudrake, « l'homme qui sauve le général, à plein temps ».

Je me demande à quel âge de Gaulle a commencé à sauver la France. Est-ce qu'il était un enfant précoce ? Si je veux devenir quelqu'un comme lui, Alphonse Halimi ou Roger Rivière, il faut que je batte un record du monde. N'importe lequel. En politique, en course, en boxe, ou même en peinture. Ça ne devait pas être très difficile de battre Bernard Buffet. « Un génie précoce. » Vingt-huit ans ! il n'y avait pas de quoi se vanter. Quelques fusains, une grande toile et hop !

En politique, ça ne valait pas mieux. Félix Gaillard venait tout juste de battre le record de président du Conseil à trente-huit ans. J'avais le temps.

Par contre, en poésie, c'est déjà trop tard. Les sept ans et demi de Minou Drouet sont imbattables. Même si sa mère lui soufflait un peu. Au cinéma, c'est pire, à cause de Shirley Temple et Brigitte Fossey. Pour les livres n'en parlons pas. Françoise Sagan roule déjà en Jaguar. Un cabriolet en plus. A croire que toutes les places de premiers ont été prises par les filles. Elles sont plus précoces que les garçons. C'est injuste.

J'allais renoncer. Mais en lisant un *Paris Match*, j'ai eu un espoir : la musique.

Un article racontait l'histoire de Roberto Benzi, un Italien, petit, tout maigre, devenu le plus jeune chef d'orchestre du monde, en 48, l'année de ma naissance. Il avait moins de dix ans et jouait déjà à la salle Pleyel devant Mme Roosevelt et le président Vincent Auriol. J'avais calculé, c'était encore possible pour moi.

Tope là ! j'allais battre le record de Roberto Benzi.

Franchement, chef d'orchestre, fastoche. Il y a juste à bouger les bras et à avoir « l'oreille absolue ». Je l'avais lu dans l'article. Je ne savais pas ce que c'était, alors j'avais demandé à notre maîtresse de chant si je l'avais. Elle avait rigolé avec des dents jaunes pire que celles de l'harmonium. Paraît que c'est « rarissime » l'oreille absolue, que je n'ai même pas « l'oreille relative » et peut-être « pas d'oreille du tout ». J'étais vexé. Mon record du monde tombait à l'eau. L'expression m'avait donné l'idée de faire tomber celle de l'aquarium dans l'harmonium. En plus, ça rimait.

Au cours suivant, plus personne n'avait d'oreille.

Ma vocation de chef d'orchestre noyée, je me suis rabattu sur le record du p'pa.

C'était il y a une semaine.

Mais aujourd'hui, il ne me reste plus que quelques heures et en plus, il pleut.

On ne bat pas de record par temps de pluie.

Pourtant j'avais mis tous les atouts de mon côté pour réussir. D'abord, il me fallait « procéder avec méthode », comme nous dit souvent M. Brûlé.

Dans mon cahier de brouillon, j'avais donc tracé un tableau de correspondance entre le p'pa et moi. Deux colonnes avec tous les événements que je connais de sa vie et ceux que je connais de la mienne. Je compare. Ça me coupe les jambes. Au même âge, le p'pa a déjà vécu beaucoup plus que moi. Dans son temps il se passait plus de choses.

La m'am me rassure.

— L'important, c'est pas ce qu'on vit, c'est ce qu'on raconte.

Dans ce cas, je suis centenaire.

— Il y en a qui vivent ça, et qui racontent ça. Et d'autres, c'est l'inverse.

La m'am me montre les mesures sur son bras. On dirait le p'pa quand il parle des poissons qu'il n'a pas pris.

— Mon père, c'est quand il raconte les contrats qu'il va signer... Avec celui-là, on change de voiture... Tu parles, on a toujours notre vieille Peugeot.

Je n'ai jamais bien compris ce que faisait le père de Bonbec. Il vend, c'est sûr. Mais quoi ?

— Mon père, il vend de l'avenir. Il dit toujours... L'avenir c'est le Tergal... L'avenir, c'est Moulinex... L'avenir, c'est le Frigidaire... Avec lui, l'avenir change tout le temps.

Pour l'instant, l'avenir c'est la poule de Bonbec, et l'avenir est en retard. Les bonnes sœurs aussi. Car si le dessous de la passerelle est notre cachette préférée, alors qu'elle est sombre, humide, sent le chien, le chat et le reste, c'est, bien sûr, pour nous protéger de la pluie, mais surtout parce que c'est là-haut que passent les bonnes sœurs de Sainte-Marguerite. « Je vous dis qu'elles n'ont pas de culotte ! » On est là pour vérifier cette rumeur colportée par Némasse, le vicieux de la classe. Celui qui se touche en cours de musique. Mais depuis le temps, même en ayant disjoint plusieurs planches au canif, on n'a rien vérifié du tout.

Il ne nous reste plus qu'à espérer un miracle.

Même sans les culottes des bonnes sœurs, on ne s'ennuie pas sous la passerelle. C'est notre cabane de chiffonniers. On y cache tout ce qu'on récupère dans les poubelles avec Bonbec. Notre trésor, ce sont mes collections de magazines. *Nous Deux*, *Signal*, *Radar*, avec les aventures de Denis la peste, *Miroir du sport*, mais surtout *Paris Match*.

C'est là que j'apprends tout ce que je sais. Quand il pleut, comme aujourd'hui, je peux rester sous la passerelle une après-midi entière, rien qu'à en feuilleter des piles.

Bonbec est moins intéressé. Sauf quand il trouve des pépées, des prix et des réclames. Il connaît un tas de slogans par cœur.

— Regarde, c'est notre machine à laver : double cuve, 125 229 francs. Plus taxe locale... Bravo, Brandt !

125 000 francs pour laver du linge ! Plus que le salaire du p'pa avec les heures supplémentaires.

— Remarque, ce n'est pas beaucoup plus cher que votre télévision. D'ailleurs, c'est bizarre, vous êtes moins riches, vous avez la télé et pas nous.

Un coup de folie du p'pa. C'est comme ça.

— Mes parents disent que ça tue l'amour, la télé.

Ils n'ont qu'à venir chez nous, ils verront les deux au même programme.

— Tu me diras où tu les trouves tes *Match* ?

Sûrement pas. Bonbec peut toujours courir. L'endroit où je les récupère est secret.

— Faudrait en jeter. Un jour on va être envahis.

Jamais. Bonbec parle comme la m'am. Est-ce que l'on jette : Massu en Algérie, Reims éliminé par El-Biar en Coupe de France, les incidents raciaux de Little Rock, la première DS 19 avec Gina Lollobrigida au volant, la mort de Dior, les inondations de Valence, Albert Camus prix Nobel, ou le premier Spoutnik ?

D'ailleurs, ce qui prend le plus de place dans notre cabane, ce ne sont pas les *Paris Match*, mais les bouchons. Les bouchons en plastique des bouteilles de vin du Postillon. Des petits chapeaux de cow-boys de toutes les couleurs qu'on garde de côté, Bonbec et moi. Ce sont eux qui vont finir par nous mettre dehors, si on ne s'en débarrasse pas.

On les garde pour Nénès, le patron d'une guinguette de Nogent. Mais on n'a pas encore trouvé de dimanche pour aller lui livrer. Avec les bouchons, Nénès fait des rideaux qui dessinent des tableaux en couleurs. Il faut avoir une sacrée patience.

Bonbec n'en a pas. Il commence à trouver le temps long. Attendre sa poule, ça l'énerve. Il claque ses bulles de chewing-gum.

— Les filles, c'est toujours en retard. Mon père dit souvent à ma mère que si elle était arrivée plus tôt dans sa vie ça aurait tout changé.

La m'am ne pouvait pas arriver plus tôt dans la vie du p'pa, ou sinon, elle le prenait au berceau. Bonbec fait ses calculs.

— Tu te rends compte, si mes parents s'étaient connus dix ans avant, aujourd'hui, j'aurais dix-huit ans. En ce moment je serais à l'armée, sous les drapeaux, peut-être en Algérie.

— Je t'enverrais des colis.

— Pas la peine. Ma mère n'aurait que ça à faire. Elle n'a que moi. C'est pas pareil dans ta famille, vous êtes tellement que si ta mère perd un fils à la guerre, c'est moins grave.

C'est ça : plus on est, moins on vaut.

— On devrait pas envoyer les fils uniques à la guerre. Ça fait trop de chagrin aux mères.

Parfois, il en sort de belles, Bonbec. Je vais l'emmener répéter ça à la m'am, elle va lui « causer du pays » et lui raconter l'histoire du gâteau et des parts.

— C'est quoi cette histoire ?

— Je te l'ai racontée cent fois. « Chaque enfant n'est pas une part du gâteau, il est tout le gâteau. »

— Et c'est quoi, le gâteau ?

— L'amour !

Il m'énerve à me faire répéter ce genre de mot.

— Ça me donne faim ton histoire.

Toutes les histoires donnent faim à Bonbec.

— Je vais faire une razzia à la boulangerie. Si ma poule arrive, tu lui dis que je reviens tout de suite. Et tu me la piques pas !

On dirait que sa poule est comme une Vache-qui-rit à la cantine et qu'on va lui faucher dès qu'il ira remplir le broc d'eau.

Bonbec revient sur ses pas, la pèlerine trempée. Il a sa bouille rose inquiète.

— Tu m'aideras pour ma poule, tout à l'heure ?

Il est pénible. Je lui ai déjà dit que j'étais d'accord. Oui ! je ferai le guet sur la passerelle. Oui ! je l'appellerai dès qu'un train arrivera. Bien sûr que j'attendrai qu'il n'y ait personne qui passe. Après, ce sera à lui de courir avec sa poule et de se cacher dans le panache de vapeur de la locomotive.

Le « panache amoureux » comme il dit.

Là, ils feront ce qu'ils veulent, à condition de ne rien me raconter. « Même la bise à Zappy ? » Même la bise à Zappy.

Bonbec est déçu. Il part dévaliser la boulangerie en me promettant des boules de coco et en martelant dans les flaques... Non, rien de rien... Non, je ne regrette rien...

Je préfère Edith Piaf. Rien que des histoires avec des gens qu'on pourrait croiser dans la rue. Des histoires qui pourraient venir manger la soupe à la maison.

Quand la m'am écoute Edith Piaf, c'est le seul moment où elle s'arrête. Le seul moment où ce n'est pas son torchon qui commande.

J'en profite pour essayer de l'imaginer quand elle était jeune. Quand elle avait ses seize ans.

C'est à cet âge qu'elle a rencontré le p'pa.

Lui avait 8 ans, 9 mois, 18 jours. La m'am en avait seize tout rond. Avec la m'am c'est toujours tout rond, avec le p'pa toujours compliqué.

Ce fameux record a été battu dans la Nièvre, près de Nevers, à Vauzelles. Une ville plus connue à l'époque pour ses locomotives que ses coups de foudre.

L'endroit exact est la cité de la Bonne Dame de l'Orme à la hauteur du n° 14 de la rue des Mûriers.

Je donne toutes ces précisions pour qu'un jour, il y ait une plaque.

Ici, le p'pa tomba amoureux de la m'am.

Une vraie plaque en cuivre comme pour les docteurs ou les fusillés. On l'astiquera au Miror à la Saint-Franklin, inventeur du paratonnerre et patron des coups de foudre.

Si tout le monde le faisait, ça brillerait un peu plus dans les rues.

Le jour de ce fameux record, la m'am promenait mon frère Jacky dans son landau anglais. Jacky n'était pas encore notre frère aîné, mais seulement le fils unique de la m'am. Je dis « seulement », mais ça ne doit pas être si facile d'être fils unique, puisque, depuis, personne n'a réussi à en faire autant dans la famille.

Le record de Jacky tient toujours.

La m'am vogue fièrement avec lui vers la CGCEM. L'usine de locomotives de Vauzelles. C'est là que travaille Roger, le mari de la m'am. Il est chaudronnier aux ateliers de réparation.

Bizarre, ce premier mari a le même prénom que le p'pa, le même métier que le p'pa, mais ce n'est pas le p'pa.

C'est comme ça, la m'am a redoublé ses maris.

— Tu veux une calotte, toi ?

Revenons à ce fameux *jour historique*, c'est plus prudent. Le p'pa joue aux billes. Pas très sérieux pour un futur père de famille nombreuse. Pourtant, c'est vrai, mon père faisait une partie de coq, de triangle ou de pyramide quand il est tombé amoureux.

Est-ce qu'il trichait ? Est-ce qu'il avait comme moi une bille magique, celle qui gagne toujours.

Peut-être cette agate caramel qui vient d'aller se coincer sous la roue du landau de la m'am.

— Madame, ma bille s'il vous plaît !

C'est ce que le p'pa a dit à la m'am. Aujourd'hui, ce serait plutôt :

— Paulette ! Café ou je tue le chien !

Cette manie de vouloir tuer Capi prend le p'pa tous les dimanches matin dans son lit quand il réclame son café-noir-brûlant-avec-deux-sucres dans son bol en Pyrex.

Notre chien sait que ce n'est qu'une manière de parler chez les hommes. Personne ne veut le tuer, sauf le facteur. En attendant, Capi conseillerait à la m'am de répondre :

— Roger, lève-toi le chercher toi-même, ton café. Je ne suis pas ta bonne.

Ce jour-là, la m'am est allée ramasser la bille coincée sous la roue du landau. « Heureusement, ton père était un petit garçon très poli, sinon... »

Sinon quoi ? La m'am ne ramassait pas la bille ? Le p'pa ne tombait pas amoureux d'elle ? Il n'épousait pas la m'am ? Et moi je n'existais pas ? Tout ça à cause d'un peu de politesse. M. Brûlé avait raison quand il écrivait sa phrase de morale au tableau.

La politesse coûte peu et rapporte beaucoup.

Beaucoup, c'est moi.

Je suis un enfant de la politesse !

Un jour, j'écrirai cette phrase sur le tableau de la classe. Tant pis pour les deux heures de retenue.

— Tiens mon garçon.

La m'am s'est baissée, a ramassé la bille et l'a tendue au p'pa. Il a levé les yeux vers elle. C'est là, en la voyant, qu'il a dit tout bas comme pour lui-même :

— Oh ! comme elle est belle, la dame. Un jour, je me marierai avec.

Top chronomètre !

8 ans, 9 mois, 18 jours, 11 heures, 54 minutes, et 9 secondes. Record du monde !

Nouveau record du monde de coup de foudre ! L'ancien était détenu par l'Américain Bruce Crawford. J'entends la voix du reporter à Radio Luxembourg.

Clic-clac !

Coup de peigne du champion et photo dans *Miroir du sport*. Sous-verre maison. Vlan ! Un clou dans le mur. Un de plus. Le propriétaire va encore hurler.

— Vous allez finir par me rendre une maison de fakir.

Premièrement on ne compte pas lui rendre notre maison. Chacun son métier. Les locataires loquent et les propriétaires expulsent. Deuxièmement il fallait bien l'accrocher, la photo du p'pa en recordman.

Maintenant, elle se balance au mur de la grande pièce au-dessus de notre Sainte Vierge fluorescente perchée sur la télévision.

— Elle paraît inquiète la môme verdâtre.

Bing ! Une calotte pour Gérard.

Mais après cette rencontre historique que s'est-il passé ?

On dirait un feuilleton radiophonique... Signé Furax !

Je ne sais même pas si le p'pa a remercié la m'am pour son coup de foudre. Les parents n'ont jamais voulu en parler.

Ils se sont rencontrés en 29, mais mariés seulement en 41. Douze ans ! Qu'est-ce que le p'pa a fait de son coup de foudre pendant ce temps-là ? Il le cachait dans son cartable, au risque de se le faire confisquer par le maître ?

— Donnez-moi ça, et au piquet ! Vous me copierez cent fois On n'apporte pas son coup de foudre en classe.

Pourtant, un soir de soupe, pas plus, pas moins brûlée que d'habitude, quelqu'un a osé.

— Dis, p'pa, comment on sait qu'on a pris un coup de foudre ?

Le p'pa a réfléchi encore plus longtemps que pour faire son chien au tarot.

— Tu verras, ça se reconnaît.

C'est tout ! Et il est allé se coucher sans nous montrer son jeu. Au moins, il aurait pu nous dire si c'était comme prendre du cent dix volts, se cogner le coude, recevoir un flash au magnésium dans les yeux, s'éclater un pétard bleu dans la main, fumer une liane, ou se coincer un morceau de pomme d'amour dans une carie.

Trop tard. Le p'pa ronflait déjà.

Résultat, il me reste une journée à peine. Une journée de pluie. Pour attraper quelque chose dont je ne sais rien, sauf que ça arrive avec une bille, un landau et une dame aux yeux bleus déjà mariée.

Qu'est-ce que j'ai fait de ma semaine, entre le moment où j'ai décidé de battre le record du p'pa et aujourd'hui ?

J'ai chassé.

Chassé le coup de foudre dans tout Villemomble.

« Partir en chasse », c'est ce que dit mon frère Roland quand il va au bal. Ce qui lui permet au retour de raconter sa soirée en un mot : « Bredouille ! »

Pour la chasse au coup de foudre, le plus facile à trouver, ce sont les landaus. Place du Marché il y a un véritable meeting. On dirait le Salon de l'auto des nouveau-nés. Il faut dire que c'est à Villemomble qu'il y a l'usine BB Confort. Là où on fabrique les plus beaux landaus du monde.

Le jeudi, sur la place du Marché, les mères et leurs engins forment le cercle comme dans les westerns, avec les chariots. Ça braille pire que dans *Le Massacre de Fort Apache*.

Les mères discutent, bercent, donnent le biberon, le sein et des torgnoles à tout ce qui s'intéresse de trop près à la tétée.

Bing !

Ce n'est pas du tout ce que je regardais. Tant pis. Je jette l'éponge et je me rabats sur une autre technique de chasse : l'embuscade d'Indien. Ça consiste à poser des pièges au coin des rues. Accroupi derrière un mur, je fais semblant de jouer aux billes et dès qu'un landau passe... Tlac !...

— Tu veux que je t'apprenne à faire attention, moi ?

S'il est difficile de reconnaître un coup de foudre, on sent très bien quand ce n'en est pas un. Là, il faut courir. Surtout quand ce sont des nourrices. Elles n'hésitent pas à jeter l'enfant dans les bras d'une autre, pour vous courser en hurlant.

Ça devient trop dangereux la chasse aux coups de foudre. Si ça continue, je vais devoir passer par les petites annonces de *Cinévogue*. J'aurai peut-être un conseil de Luis Mariano le chouchou de la m'am.

— Il n'est pas là, ton copain ?

La poule de Bonbec !

Elle vient de surgir dans mon dos. Je sursaute comme si je venais de voir *La Chose d'un autre monde*. Le film qui m'a fait le plus peur au monde. Il faut dire que la poule de Bonbec est trempée. Elle dégouline. On dirait une soupe aux algues. Je cache mon *Cinévogue*. Du calme. Je ne dois pas la regarder. Risquer le coup de foudre involontaire. Pourtant, ce serait pratique. Je la vois, elle me voit. Ting ! son appareil dentaire étincelle comme dans une publicité Email Diamant et un parachute s'ouvre dans mon short.

C'est inutile. Un coup de foudre sur la poule d'un copain ne serait pas homologué.

— Tu sais où il est Bonbec ?

— Il est parti à la boulangerie.

— Je peux l'attendre, ici ?

Elle fait ce qu'elle veut.

— Je peux lire ?

Elle va me tremper tous mes *Match*.

« Tu pourrais être poli avec cette jeune fille et t'occuper d'elle. C'est comme ça que je t'ai élevé ? »

M'am, pour l'instant je m'occupe de mon coup de foudre. C'est déjà du souci.

« Ça n'empêche pas d'être poli. »

— Je vous en prie, mademoiselle, lisez ce que vous voulez.

Ça va comme ça, m'am ? Je peux continuer à essayer de comprendre pourquoi je ne tombe pas amoureux ?

Bonbec a raison, ce n'est pas facile d'avoir sa mère tout le temps dans la tête.

« Je te l'ai déjà dit. A dix ans, je te fiche la paix. »

On verra, m'am.

Donc, après mon échec sur la place du Marché, j'avais eu une idée. Chasser directement à la sortie de l'usine BB Confort.

— C'est là aussi qu'on fait les bébés.

Mon frère Michel m'avait fait croire ça quand j'étais petit. Il m'avait même donné des précisions techniques.

— On fait les bébés à la chaîne comme les 4CV et après, on les livre à côté à la clinique de Mme Chaperonet.

C'est là où je suis né.

J'aurais donc été fabriqué comme une 4CV Renault, sur une chaîne, avec le p'pa et la m'am qui se passent les pièces.

Aujourd'hui, je sais que ce n'est pas là qu'on fait les bébés, mais je n'en sais pas beaucoup plus.

— Si tu veux, j'ai un livre jaune où on explique tout depuis le début.

Ça fait plusieurs fois que Bonbec me parle de ce fameux livre, « avec des dessins et-tout-et-tout » mais pour l'instant, il faut faire les choses dans l'ordre : d'abord le coup de foudre, après on verra pour la fabrication des enfants.

Dans mon plan BB Confort, je m'embusque et je guette la sortie des landaus que les mères viennent acheter... *Direct prix d'usine...* Je trie de l'œil. Rien. Je me désespère, quand, soudain, deux yeux bleus viennent droit sur moi. Un bleu éclairé de l'intérieur. J'en ai le pouce qui tremble, je rate la roue, mon agate fuse sous la chaussure de la dame. Elle glisse, lâche le guidon du landau qui s'échappe et dévale la pente.

— Arrêtez-le ! Arrêtez-le !

C'est l'occasion de devenir preux chevalier, de sauver un enfant tout neuf et un landau prix d'usine. C'est le coup de foudre assuré pour la mère.

Le « landau fou » dévale la rue. On dirait une couverture de *Signal* avec l'engin qui fonce droit sur l'autobus à plate-forme, les visages horrifiés des passagers et du receveur accroché à sa chaîne comme un Tarzan-RATP.

Le landau percute l'autobus. L'enfant est éjecté dans les airs. Je plonge. Bing ! Je vois les 36 chandelles de Jean Nohain assommé contre un panneau de réclame.

Le premier coup de foudre à la Blédine Jaquemaire.

— Tiens, mon garçon.

Dans mon brouillard, la dame a des yeux bleus partout. Même sur le képi. En fait, la dame est un agent de police penché sur moi.

— Tu aurais pu te tuer, gamin. Tout ça pour un baigneur.

L'agent tient dans les bras l'enfant que je viens de sauver. Un baigneur en celluloïd ! Sa mère me remercie. Elle a tout juste mon âge et des couettes. On est les plus jeunes parents du monde.

— Il est mignon, non ?

Encore un nouveau-né ! Il a une bouille de têtard. C'est la poule de Bonbec qui me montre dans *Paris Match* le bébé que la fille de la comtesse de Paris est allée faire en Rhodésie. L'héritier du trône de France est né en Afrique !

— Ça donne envie de jouer avec, hein ?

Pas moi, je préfère mes soldats Mokarex.

Les Mokarex sont des figurines historiques en plastique que je trouve dans le café éponyme. J'aime bien ce mot, on dirait un prénom des *Misérables*. Avec eux, au moins, les coups de foudre réussissent à chaque fois : Mme de Sévigné (1626-1696) et Saint-Just (1767-1794)... Ting !... La Pompadour (1721-1764) et Talleyrand (1754-1838)... Ting !... George Sand (1804-1876) et George Sand (Je l'ai en doublé)... Ting-Ting !...

Mes Mokarex préférés, ce sont Marie-Antoinette (1755-1793) et Axel de Fersen (1755-1810). C'est mon couple chouchou. Je les monte dans le cerisier, à l'écart de Louis XVI (1754-1793), pour leur organiser des rendez-vous galants.

Je suis le complice de la reine.

— Pourquoi tu m'as pas dit que ma poule était là ?

Tiens, je ne l'ai pas ce soldat Mokarex rose.

— Pourquoi tu ne m'as rien dit ?

Ce n'est que Bonbec qui rouspète.

— Tu t'étais endormi ? Si ! Je t'ai entendu, tu ronflais comme ma mère. Tu parlais, même. Tu rêvais encore de ta reine ? C'est elle ta poule ?

Bonbec fait le malin devant sa copine. Il a de la chance, on a dit pas de bagarre devant la poule de l'autre. Sinon, c'était la chicore, l'arnica, le sparadrap et le Mercurochrome.

— Tu avais dit que tu m'aiderais pour ma poule... Tiens, tes boules de coco...

Il m'agace à me répéter la même chose. Puisque c'est convenu, c'est convenu... Merci, pour les boules de coco... J'attends un semblant d'éclaircie et je monte sur la passerelle guetter les trains à vapeur.

— Tu nous préviens, hein ?

Pas avant d'avoir vu passer une locomotive électrique. Depuis le record du monde de la BB 9004, à 331 km/h, je les collectionne. Mais ça devient difficile de suivre, il en passe de plus en plus souvent.

Ils ont intérêt à se dépêcher Bonbec et sa poule, bientôt, même les coups de foudre seront électrifiés.

« On n'arrête pas le progrès », dit M. Brûlé. « Les enfants deviennent des parents. »

A cause de ce genre de formule, j'ai failli devenir le père d'un copain de classe.

C'était hier au soir, je chassais le coup de foudre près de chez moi, sans trop d'espoir. De la rue des Limites, surgit « le landau de la dernière chance ». Je pique des éperons sur mon fidèle Topper. Je suis Hopalong Cassidy, le vengeur vêtu de noir. Je lance mon agate caramel comme un lasso de rodéo. Elle se glisse sous la roue. Bien joué Cassidy !

— Madame, ma bille s'il vous plaît.

— Tiens, mon garçon.

Je la regarde. Elle a les yeux bleus, et le sourire qui vous passe la main dans les cheveux. Mon cœur s'arrête neuf secondes. C'est ça, le signe indiscutable du coup de foudre. Neuf secondes sans vie. Le bouche-à-bouche. La réanimation au Rouge Baiser.

Je manque m'évanouir.

Je viens de reconnaître « la Dame des neuf secondes ». C'est Mme Jaquet.

La femme la plus, la-plus et la-plus. Un seul défaut : elle n'a pas seize ans. Mais on peut sûrement demander une dispense d'âge pour un coup de foudre.

Le hic c'est son gamin. Comment faire, avec lui ? Jean-Pierre est dans la même classe que moi. Si, dans douze ans, je deviens le mari de sa mère, il sera mon fils et je devrai signer son livret. Il est mieux classé.

Un fils ne peut pas avoir un meilleur livret que son père.

— Hé ! Qu'est-ce que tu bricoles ?

Bonbec me fait sauter le cœur hors du bocal. Souvent je pense que j'ai un cœur en poisson rouge.

— Où tu allais ?

Me mettre au sec. Je vais attraper une pneumonie avec cette pluie glacée.

— Ça fait au moins trois trains que tu laisses passer.

M'énerve, Bonbec. Il en veut un train ? Justement, en voilà un. Le genre vilain convoi de marchandises, un tortillard poussif, avec un misérable panache scrofuleux. Ça lui apprendra.

— Pssitt ! Grouillez-vous, les amoureux !

Bonbec et sa poule se précipitent, enlacés à l'abri de sa pèlerine. Juste au même moment, une colonie de bonnes sœurs traverse la passerelle en se tenant la cornette. Je l'avais vue. C'est ma petite vengeance. Le panache amoureux avale tout le monde au passage. Ça souffle, gronde, trépide, aveugle, on entend des piaillements et des rires au milieu du nuage de vapeur.

On ne démêle plus la poule des cornettes.

Je ne distingue plus mon short de mon parachute.

Le panache se dissipe. Les bonnes sœurs s'égaillent, Bonbec et madame réapparaissent comme deux électrocutés avec des regards de bienheureux. On dirait un vitrail au néon.

— C'était fantastique ! Franchement, ma poule a adoré. Je te revaudrai ça. A demain à l'école. Je te raconterai.

Sûrement pas.

Bonbec disparaît. Sa poule me fait un coucou de la main. Elle ressemble moins à une soupe d'algues. Plus à une fille.

Me voilà seul et sans coup de foudre.

Le soir en profite pour tomber. C'est fichu pour moi. Ma dernière journée se termine. Je range mes magazines et je rentre à la maison. Je suis triste. Tant pis pour le record du monde de coup de foudre.

Je me console. Il reste dans la famille.

J'arrive près de chez moi au moment où la pluie cesse. Je ne reconnais pas ma rue. Elle est barrée. « Paraît qu'ils vont goudronner Meissonier. » C'est la voisine, Mme Larget, qui avait dit ça. On ne l'avait pas crue. Goudronner devant chez nous, quelle idée ! Comment on jouera au foot, après ?

Le p'pa, lui, était content. Il allait en profiter pour demander un bateau devant notre sortie de garage.

Je passe sous la barrière. C'est ma rue, tout de même. J'aperçois la m'am. Elle est à l'angle de la rue des Limites et de Meissonier. Elle rentre de promener mon petit neveu. Ils ont dû se faire saucer. J'avais oublié que mon frère Guy nous avait amené son petit dernier. Comment il s'appelle déjà ? Je n'ai pas la mémoire des noms. Dans une famille nombreuse, ce n'est pas pratique.

La m'am va certainement chercher le p'pa à la gare des Coquetiers. C'est l'heure de son train. Je cours vers elle. Elle a dû se remettre du rouge à lèvres pour le p'pa. J'en aurai peut-être un petit bout sur la joue.

— T'es trempé, toi, viens là.

Elle me frictionne avec un pan de son chandail. J'ai horreur de ça.

— Tu m'accompagnes ? On va faire une surprise à ton père.

Mes petites sœurs vont être folles de rage. Je serai preums ! ce soir.

Au coin de la rue de Bondy, le p'pa apparaît. La canadienne bien sanglée, le ploum à la main, l'épaule un peu basse. Il nous aperçoit. Se redresse et lance son sourire à la barre fixe. J'ai les genoux qui flageolent. On se rejoint. Le p'pa et la m'am se regardent comme après une journée séparés. Je sais qu'ils ne s'embrasseront pas. Même leur petit baiser de pigeons ramiers. Pas dans la rue.

— C'est drôle, Paulette, de te voir, comme ça, avec ce landau. Ça me rappelle la première fois où je t'ai vue.

— A Vauzelles ?

— Oui, je devais avoir l'âge du fiston, en gros.

Pas « en gros » exactement ! A neuf secondes près. Les neuf secondes qui séparent le recordman du monde du coup de foudre du pauvre fiston battu.

— Son âge, Roger ! Pas du tout. Tu te souviens encore de travers.

— La bille coincée sous la roue, Paulette ?

— Ah ! cette histoire-là...

— Parfaitement.

— C'était pas avec toi.

— Comment ça, c'était pas avec moi ?

Comment ça, pas avec lui. Il y a de l'écho dans ma tête. Des parasites dans les souvenirs de famille. Ça vibre. Qu'est-ce que c'est que cette histoire ?

— C'était avec qui, alors ?

— Robert !

— Mon frère ?

La m'am a provoqué combien de coups de foudre, dans la famille ?

— Et moi, Paulette ?

— Quoi, toi ?

— C'était quand, pour moi, la bille ?

— Toi ? Ta bille ? C'était bien plus tôt.

Plus tôt ! Je prends un coup de bambou sur le crâne et un coup de vieux dans le cœur. Plus tôt ! Je ne battrai donc jamais ce record du monde. Ma vie est fichue. Je m'évanouis devant la boulangerie. Ça sent bon le fournil.

Le p'pa me soulève dans ses bras. Il parle à l'oreille de la m'am.

— Tu crois pas Paulette qu'on l'a fait un peu trop sensible ?

— Possible, mais on l'a fait.

— Tu te souviens quand c'était, Paulette ?

— Parfaitement. Mais... chut ! Il pourrait entendre.

Justement, je suis d'accord pour entendre, moi. Apprendre quand les parents m'ont fait. Où ? Peut-être même comment. Il doit bien y avoir un record du monde à battre de ce côté-là.

2

Personiouz III

Rien de tel, pour se venger d'un fiasco amoureux, que de plumer un petit de 8e aux billes. Donc, je plume. Je plume tranquillement dans la cour de récréation, du côté du préfabriqué, quand Bonbec arrive avec sa bouille rose satisfaite. Ça y est ! il va me parler de sa poule, de la bise à Zappy et de panache amoureux, uniquement pour me faire rager. Il fait son mystérieux.

— Est-ce que tu sais que je suis né un 2 décembre ?

— Mes félicitations. Belle performance !

— Le même jour que le couronnement de Napoléon.

— T'es invité ?

— Jaloux. Je te signale que c'est aussi celui d'Austerlitz.

— Offre-lui une gare à ton Napo.

— Très drôle. Tu vas moins rire quand tu sauras que c'est le 2 décembre... 1948.

— T'es né en 48, toi ?

— Parfaitement.

— Ça m'étonne.

— Et pourquoi ça t'étonne ?

Parce que je la connais bien l'année 1948. C'est la

mienne. Celle de ma naissance. Je suis imbattable sur tout ce qui s'y est passé : Gandhi est assassiné, Lille gagne sa troisième coupe de France de suite, on invente le transistor, sortie de la 2CV, blocus de Berlin et le coup de Prague (la France bat la Tchécoslovaquie 4-0). Mimoun encore deuxième derrière Zatopek. Marcel Cerdan, premier champion du monde français des poids moyens contre Tony Zale. K-O. au 12e round.

La m'am lui avait dit à Marcel. « Evite le 13e. » Je m'en souviens, j'étais dans son ventre. Je suis né exactement un mois après son titre.

Pour la naissance de l'Etat d'Israël aussi, j'étais encore dans le ventre de la m'am. C'est peut-être pour ça que je suis un peu juif.

— Qu'est-ce que tu racontes ?

M'am, c'est toi qui nous as dit que tu avais un frère qui y était « resté » dans les camps. A Mauthausen. Je me souviens du nom.

— C'est vrai, mais il n'a pas été arrêté parce qu'il était juif, mais communiste.

Alors, c'est peut-être pour ça que je suis un peu communiste.

La m'am me dispute, mais je suis content. Depuis quelque temps, elle ne venait plus dans ma tête. J'avais peur d'avoir eu dix ans sans m'en apercevoir.

Dix ans, c'est trop jeune pour que la m'am arrête de me parler à l'oreille. Alors, pour la faire rire, je lui chante... *Si toi aussi tu m'abandonnes*... en faisant le cocker et en imitant la grosse voix de John William, le seul chanteur français en couleur de la télévision avec Henri Salvador... Tu sais, John William, aussi, il est allé dans un camp... Un Noir dans un camp ! Et le p'pa, ils auraient pu le prendre ?... Pareil... Je n'y avais jamais pensé, comme si sa couleur avait pu le protéger de ça.

— Hé ! tu as beau chanter comme une casserole, je suis quand même né le 2 décembre 1948.

J'avais oublié, Bonbec, Napoléon, la gare d'Austerlitz, et l'année de ma naissance.

— Je suis même né à 8 h 30, pour être précis.

— Et pourquoi tu me parles de ça, Bonbec ?

— Parce que toi, tu es du 21 octobre.

— Merci du renseignement.

— Donc, je suis plus jeune que toi...

— Et plus gros.

— Rigole, rigole ! Je suis plus jeune que toi, de trente-neuf jours. Donc, il me reste tout ce temps pour battre le record du monde de coup de foudre de ton père.

Là, je rigole moins.

Bonbec recordman !

1948 est l'année du rat, j'aurais dû me méfier.

Rat pour rat, je lui avoue la véritable histoire du record de mon père.

— C'est trop tard pour toi aussi, Bonbec.

— Je ne te crois pas.

— Demande à ma mère.

Bonbec n'aime pas sa mère, mais croit la mienne. Sa bouille se fripe. Il sent qu'il a perdu une occasion de m'embêter. Il en trouve tout de suite une autre.

— Tu as entendu parler de la liste ?

Oui, j'en ai entendu parler et ça me préoccupe.

— Qu'est-ce que tu vas faire ?

Qu'est-ce que je peux faire ? Une liste circule depuis ce matin dans la classe. Je n'y peux rien, c'est trop tard. Bonbec me rassure.

— Une promesse est une promesse. Tu m'as aidé pour ma poule. Moi, je t'aiderai pour ta poule !

Bonbec aime les répétitions. Dans les rédactions, dans les couloirs, à la récréation, il en fourre partout. Pour lui, les répétitions, c'est comme se servir du rab à la cantine. Surtout le jour du hachis parmentier. Bonbec est imbattable au hachis parmentier du lundi. Même les grands du certificat d'études mettent les pouces devant lui. Un jour de forme, Bonbec est capable de récurer tous les plats du réfectoire dans l'ordre des tables. Mieux qu'un tampon Jex. Juste le temps de roter sans mettre la main devant sa bouche, et il attaque dans la foulée la laitue aux asticots, dégringole les pyramides de Vache-qui-rit et plonge dans les saladiers de compote de pommes.

Bonbec c'est le Tarass Boulba des réfectoires.

L'ogre de Foch !

Un ogre rose de neuf ans pour 45 kilos... *A 5 kilogrammes l'année, à quelle date votre camarade fêtera-t-il son premier quintal ?...* Le maître d'école avait transformé Bonbec en problème d'arithmétique. La réponse était 1968. J'étais épaté. C'était la première fois que je voyais un copain finir dans le cahier de devoirs. Les honneurs, ça lui avait donné encore plus faim à Bonbec. Il voulait manger plus vite que la solution et avoir ses 100 kilos avant vingt ans.

— Mon père a eu son premier quintal à quinze ans et trois mois pile. De ce jour, on ne lui a plus rien dit... Les gros, on les laisse peinards !... Il me l'a répété cent fois. Alors, moi, quand je serai grand, je veux être gros !

Je l'envie, Bonbec. Lui, au moins, il sait ce qu'il veut faire, plus tard. Moi, à part être champion du monde de boxe et de football, je ne vois pas trop.

— Toi, tu as eu de la chance, tu es né café au lait. Tu n'as pas eu à t'en faire.

— Tu trouves ?

— Tu aurais pu être rouquin, comme Thirion.

Poil-de-carotte, non merci. J'ai échappé à ça, mais je n'éviterai pas la liste.

— Puisque je t'ai dit que je t'aiderai, pour ta poule !

Comment il fera, Bonbec pour m'aider ? Premièrement : il ne la connaît pas, ma poule. Deuxièmement : moi, non plus. Troisièmement : je n'en ai pas, de poule. C'est justement ça qui me tracasse. Pas de poule, pas de nom. Pas de nom, pas de liste.

La liste ?

Une idée de Picard et Némasse. Quand le plus costaud et le plus vicieux de la classe font équipe, il y a de quoi s'inquiéter. Ils avaient décidé que chacun devrait mettre le nom de sa poule sur une liste... Et pourquoi ?... C'est comme ça ! Et que ceux qui n'ont pas de poule seront des mous du froc, des chiffes molles, des mies de pain, et ainsi de suite.

— T'en as une, toi, de poule ?

J'ai répondu que oui. Bien sûr. Absolument. Cette idée. Il fallait bien. Tout le monde en avait une de poule. Qu'est-ce que je pouvais dire d'autre ? Non, désolé, je ne pouvais pas écrire son prénom sans lui demander. Chevaleresque, le gars. Bien élevé. Rien à dire. Résultat : Bonbec voulait que je lui montre.

— T'as vu ma poule, je dois voir ta poule !

Sa poule ! Sa poule ! Faut pas qu'il oublie, Bonbec. C'est grâce à moi qu'il en a une. Je l'ai vue avant lui. Si ça avait été une île déserte ou un sommet de l'Himalaya, elle était à moi, sa poule. Je pouvais même lui donner mon nom.

— Si tu me la montres pas, c'est qu'elle existe pas.

Alors, elle a existé.

On est allés sous la passerelle et j'ai tout raconté à Bonbec en lui faisant jurer-cracher qu'il ne dirait rien à Picard et Némasse. Ma poule était prisonnière ! Prisonnière de ses parents. C'est pour ça que je ne pouvais pas lui montrer.

— Ils la séquestrent !

Bonbec en avait lâché son roudoudou dans le caniveau. J'étais content. Le mot faisait de l'effet. Pourtant, je ne le connaissais que depuis deux jours. Une histoire, dans *Le Parisien libéré*, d'enfants qui avaient séquestré leur grand-mère pour toucher sa pension d'invalidité. Moi, je n'ai jamais eu de grand-mère. Même une valide.

— On va la délivrer ta poule. On va la délivrer tous les deux.

Impossible. Je lui décris sa maison, un peu comme le château fort de la leçon d'histoire sur le Moyen Age, mais en plus « inexpugnable ». Avec des créneaux, des meurtrières, un pont-levis, une tourelle d'angle et des mâchicoulis. J'avais eu 10 aux questions de vocabulaire. Pour faire plus vrai, j'ai ajouté un père féroce et des chiens terribles : des bas-rouges. Ça fait encore plus peur que les bergers allemands. Bonbec connaît. Il y en a un derrière chez le grainetier. Cet idiot défend les sacs de semoule comme si c'était pour lui.

— Bon... D'accord... on la délivrera un autre soir. C'est trop tard pour aujourd'hui.

Il a raison. Il fait presque nuit et je dois me trouver une poule pour demain. Je réfléchis. Dans ma tête, je fais défiler toutes les filles du quartier, comme dans *Cinévogue*. Notre concours : Voulez-vous devenir vedette ?

Première candidate : la fille du marchand de couleurs !... Non, elle est prise par un costaud-teigneux de l'autre 7e... La demoiselle de la mercerie !... Pas possible. Elle est déjà formée et va avec des grands à Vespa... La petite rousse du marchand de charbon ! Pas question. Elle est trop... Trop tout !... Dernière candidate : l'Yvette du Goulet-Turpin ! Misère. Elle m'arrachera les yeux si je dis qu'elle est ma poule.

C'est étrange : pourquoi est-ce que les plus jolies filles sont dans des boutiques ?

Il y aurait bien les filles des cabanes au Champ de personne. Mais celles-là sont à tout le monde. On ne peut pas être la fille de tout le monde et la poule de quelqu'un. C'est comme ça. Je ne sais pas pourquoi. Roland, mon frère qui a la moustache de Dario Moreno, a bien essayé de m'expliquer.

— C'est comme le bus : tout le monde peut le prendre, mais il est à personne.

Mon frère Gérard, qui, lui, a la moustache de Zappy Max et colle des affiches contre la guerre d'Algérie, avait ajouté :

— On appelle ça les transports en commun !

Les deux avaient rigolé. Y'avait pas de quoi. Ce soir, me voilà sans poule. Sans bus et sans ticket. Tout est perdu. Je suis prêt à tomber malade, même gravement, pour ne pas aller à l'école demain. Je ne veux pas être obligé d'avouer à Picard et Némasse devant tous les copains : J'ai menti. Je n'ai pas de poule.

Pour attraper la fièvre, je vais faire cinq tours du pâté de maisons à la Mimoun. En nage, je boirai de l'eau glacée au robinet, sans m'essuyer. Le chaud et le froid sur la sueur, c'est du 40 assuré toute la nuit avec délires et cauchemars. Celui de la reine d'Angleterre qui fabrique de la fausse monnaie.

Je me prépare comme pour le départ du cross de *L'Humanité*, quand soudain j'entends :

— Laïka ! Laïka ! mon amour.

Une chose file entre mes jambes. Trop blanc et trop frisé pour être un rat. Ça aboie en imitant un jouet et ça file tout droit façon auto mécanique : un chien ! Le chien minuscule noir et blanc de la voisine d'en face. La crâneuse. Celle qui va dans une école de curés au Raincy.

— Rattrapez-le ! Rattrapez-le !

Je me retourne. C'est bien elle derrière son grillage. On l'appelle « la fille au fichu » parce qu'elle n'ôte jamais de sa tête un foulard en vichy rose. Son visage apparaît au milieu des troènes. C'est peut-être pas des troènes, mais c'est le seul mot de joli que je connais pour faire une haie. N'empêche que ça lui va bien les troènes en couronne. On dirait sainte Geneviève qui entre dans Lutèce. J'ai l'image. Je l'ai collée dans mon cahier d'histoire.

La fille au fichu a l'air moins bêcheuse. Ça doit être la peur de perdre son chien ! Où il est celui-là ? Toujours au même endroit. On dirait qu'il a fait du surplace comme dans les dessins animés, pour attendre que j'aie fini de réfléchir. C'est incroyable tout ce qui passe dans sa tête pendant qu'un chien court à peine 10 centimètres.

J'avais déjà remarqué que le temps était en pâte à modeler. Des heures paraissaient des jours et des jours, une année.

— Rattrapez-le ! Rattrapez-le !

Elle est drôle, sainte Geneviève-des-troènes. Pas si facile. C'est minuscule, ce truc, ça zigzague, ça couine, et ça mord. Je veux bien lui rattraper, mais au moins, qu'elle me laisse le temps de tomber amoureux d'elle. Parce que maintenant, c'est sûr, je l'ai trouvée, ma poule. Et juste en face de chez moi !

Pour que ce soit un vrai coup de foudre, il faut respecter les règles. Elle doit se figer comme un ange dans la haie et moi, rester saisi, l'air bête sur le trottoir.

L'air bête, ça va.

Mais le chien s'en fiche des règles du coup de foudre. Il a démarré comme Fangio à Monza. Son derrière moucheté est déjà au coin de la rue. Je fonce façon Jesse Owens. Je vais le plaquer comme un All Black, ce corniaud fugueur, et le rapporter triomphant à sa pimbèche de maîtresse qui est devenue ma gentille poule officielle. « Oh merci ! Vous me rendez mon être le plus cher. Mais désormais cet être, ce sera vous ! » Elle pourrait dire une phrase de ce genre, en s'évanouissant. Ce serait bien. On s'en souviendrait plus tard et on le raconterait à la veillée.

Comme la m'am et le p'pa, on changerait de version de temps en temps pour perdre nos enfants comme dans les contes.

Mais avant de modifier nos souvenirs, elle et moi, il faudrait en avoir.

Je n'en suis pas encore là.

Inutile d'acheter un album photo à pages noires et feuilles cristal transparentes. Le chien minuscule de la voisine a disparu. Je le cherche partout, rue Meissonier, rue Montgolfier, rue de Bondy, rue des Limites : Rien ! Vide. Pire que le Monopoly quand on a dû revendre tous ses terrains à cause de la rue de la Paix.

Je retourne sur mes pas « affronter la honte et le

déshonneur ». Je suis vexé. Rater un coup de foudre juste en face de chez soi.

Mon premier coup de foudre de proximité.

Je prends ma mine de cocker triste, celle pour me faire pardonner. J'arrive devant mon ex-future poule.

Le chien minuscule est là !

Il a réapparu, la langue plus longue que lui. Le prestidigitateur est M. Gnobel, le boucher qui habite en face de chez moi. Je ne sais pas pourquoi, ce soir, dans ma rue, tout le monde habite en face.

Le boucher prestidigitateur tend le chien minuscule de ma poule, comme un gigot. Je crois l'entendre. « Pas plus de trois quarts d'heure de cuisson, la petite dame. C'est de l'extra. Vous m'en direz des nouvelles. »

— Merci, monsieur.

C'est bien. Elle n'a pas été trop familière avec le boucher. Maintenant qu'elle est ma poule, elle doit faire attention quand elle parle à un inconnu. Je me suis caché derrière le poteau électrique, pour l'observer « à la dérobée ». Je l'ai lu dans *Nous Deux*. C'est comme ça que font les amoureux. Ça ne veut pas dire qu'on ôte sa robe, mais qu'on se regarde en volant un peu à l'autre. Juste un peu.

Le boucher héros rentre chez lui, le ventre fier. Dans l'obscurité, je ne vois pas très bien ma poule, mais je l'entends. Elle parle à son chien.

— Laïka, ce n'est pas bien de t'être sauvée. Tu aurais pu te faire écraser par une voiture ou attaquer par le vilain bâtard borgne d'en face.

Vilain bâtard borgne ! Elle parle de notre chien. De Capi. Ce n'est pas gentil. D'accord, Capi est cent pour cent bâtard, d'accord, on le dirait borgne à cause d'un coup de pédale de facteur, mais vilain, pas du tout.

Il faudra qu'elle se réconcilie avec Capi, si elle veut vivre chez nous.

— Ici, Laïka, tu sais, ce n'est pas comme là-haut, dans l'espace. Tu ne peux pas faire ce que tu veux.

Bêtement, je regarde le ciel comme pour voir passer le Spoutnik.

— Toi, tu es Laïka, la Petite Chienne de l'Espace. La première.

Quoi ! Laïka, la chienne russe cosmonaute habite en face de chez moi ! Elle aussi. Je me démanche le cou. Je parviens à distinguer « l'héroïne soviétique d'octobre ». C'est vrai qu'elle ressemble à la Laïka de *Paris Match*. Noire et blanche, un peu comme les corniauds dans les films de Charlot.

— Laïka, mon amour ! Tu te rends compte que tu tournais là-haut.

Je regarde encore le ciel. Ça devient une manie.

— Maintenant, tu es revenue avec moi. Tu vas me raconter tout ce que tu as vu. Tu sais, un jour, ce sera moi qui irai dans le ciel.

Ma poule dans l'espace. Ma poule veut devenir la première femme de l'espace. La première cosmonaute !

— Tu ne seras pas triste, si je pars. Tu penseras à moi. Ce doit être joli de regarder la terre de là-haut. Je pourrai voir le toit de notre maison et le jardin...

Je me plaque contre le poteau électrique. Peut-être qu'elle m'a repéré. Avant, il n'y avait qu'au catéchisme qu'on pouvait nous voir de là-haut. « Maintenant, avec les Russes et leur bébé-lune, il faut faire attention. » C'est ce que dit Mme Piponiot. Notre voisine qui a un mouton et qui ne veut pas qu'on utilise les animaux pour « leurs expériences de sauvages ».

— Laïka, un jour, on partira tous les deux.

Pas question. Elle est ma poule. C'est avec moi qu'elle doit partir. Si c'est dans l'espace, c'est dans l'espace ! Voilà que je me mets à parler comme Bonbec.

On peut partir à deux. J'ai vu le projet d'île russe de l'espace apportée en pièces détachées. Il y a même un jardin artificiel. On enfile son scaphandre et on peut cueillir des fruits dans un verger plus ensoleillé que ceux de Crimée ou de Californie. La belle vie. C'est décidé, je vais devenir cosmonaute, pour ma poule.

— Tu n'y arriveras pas, faut être russe.

Encourageant, le Bonbec. Pour quelqu'un qui doit m'aider pour ma poule.

— Je te le dis, russe tu devrais être. Ou peut-être un peu américain. Mais surtout russe.

Moi, je m'inquiète pour son français. Mais c'est vrai que le premier Spoutnik, c'est eux. La première chienne dans l'espace, c'est encore eux. Alors forcément, la Lune, ce sera toujours eux, et le premier homme, encore plus. Mais le premier enfant ! C'est plus léger. Ça, on devrait savoir le faire, nous les Français.

— Tu parles, notre fusée ne monte pas assez haut.

Tout ça changera quand le général de Gaulle sera là. En attendant, avec Bonbec, on décide de relever « le défi de l'amour et de l'espace ». C'est comme ça qu'on a appelé notre projet.

— Si c'est pour la France, je marche.

Il est comme ça, Bonbec, rose de partout mais surtout tricolore.

— Mon père a fait le maquis. Si, un jour, il y a la Résistance en soldats Mokarex, il sera dedans.

Je me vois en train d'échanger trois Pères de Bonbec contre une Marie-Antoinette. Dans ce cas, le p'pa aussi devrait avoir son soldat. Ce sera Chaudrake (1920-1971). L'homme qui sauva de Gaulle treize fois.

Pour le p'pa, j'ai choisi 1971 au hasard. On dit dans la famille que les hommes dépassent tout juste cinquante ans.

Il ne me reste plus qu'une quarantaine d'années à vivre. Je n'ai pas de temps à perdre.

On tope dans la main, avec Bonbec. Ce sera donc ici, en France, à Villemomble dans le département de la Seine, qu'aura lieu le premier lancement d'un enfant dans l'espace.

Le Champ de personne deviendra le Baïkonour de chez nous. J'avais lu que la « Cité des étoiles » des Russes était, elle aussi, un terrain vague au début. Premier travail : repérer l'emplacement du « pas de tir », c'est comme ça qu'on dit. Bien le choisir. D'après *Paris Match*, on aura à traverser la troposphère, la stratosphère, et l'ionosphère, pour arriver dans l'exosphère. Ça fait une trotte.

Notre pas de tir sera sur la butte de moto-cross. C'est déjà cinq mètres de gagnés. Reste plus que neuf cents kilomètres à trouver.

Pour la fusée on verra plus tard. Le plus important, c'est le nom de notre capsule. Il n'y a pas de grand événement sans grand nom. La *Santa Maria*, le *Spirit of Saint Louis*,... On a réfléchi et on a pensé à Bonbiouz (à cause de Bonbec), Mohiouz (à cause de Mohican), ou Fochiouz (à cause de notre école) mais on a fini par choisir Personiouz à cause du Champ de personne.

Notre capsule s'appellera donc Personiouz III. Ça fait plus sérieux quand il y en a eu plusieurs. Comme pour les rois.

Maintenant, il faut s'entraîner.

D'abord contre le mal de l'espace. On est allés au square de la mairie pour utiliser le tourniquet comme « centrifugeuse ». Je l'avais vu faire à la télévision. J'aurais aimé que Bonbec le fasse à ma place... C'est ta poule, oui ou non ?... Il a raison. Au bout de cinq tours, j'ai vomi plus que je ne pouvais contenir. « Rien ne se crée, rien ne se perd ! » nous avait dit le maître, en leçon de choses. Lavoisier (1743-1794) avait tort. Ils ont bien fait de lui couper la tête. Je l'envie, tellement j'ai mal au crâne. Je pense que c'est truqué à la télévision quand on voit les pilotes s'entraîner. « Les Russes, c'est propagande et compagnie ! » Je veux bien croire mon frère Guy. Ça m'arrange.

— Rassure-toi, ça ne peut pas tourner autant dans l'espace qu'au square.

Bonbec ne fait plus de répétitions. Ça m'inquiète. La situation doit être grave. Si ma poule avait assisté au tourniquet, c'était le déshonneur jusqu'à la cinquième génération.

Devant ma couleur délavée, on décide à l'unanimité, et au nom de la science, de continuer les expériences sur mon chien Capi. Il adore qu'on le propulse en haut du pas de tir dans notre Personiouz III, un landau anglais quasi neuf, trouvé à la décharge près de la voie ferrée.

Quand Capi décolle de la butte, ses oreilles flottent à l'horizontale. Ça nous donne l'idée d'un parachute en forme d'aile delta. Je le teste du haut de mon cerisier. Pas formidable. Ce sera certainement mieux en tombant de plus haut.

Notre préparation avance.

Surtout côté équipement. On s'approvisionne le jour des « encombrants » quand le quartier jette sur le trottoir ce qu'il a de pire. Il faut passer avant La Hurlette, le vrai chiffonnier du quartier. Une terreur. Notre scaphandre de l'espace est presque complet : chaussures de ski fourrées, sur combinaison de pompiste Shell, gants renforcés de goal, pulvérisateur chimique à vignes dans le dos, casque en panier à salade. Manque le masque à gaz modèle 14-18. Je suis en train d'essayer d'en échanger un, à Thirion, le rouquin de ma classe, contre des buvards-réclame, une Talbot Lago Dinky Toys, et une Légion d'honneur. Mais il veut toujours plus. Nos expériences commencent à être connues. Il y a eu des fuites. Les enchères montent. Il faut se dépêcher avant d'être grillés par une autre équipe.

C'est pire qu'entre les Russes et les Américains. Déjà on a remarqué des types de la Fosse-au-Berger qui rôdent autour de notre pas de tir. L'espionnage scientifique ! Ils en avaient parlé à une émission de radio.

Avec Bonbec, on décide de précipiter le lancement. Ce sera pour jeudi prochain.

Reste le plus difficile. Que ma poule vienne au Champ de personne pour assister à l'événement. Elle ne sort jamais de chez elle. Surtout depuis quelques jours. Les volets de sa chambre, au premier étage, restent fermés, même dans la journée. Moi, je fais le Roméo sous sa fenêtre. J'attends qu'elle descende dans son jardin et qu'elle parle à son petit chien.

— Laïka, mon amour. Tu crois que tu te plairas dans le ciel avec moi ?

Moi, je suis sûr que oui. A trois, on doit pouvoir tenir dans notre capsule. Ce sera beau et rien que pour nous. Il paraît que tout est bleu, silencieux, que le soleil se lève quand il veut, que la lune est en véritable argent poinçonné, et que les étoiles dessinent tout ce qu'on leur demande : des chariots, des licornes, des caravelles,...

— Non ! Laïka, pas par là. Tu sais qu'il y a un trou. Tu vas encore te sauver, te retrouver toute seule dehors et je serai obligée d'aller te chercher.

Ça y est ! Je l'ai mon plan. Merci, Laïka. Pas difficile de trouver le trou dans le grillage. Encore moins difficile de l'agrandir avec la pince coupante du p'pa... Clic !... Un coup Bonbec, un coup moi. En quatre passages « comme si de rien n'était » on a une trappe de poulailler.

Le jeudi, le renard est entré dans le poulailler. Je rampe dans le jardin. Laïka dort sur le perron. Hioup ! Dans le sac à pommes de terre. D'accord, c'est plus un enlèvement qu'une fugue. Mais c'est pour « l'amour et l'espace ».

— Mademoiselle, je crois que votre petit chien est parti par là.

Parfait, le Bonbec en poteau indicateur. Champ de personne 100 mètres à droite. Il est rassurant, Bonbec. Elle le croit.

— Par où ?

— Par là, venez.

Elle court. Caché derrière une Frégate, Laïka dans les bras, je la regarde. Sous son fichu, elle est blanche et essoufflée. Elle s'arrête, reprend haleine, la bouche ouverte, appuyée à un arbre. J'ai un peu honte. J'ai envie de lui dire : « Tenez, je l'ai retrouvé votre chien. » Mais je suis déjà en scaphandre de l'espace. J'aurais l'air fin au milieu de la rue. Elle crierait aux Martiens. Je cache les yeux de Laïka et je fonce jusqu'au pas de tir. Tout est prêt. Notre fusée attend. Elle est superbe avec ses trois étages de lessiveuse et sa capsule en landau anglais capitonné. *Personiouz III* est écrit en gros à la peinture noire. Avec un seul « n ». Ça fait plus russe.

Bonbec est déjà à son poste de mise à feu. Caché. Une mèche de 3 mètres déroulée jusqu'au moteur à poudre : toute notre réserve de pétards, feux de Bengale et bombes algériennes de l'année.

Le prochain 14 Juillet sera triste.

Tant pis.

C'est pour l'amour et l'espace.

Laïka serrée contre moi, je monte dans la capsule avec une échelle. J'espère que Blanco me voit. Normalement je dois faire un signe de la main aux photographes. Pas le temps. Ma poule vient de déboucher dans le Champ de personne. Elle reste saisie sur place. Ses yeux font des soucoupes dans son visage tout blanc. Elle me regarde, là-haut. Je lui tends la main.

— Viens !

Elle reste immobile et tout à coup elle sourit. Un vrai sourire. Le premier. Elle fait un pas vers notre fusée. Un tout petit pas pour elle, mais un grand pour nous. Mon cœur saute sous ma combinaison Shell. Laïka aussi. Elle a vu sa maîtresse. Elle se débat, me mord et s'échappe. En trois bonds, elle est dans les bras de sa maîtresse, lui lèche le visage. La débarbouille. C'est comme ça que Laïka a dû faire quand elle est revenue de l'espace.

Moi aussi, tout à coup, je reviens sans être parti. La fille me fait un grand signe de remerciement et disparaît avec son petit chien. Elle n'a rien compris. Revenez ! Et mon coup de foudre alors ? Je regarde autour de moi. J'ai l'air de quoi, là-haut, tout seul ?

Pas tout à fait. J'avais oublié Bonbec. J'ai juste le temps de le voir se précipiter derrière la flamme qui court sur la mèche. Qui court plus vite que lui. Ce n'est pas difficile. Bonbec s'élance. Il plonge. Un rêve de goal. Je le vois, une seconde en apesanteur.

— Merci !

C'est la fille. Elle est revenue sur ses pas et me sourit. Maintenant, je veux bien monter dans l'espace, être satellisé seul, ne jamais plus redescendre. Je veux bien, je l'ai vue sourire.

Le premier coup de foudre de pas de tir.

Bâaoum ! Ça fait de l'effet un coup de foudre à poudre. Le p'pa avait raison : « Tu le reconnaîtras quand tu le verras. »

— Alors, raconte !

— Je ne me souviens plus de rien, Bonbec.

— C'est bien la peine de vivre un moment historique.

« Troubles amnésiques post-traumatiques » qu'il a dit le médecin. J'aurais du mal à le caser dans une rédaction.

Bonbec est quand même fier de nous.

— Tu sais qu'à l'école tout le monde a parlé de notre exploit.

— Et la liste ?

— Celle de Picard et Némasse ? La liste des poules ? Elle a été confisquée par M. Brûlé.

— Et alors ?

— Le maître a dit qu'elle serait affichée à l'école des filles.

— Ouille-ouille-ouille !

— Tu verrais la queue devant le bureau pour faire rayer son nom.

J'ai des sueurs rien qu'à l'idée que mes petites sœurs auraient pu voir le mien et celui d'une fille.

— Et ta poule, à toi ?

La fille au fichu est partie. Ils ont déménagé. Les volets de sa maison sont restés fermés longtemps. Une autre famille est arrivée. Ils ont tout jeté par les fenêtres dans le jardin. Tout brûlé.

J'ai entendu la nouvelle voisine dire à la m'am : « Les docteurs n'ont rien pu faire pour sauver la gamine. Il paraît que ce genre de maladie, plus on est jeune, plus ça va vite. »

La voisine d'en face avait une maladie, c'est ça qu'elle cachait sous son fichu.

J'ai pleuré avec Capi. Je n'ai pas très bien su lui dire pourquoi. Il m'a débarbouillé avec sa langue. « Arrête Capi, t'es dégoûtant ! »

Mon frère Gérard m'a dit que Laïka, la petite chienne de l'espace, n'était pas redescendue vivante de son voyage. C'était de la propagande et qu'à cause de « trucs comme ça », il ne savait plus trop s'il était encore communiste.

Maintenant, quand je regarde le ciel, et que je vois passer un point lumineux qui clignote, je sais que c'est mon premier coup de foudre qui tourne sur orbite.

[illegible]

— [illegible] ?

[illegible]

[illegible]

[illegible]

[illegible]

[illegible]

[illegible]

[illegible]

[illegible]

[illegible]

3

Dispense

A quoi ça sert, les docteurs ?

C'est ce que je me demande depuis qu'ils n'ont rien pu faire pour sauver la fille au fichu.

— S'ils ne servent à rien, autant les tuer.

C'est ce que Bonbec a dit quand je lui ai raconté l'histoire de la maladie de ma voisine. Moi, j'ai pensé que ça nous changerait de Delac. On commençait à avoir du mal à trouver de nouvelles façons de le détester.

Peut-être aussi que ce jour-là, sous la passerelle, on avait un peu trop fumé de liane et croqué de petits œufs à la liqueur que Bonbec avait gardés de ses Pâques.

Mais quand c'est dit, c'est dit, on ne peut plus se dégonfler, maintenant. Il faut tuer les docteurs.

Au moins un. Pour l'exemple.

Moi, je n'en connais pas de docteur. Chez nous, on n'est jamais malade. C'est trop cher. Bonbec en a un. Son médecin de famille. Mais il l'aime bien. Question d'habitude.

On doit donc chercher un autre docteur à tuer. Pas facile. Surtout qu'on n'a pas beaucoup de temps de libre avec tous nos ramassages, triages, et échanges. Vivement qu'on soit grands pour avoir du temps de libre. En plus la poule de Bonbec est toujours dans nos jambes. Elle a pris goût au panache amoureux. Elle en veut toujours plus. Bonbec passe son temps sur la passerelle. Pluie. Vent. Courant d'air. Il commence à tousser comme un phoque.

— Si ça continue, je vais devoir arrêter ma poule. J'ai les bronches trop fragiles.

— Prends du sirop.

Il n'avait pas rigolé. Pour penser à autre chose, on en était revenus à notre idée de tuer un docteur. On s'est dit que le plus simple était de tuer un docteur facile à trouver. Le plus proche, celui de l'école.

M. Tarta.

Lui, on sait où il est et en plus on ne l'aime pas. M. Tarta a un nom qui attire les jeux de mots. Mais on n'a pas envie de jouer avec lui. C'est un petit bonhomme maigre et poilu comme Les Quatre Barbus (des chanteurs que Bonbec aime bien). Pour un médecin, il ne respire pas la santé. Ce ne sera pas une grosse perte.

C'est décidé. C'est voté. On va tuer M. Tarta.

Pour commencer, on décide de lui faire peur. De le menacer. Comme lui quand il vient nous annoncer dans la classe que la prochaine piqûre aura lieu la semaine prochaine.

Sept jours à avoir mal à l'épaule d'avance.

C'est du « sadisme ». Pas étonnant, ça vient d'un marquis (1740-1814).

Pour faire peur à M. Tarta, on avait pensé lui envoyer un cercueil fabriqué avec une boîte d'allumettes. Un voisin avait raconté qu'il faisait ça, en Algérie. Mais c'était trop compliqué.

On s'était rabattus sur un graffiti. Après plusieurs essais, on avait choisi « A mort les docteurs ! ». Ça nous paraissait court, et assez effrayant. Ça montrait aussi qu'on n'avait rien contre M. Tarta en particulier, mais que ça s'adressait à tous les docteurs.

« A mort les docteurs ! » C'est ce que je suis en train d'écrire à la craie sur le mur de l'infirmerie pendant que Bonbec fait le guet.

C'est là que se cache M. Tarta. Ça fait des mois qu'on ne l'a pas vu. Certains disent qu'il est mort. « La maladie s'est vengée. » Ce serait dommage.

— On devrait écrire : « A mort le médecin scolaire ! » C'est son titre exact.

Bonbec a raison, mais j'ai une hésitation sur l'accent de médecin. Grave ou aigu ? Alors, par sécurité, je préfère tuer un docteur qu'un médecin.

Il ne faut écrire qu'avec ce qu'on sait écrire.

Ce médecin-docteur, on a décidé de ne pas se contenter de le tuer simplement. Bêtement. Mais de « 54 manières raffinées et terrifiantes ». C'est le titre que nous avons donné à la liste « consignée » sur un cahier de brouillon bien caché sous la passerelle.

Je m'applique à écrire en script pour ne pas qu'on reconnaisse mon écriture. Mais c'est long. Trop long. Surtout quand on est censé être allé faire signer sa punition chez le directeur. Motif : dégradation de matériel scolaire. Traduction : a percé un trou dans la carte de l'Afrique à l'endroit de Gorée. Justification : veut faire échapper les esclaves de l'autre côté de la carte. « Les Vosges : Géographie physique. »

Ce serait pratique si le monde était comme les cartes de géographie. Recto : le Bassin parisien. Verso : l'Australie. Ça faciliterait les voyages.

— Mais qu'est-ce que je tiens là ?

C'est la Fraise, le concierge. Et ce qu'il tient là, c'est

mon oreille. Il vient de m'attraper par surprise. Bravo, Bonbec, pour la surveillance !

La Fraise a l'air content de sa prise. Son nez bourgeonne encore plus que d'habitude. C'est à ce nez d'alcoolique invertébré que la Fraise doit son surnom. Alcoolique invertébré n'est même pas un jeu de mots, tellement il est mou, la Fraise.

— Qu'est-ce que vous fichez là, tous les deux ?

— On allait faire pipi, monsieur.

Bonbec s'empoigne le short et grimace pour faire plus vrai... Ça presse !... La Fraise se voit déjà passer la serpillière.

— Allez, file !

J'essaie de prendre le même wagon.

— Hep, là ! pas toi, mon lascar.

Bonbec a l'air désolé. Une petite mine rose qui veut dire « C'est comme ça, les bons gros on les croit toujours ». Il détale. La Fraise salive.

— A nous deux, phénomène ! Qu'est-ce que tu faisais sur ce mur ?

— Rien, m'sieur.

— Tu te fous de moi et ça ? Amor... Ça veut dire quoi ?

On peut le lire comme ça. Je n'ai pas eu le temps de terminer mon « A mort le docteur ».

— Alors, ça veut dire quoi ?

— « Amor »... Euh... ça veut dire... « Amour », m'sieur !...

— Amour ?

— C'est de l'italien.

— Et pourquoi t'as écrit en italien sur le mur de l'infirmerie ?

— Euh... à cause de l'infirmière.

— Elle est italienne ?

— Je sais pas.

Je revois l'image de Silvana Mangano dans *Riz amer*, l'actrice préférée du p'pa. Il y a de ça, dans le corsage de l'infirmière.

— Alors, tu m'expliques ton « Amor » ou je t'arrache les yeux.

— C'est... C'est parce que je suis amoureux d'elle, monsieur.

Ça m'est sorti sans réfléchir, comme une reprise de volée au football.

— Tu te paies ma fiole, en plus ! Amoureux de l'infirmière ! Mme Fluck ! Une femme mariée ! Je vais t'en laisser tomber, moi, de l'amour.

Et la Fraise m'en laisse tomber, de l'amour. Comme à Gravelotte. De l'amour en forme de torgnole, calotte, tourlousine, rouste et dégelée. Au moins ça fait circuler le sang et fortifie les synonymes.

Pourtant il y a du vrai dans cet « Amor ».

J'avoue que suis amoureux (un peu) de l'infirmière et de sa blouse (beaucoup) toujours mal boutonnée (passionnément). Comme toute la classe d'ailleurs. Toute l'école, même. Il faut reconnaître que, comme dit Bonbec : « Elle a une sacrée paire de lolos ! C'est elle qui devrait faire la distribution du lait le matin au lieu de Mendès France. »

En plus, elle sent bon. Il paraît que toutes les infirmières sentent bon. A cause de l'odeur d'éther qu'elles veulent cacher. On dit même que Mme Fluck met un parfum d'homme.

— Eh ! l'amoureux, on est bien en 7e B, chez M. Brûlé ?

J'y suis bien, c'est vrai. Très bien, même. Ambiance

studieuse, cours intercalés entre les récréations pour varier, vue par la fenêtre, cantine avec céleri rémoulade et un maître qui est une crème de maître. On s'en ferait des tartines à 4 heures. Les punitions ? Je lui pardonne.

Moi, si j'étais maître de moi, je me punirais encore plus. La phrase n'est pas correcte mais ce n'est pas facile de soigner sa syntaxe quand on est tiré vers le bureau du directeur par les « petits cheveux ». Ceux des tempes. Les plus douillets.

Occupé ! Le bureau du directeur est occupé. Aubaine ! Qu'il prenne tout son temps, le bureau. En attendant, le concierge me met en souffrance devant la porte vitrée de sa loge. Je souffre dans une odeur de pot-au-feu à me faire vomir café au lait et tartines.

Le concierge en profite pour aller se « jeter un godet derrière le quiqui » comme il dit. A travers le rideau au crochet de la loge, je le regarde téter une bouteille de vin blanc sans étiquette.

Quand je serai grand, je ne boirai pas. Ça fait le nez pire que la boxe.

A côté, sa femme, Marie-Antoinette (ainsi surnommée par moi, car elle est enfermée à la conciergerie) est assise à sa table, et décore au fer à pyrograver des ronds de serviette.

Ça non plus, je n'en veux pas plus tard.

Je mitonne depuis tellement de temps dans l'odeur de pot-au-feu que je vais finir par avoir la soupape qui siffle.

— Pssuit !

Ce n'est pas moi. C'est le directeur qui passe la tête par la porte de son bureau. Il fait Pssuit ! au concierge. Bouffi comme il est, le directeur a l'air de fuir quand il parle. Il n'a plus de bouche, mais une grosse valve. La Fraise se précipite en soufflant dans sa main pour vérifier s'il ne sent pas trop le vin. Si, il le sent ! Et même d'ici. Conciliabules de valve et fraise, dans l'embrasure. On cause de moi. C'est trop d'honneur.

— Venez ici, mon ami.

Si le concierge pue le vin, moi je sens la consigne. Deux heures minimum.

— Eh bien, mon jeune ami, il paraîtrait que vous entrepreniez de graffitir, dans la langue de Dante, le sanctuaire d'Hippocrate ?

Au début, le dialecte du directeur surprend un peu. On dirait une émission tard le soir à la radio. Juste avant *La Marseillaise*.

Mais à force d'être puni, je parle le dirlo couramment et à force d'essayer de ne pas l'être, je cause le faux jeton deuxième langue. Je réponds au directeur en baissant la tête. Les cervicales dociles. Le modèle « bourgeois de Calais » de mon livre d'histoire. Il aime ça. J'en profite pour détailler ses charentaises, ajourées pour laisser respirer des panaris jumeaux qui vont bientôt exploser comme des andouillettes.

— D'où tenez-vous ce prurit graphomaniaque ?

Le directeur compte sur ses doigts pour voir si-des-fois il ne traînerait pas dans sa question un alexandrin par inadvertance. Il est déçu. Patience, avec la gangrène qui menace, il en fera tout seul, des vers.

— L'initiative est malvenue, mon ami, le jour où le nouveau médecin arrive ici.

Là, il a l'air content de ses doigts. Pas moi. Un nouveau médecin scolaire arrive aujourd'hui ! Et M. Tarta ? Fini la trêve des équarrisseurs. C'est le retour de la plume et de la seringue. Rien que d'y penser, j'ai l'omoplate en okoumé. Il me vient des sueurs froides. Je m'accroche au bureau. Ce n'est pas le moment d'avoir mes vapeurs et de m'évanouir au pied des panaris du directeur.

« Un thé Peyronnet, c'est radical ! »

C'est la formule préférée de la m'am pour nous soigner. Le seul remède qu'elle propose après n'importe quel bobo. Des genoux écorchés à la colique d'avant composition de calcul.

Avant de laisser tomber son diagnostic unique, la m'am procède toujours de la même façon.

Pendant qu'on se tord d'un mal réel ou simulé, elle consulte « son » livre. *Le Médecin des pauvres et les 2 000 recettes utiles* par le Docteur Beauvillard.

— Je vous le dis : un thé Peyronnet, c'est radical !

2 000 recettes ! et toujours le même remède.

1 999 recettes inutiles !

— Pourquoi tu gardes ce livre, m'am ?

— On sait jamais.

On-sait-jamais est certainement la maladie la plus terrifiante de la famille. La seule crainte de l'attraper me ressuscite de tout. Je lâche le bureau et je me redresse.

— C'est passé, mon jeune ami ? Tant mieux. J'ai cru qu'on allait devoir vous saigner à la plume Sergent Major.

Le dirlo note sa plaisanterie de marchand de couleurs sur le buvard de son bureau. Je n'aimerais pas être buvard. On doit en sécher de belles.

— Mon bon, raccompagnez à sa classe ce garçon. Plus tard, nous le punirons.

« Plus tard », mot magique dans la bouche en forme de valve du directeur. Plus tard, ça veut dire jamais.

Quasi. Le dirlo perd la mémoire. La mémoire de tout de suite. Celle qui sert à se souvenir sur qui on vient de copier quand on se fait prendre.

Paraît qu'il a été trépané à la guerre.

Paraît qu'on lui a ouvert le crâne.

Paraît que son cerveau en a profité pour faire la bleue.

Paraît que les soirs d'orage, on voit ses idées voleter au-dessus de son crâne comme des moucherons sur une lampe tempête.

Avec Bonbec, on aime bien inventer des histoires sur le directeur qui commencent avec « paraît ».

— Allez, mon bon ami. Qu'attendez-vous, ici ?

La Fraise espérait que le directeur reviendrait sur son « plus tard ». Il n'est pas content. « Plus tard » est un mot qu'il n'aime pas. Pour lui, c'est synonyme de « jamais ». C'est l'amnistie avant la condamnation.

A peine sorti du bureau, il entreprend de se fourrailler la fraise avec un index rageur. Signe d'extrême contrariété. On dirait qu'il déguste des oursins.

Après, c'est moi qui déguste.

Il m'attrape par une oreille (toujours la même) et me traîne jusqu'à ma classe. Le concierge doit avoir un problème avec tout ce qui dépasse.

Toc-Toc-Toc !

J'entre en héros. Surtout pour Bonbec. Il adore que je sois puni. Il aimerait tant l'être. Mais il a une telle bonne bouille de bon gros qu'on lui pardonne tout. Ça le rend triste. Un jour, il a pensé prendre les cachets bleus de sa mère, mais a reculé devant l'idée du lavage d'estomac.

Il dit que cette « mansuétude à son égard » c'est du racisme anti-gros. Qu'on devrait respecter son droit à être puni comme les autres.

J'ai beau forcer sur les airs de martyr de couloir, les autres élèves gardent la tête studieusement baissée sur le peinturlurage de leurs soldats Mokarex.

Le moment de la semaine que je préfère.

La classe prépare le concours national Mokarex réservé aux moins de 13 ans. Il y a une vraie voiture à essence comme premier prix.

Il y a à peine une demi-heure, j'étais à ma place, au milieu de ce bocal de calme, l'œil appliqué et le pinceau *gracile*, décorant mon Alexandre Dumas (1802-1870). Jusqu'à ce que Delac ramène sa science.

— Pourquoi peins-tu Dumas de cette couleur ? Il n'était pas noir.

— Si, il était noir !

— Mensonge !

D'accord, Alexandre Dumas n'était que quarteron, comme moi. Donc, café au lait. Mais, la mauvaise foi avec Delac c'est de la légitime défense. Ce type croit tout savoir parce qu'il prend des leçons de piano, porte un appareil dentaire et manie l'imparfait du subjonctif comme du Fly-Tox.

Le ton a monté entre Delac et moi et j'ai fini par tremper la tête de son Axel de Fersen dans l'encrier.

— Ça lui fera un amant noir, à Marie-Antoinette !

— Marie-Antoinette n'a jamais eu d'amant noir.

— C'est quoi, le problème, amant ou noir ?

— Quelle impudence !

Delac tente de me souffleter avec son chiffon à dessin. Je vois le moment où il va me provoquer en duel. On se contente d'un début de bagarre démocratique, plus dans mes moyens, avec piquet pour les deux.

Ensuite tout s'est enchaîné : Gorée, le trou dans la carte, la Grande Evasion des esclaves et mes exploits rupestres que le concierge se délecte à raconter au maître. Je me rends transparent.

— Monsieur le directeur m'a demandé de vous confirmer que le nouveau médecin scolaire passera bien dans votre classe à 15 heures.

Je regarde la pendule au-dessus du tableau avec des yeux de naufragé. Il est déjà 2 heures. D'habitude, la pendule ne me sert que de compte à rebours entre deux récréations. C'est la première fois que je m'aperçois qu'elle a la forme d'une bouée et qu'elle agite les bras à l'intérieur.

Au secours ! la pendule se noie.

Il me reste à peine une heure pour me sauver. Disparaître. Et même pas une récréation pour tenter une évasion par l'école maternelle.

Bonbec paraît inquiet. Il tremble sur son pinceau. Le bleu de la robe de chambre de son gros Balzac (1799-1850) déborde jusque sur son plumier. Il me fait des signes en douce. Mais non, je ne vais pas partir sans lui. Il a au moins aussi peur que moi des piqûres. Avec deux grosses trouilles on doit bien faire un petit courage.

La cuti-réaction est inutile pour nous, puisqu'on l'a avant, la réaction.

— C'est pas une cuti, c'est une piqûre. Une méchante.

Picard avait aimé nous faire peur. Ce type est un mystère. Avec son physique de teigne, c'est le plus habile sur les Mokarex. Il sera peut-être peintre, un jour.

M. Brûlé me fait signe de rejoindre ma place.

— Tu viendras me voir après le passage du médecin, on réglera tout ça.

La menace du maître est entièrement contenue dans

la barre de ses sourcils en chevrons Citroën. Sur sa face énorme, ils lui font une enseigne de garagiste. En plus, à cause de l'encre, il a les mains au cambouis bleu.

Paraîtrait qu'il est hydrocéphale. Ça veut dire la tête pleine d'eau. Pour lui, ça doit être de l'eau douce. On la voit dans ses yeux. C'est comme un bord de Marne.

Pour l'instant, c'est tempête sur l'estrade. Je m'affale prudemment à côté de Bonbec. On doit causer survie, tous les deux.

On passe en revue les moyens d'éviter la piqûre. Ils vont de l'évanouissement simulé à l'évasion par la fenêtre de la classe. Courir jusqu'à la passerelle de chemin de fer et se jeter d'en haut, dans un train de marchandises qui transporte du minerai de charbon à Nijni-Novgorod en passant par Francfort, Prague, Varsovie, Minsk et Moscou.

Tok ! Tok !

On frappe en russe à la porte.

Sûrement le médecin. Il toque directement à l'omoplate. C'est incroyable, la mémoire d'une omoplate ! Surtout ce petit triangle en haut à droite. A la moindre occasion, toutes mes douleurs s'y engouffrent.

C'est mon triangle des Bermudes.

Un jour, je vais y disparaître tout entier.

Toc ! Toc !

La porte s'ouvre brusquement. Le médecin entre. La classe sursaute. Personne ne l'a entendu approcher dans le couloir. A croire qu'il a retiré ses chaussures derrière la porte avant de bondir, comme pour les condamnés à la guillotine.

Ils feront comme ça, en Amérique quand ils iront chercher Caryl Chessman dans le couloir de la mort. Je l'ai lu.

En ce moment, j'envie les condamnés. Eux, au moins, ont droit à une cigarette et un coup de rhum. C'est plus utile qu'un verre de lait à la récréation.

Le médecin, lui, est bien vivant. Il monte sur l'estrade. Remboursez ! Il ne ressemble pas à un docteur. Il est jeune, n'a pas de barbe, pas de ventre et mesure au moins 1,80 m. Rendez-nous Tarta.

Ce n'est pas sa taille qui m'inquiète le plus, mais un détail. Bonbec aussi l'a remarqué.

Le docteur porte des baskets.

Des Paladium bleues avec une étoile. Comme les Harlem Globe Trotters, mes basketteurs favoris.

Avec Bonbec on se regarde. On pense la même chose tous les deux : notre projet d'évasion à la course est plus que compromis.

Le reste de l'équipe médicale entre à la suite. C'est la procession des rois mages en blouses blanches, portant la seringue, le coton et l'éther. Ils s'alignent sur l'estrade, et nous regardent comme des petits jésus à piquer. Bonbec me donne du coude.

— T'as vu les lolos de l'infirmière ?

Bien sûr que je les ai vus. La blouse de Mme Fluck a encore rétréci au lavage. Merci Omo !

— On dirait la pépée de Scandale.

Moi, je pense à la réclame pour Getien « La gaine qui tient » et j'ai du mal à empêcher un parachute de s'ouvrir dans mon short. Némasse sort toute sa batterie de gestes cochons sous son pupitre. Je ferme les yeux, mais le parfum de l'infirmière vient jusqu'à moi. Je crois que c'est encore pire que sa blouse. C'est donc ça un parfum d'homme ?

— Je repasse dans une heure, docteur. Je vous les confie.

Quoi ! M. Brûlé quitte la classe. Il nous abandonne, un énorme paquet de cahiers sous le bras. En fait je préfère. Je n'aurais pas voulu qu'il soit là pendant la piqûre.

Le nouveau docteur tape dans ses mains.

— Un peu de calme ! Les élèves disposant d'une attestation de leur médecin traitant, levez la main !

Delac est le premier à dégainer avec deux ou trois autres de ses copains de la clique des dispensés. Ceux qui brandissent un certificat médical dès qu'on fait mine de s'approcher de trop près de leur omoplate en cristal. Pas question de les toucher.

Une dispense, c'est mieux que l'immunité diplomatique.

— Vous apportez vos attestations au bureau, à Mme l'infirmière.

Je regrette encore plus de ne pas en avoir une. La blouse de Mme Fluck a encore rétréci quand elle s'est assise.

— T'as réussi, pour le certificat médical ?

J'avais promis à Bonbec d'essayer, pas de réussir. S'il croit que c'est facile à fabriquer une dispense. Pour le papier à en-tête, pas de problème. Mais l'écriture ! Comment imiter une écriture de docteur ? Pourtant, je suis un spécialiste en crabouillis. Une technique que j'ai mise au point pour cacher mes fautes d'orthographe. Un système inspiré de la broderie au tambour et du vermicelle trop cuit. L'idée, c'est de faire douter le correcteur. Y a-t-il un « n » ou deux ? Un « s » ou pas ? Cette tache est-elle un accent circonflexe ?...

Malheureusement, en orthographe, le doute ne profite pas à l'accusé. M. Brûlé avait écrit dans la marge :

« L'entourloupe de l'hourloupe, je connais la combine. » Zéro !

A bien y réfléchir, la meilleure solution serait de connaître un vrai docteur avec trousse, barbe et caducée sur le pare-brise. Le p'pa aurait réparé sa voiture. Un joint de culasse contre une dispense. Et c'était réglé.

Malheureusement, Frantz, le seul docteur sur nos tablettes est médecin des fous à l'hôpital de Blida en Algérie. Un jour, on ira le voir en vacances, mais en attendant, ça fait une trotte pour la consultation.

— Et toi, Bonbec, pourquoi tu demandes pas à ton docteur ?

— Pas de piston ! a dit mon vieux. Les piqûres, ça forge le caractère... Et ton père ? Il a été malade à son usine. Il doit bien en connaître.

Le médecin du travail ! Tu parles. C'est celui qui ne veut pas mettre le p'pa en longue maladie, malgré son poumon en moins, son épaule plus basse quand il rentre du travail, et sa cicatrice de 54 cm dans le dos.

Avec Bonbec, on fait le bilan. C'est simple, nous sommes orphelins de connaissance. Notre dernière chance serait de tomber sur quelqu'un qui comprenne nos malheurs.

Alors, quand un docteur entre dans la classe, Bonbec espère qu'il sera gros et moi café au lait. L'idéal serait un gros docteur café au lait.

Le nouveau médecin ne ressemble pas du tout à ça.

— Mettez-vous sur une file dans l'allée centrale et torse nu.

On sort les scolioses, et les cyphoses et les omoplates en aile de chauve-souris. C'est le grand déballage de côtes, d'os et de peau. Ça va de Thirion, le rouquin tacheté léopard, à Lali, plus brun que moi encore, alors que ses parents ne viennent que d'Italie. On trouve aussi du plus racho, Dieuleveut, au plus costaud, Picard qui en rajoute en jouant Jojo les biscotos et en faisant des mystères.

— Attendez un peu, vous allez rire les gars.

Je ne vois pas ce qui pourrait nous amuser en ce moment. Avec Bonbec, on se tient serrés comme pour un jeu de nuit en forêt, bien calés derrière Picard. Sa carrure m'évite de voir ce qui se passe devant. Mais l'odeur d'éther vient se planter dans mon dos. Je transpire. Ça coule le long de la colonne vertébrale, sous les bras. Je pense aux sources de l'Orénoque et aux chutes du Zambèze histoire d'emmener ma trouille en voyage. Mais j'ai la trouille plutôt casanière.

Pendant ce temps, le clan des dispensés fait semblant de jouer à la bataille navale en lançant un... Touché !... à chaque fois qu'un camarade reçoit sa piqûre.

Ça ne se passerait pas comme ça, si M. Brûlé était là... Coulé !... Je préfère ne pas savoir qui vient de tomber avec ce bruit de noix de coco pleine. C'est contagieux, la noix de coco.

— Monsieur Delac ?

— C'est moi, madame.

— Je ne trouve pas votre dispense.

Il a blêmi. Je l'ai vu. Au moins de deux teintes. L'infirmière sourit. Lui aussi, mais c'est moins réussi.

— Je vous l'ai remise, madame.

— Certainement, mais je ne la trouve pas.

— Je vous assure.

— Venez me voir.

Delac perd deux autres teintes de blanc. Il va finir transparent. Picard se retourne.

— Je vous avais dit qu'on allait rigoler.

Pas longtemps. Après Picard, ce sera mon tour. Au bureau, Delac et l'infirmière s'expliquent... Je l'ai posée ici... Je vous crois, mais je n'ai pas cette dispense... Appelez mon père... Je prierais bien saint Antoine de Padoue pour qu'on ne retrouve pas la dispense.

— Tournez-vous, mon garçon.

Picard se retrouve face à moi. Il bouge ses pectoraux à la Johnny Weismuller et me fait un clin d'œil. Dire que dans trente secondes, je vais être face à Bonbec. Qu'il ne compte pas sur moi pour lui faire Tarzan et Chita.

Picard n'est pas seulement le plus fort, il est aussi le plus courageux. Je n'ai même pas vu quand il a été piqué. Avec moi, on va redescendre de plusieurs crans dans l'héroïsme.

— Attendez, docteur, ce jeune homme n'est pas en règle.

L'infirmière quitte le bureau et se penche à l'oreille du médecin, ce qui provoque un mouvement de houle dans la file en direction du décolleté. Elle lui parle. Il doit sentir son parfum. Comment fait-il pour regarder Delac en hochant la tête, comme si son cas l'intéressait ?

— Bien sûr, madame... Vous avez raison... Absolument... Venez mon garçon !

Delac a un mouvement de recul.

— Moi !... Mais non !... J'ai une dispense... Je ne veux pas... Mon père...

— Allons, n'en faites pas une histoire !

Mais si, il en fait une histoire, Delac. La même que la nôtre. Celle de l'évasion. Le pâle imitateur essaie de se sauver par la fenêtre, les yeux rivés sur la voie ferrée. On pourrait y lire l'itinéraire... Francfort, Prague, Varsovie, Minsk et Moscou... Il a regardé la même carte que nous.

Mais c'est là que le détail intervient : les baskets !

En deux foulées, le docteur rattrape le fuyard. Delac ne résiste pas. Il a sa dignité. Son clan de dispensés le regarde. Il fait le grand seigneur. A la Mokarex. C'est Louis XIV (1638-1715) drapé dans son manteau de cour, allant à la guillotine. « Ceci est un anachronisme. » Mais Delac s'en moque. Il est grand. Il mérite bien qu'on mélange les époques pour lui. L'infirmière lui tient le bras par précaution. Il respire profondément. Ferme les yeux. Le couperet de l'aiguille tombe. Delac grimace. C'est fini. Applaudissements des tricoteuses.

Même pas une goutte de sang bleu sur le coton hydrophile.

— Je vous remercie, madame.

Delac s'incline devant l'infirmière et retourne se faire congratuler par son clan. J'ai l'air de quoi, moi avec mes épaules à l'intérieur, mes genoux cagneux et ma bouche sèche ?

— Avancez, jeune homme.

L'infirmière est restée près du docteur. Elle me tient moi aussi par le bras. Elle a compris pour la fuite à Moscou. Je ne veux pas regarder dans sa blouse. Ça m'amollit. Je sens son parfum d'homme. Je fais face à Bonbec. Il n'est plus rose. Sa trouille me rassure un peu. Je garde les yeux fixés au fond de la classe sur la bibliothèque. A moi, les livres ! Le froid de l'alcool sur ma peau. J'inspire le parfum de l'infirmière. Profond. On me pique. Un goût de sang gicle dans ma bouche. Du rouge. Ce parfum est rouge. Je veux le même plus tard. Il m'enveloppe, m'apaise. J'essaie de le garder dans ma tête avant qu'il ne se sauve. Ça tourne. Il fait froid.

— Allons, jeune homme.

Une odeur d'alcool de menthe essaie de chasser le parfum de l'infirmière. Je ne veux pas. Je retourne à ma place. Qu'on ne me touche pas.

Bonbec me rejoint. Il est redevenu rose.

On descend en récréation comme des petits vieux. L'escalier de cet hospice n'en finit pas. La cour est pour nous seuls. C'est notre récompense... Non, merci. Pas de foot, aujourd'hui...

— Tiens, ça te fera un souvenir !

C'est Picard. Il me tend une boulette de papier. Je la défroisse... La dispense de Delac !...

— Je lui ai fauchée à ce prétentieux. Mais faut reconnaître qu'il en a eu.

Je range le papier dans ma poche. Il ira dans mon trésor. Me voilà avec une dispense médicale pour me souvenir d'un coup de foudre pour un parfum rouge !

4

Poste restante

Depuis cette piqûre, j'ai toujours mal à l'omoplate. « C'est dans ta tête. » La m'am a sûrement raison. N'empêche, cette douleur est là et me gêne pour écrire. Ça tombe mal. En ce moment j'écris. J'écris beaucoup. J'écris tout le temps. Pas seulement en classe. Des rédactions ou des lettres pour la poule de Bonbec. Ni des histoires à mes petites sœurs. Un truc que j'ai trouvé pour me débarrasser d'elles le matin, dès le coin de la rue. « Maman a dit que tu dois nous accompagner jusqu'à la porte de l'école. » Elles ne se rendent pas compte, si un copain me voyait.

A mort, les petites historiettes ! cette fois j'ai décidé d'écrire pour de bon. D'écrire une histoire d'amour. Une vraie. Longue, avec des chapitres, des rebondissements. Ça m'en a donné des crampes dans le bras, mais c'est fait ! Cent pages sur un cahier de brouillon. Pas une rature.

— Tu ne vas pas me dire que tu n'écris pas à une poule.

J'ai du mal à expliquer à Bonbec pourquoi, en ce moment, je ne peux pas l'accompagner sur la passerelle.

— Tu pourrais faire un effort. Le panache amoureux, ça commence à lui manquer, à ma poule.

Je crois plutôt qu'il est jaloux. Pas encore dix ans, et je viens de terminer mon premier roman d'amour. Une histoire de coiffeuse et d'héritier qui va enterrer *Nous Deux* et *Madrigal*.

— Franchement, c'est moi qui ai une poule et c'est toi qui écris. Ce n'est pas normal.

Il devrait plutôt me féliciter. Dire chapeau, l'artiste ! Tant pis. Mon dictionnaire et moi, nous savourons quand même l'événement installés dans le cerisier de la cour. La nuit vient de tomber sans que je m'en aperçoive. Il fait doux. Est-ce qu'il fait toujours aussi doux quand on termine un roman ?

Je savoure, il savoure, nous savourons, les mains derrière la tête, allongé en position hamac. J'aime bien le verbe. Savourer. On le prononce, et on savoure déjà.

Mon premier roman !

Incroyable. Je regarde sous moi dans la cour, la famille n'a pas l'air de se rendre compte de l'événement. Depuis tôt ce matin, une seule chose l'occupe, le moteur de la traction familiale. Il a fallu le déposer, rapport à une histoire de chemises et pistons. J'ai dû jouer l'arpète. D'habitude, j'aime bien tenir la baladeuse « Eclaire mes mains ! » ou passer les outils « Non, ça c'est du 12 ! ». Mais toute la journée, je n'avais qu'une pensée en tête, terminer mon roman.

— Prends ta pause syndicale, camarade fiston !

Le p'pa a certainement remarqué que je rêvais. « J'ai demandé la clef à cliquet, pas mon briquet. »

Alors, je la prends ma pause syndicale.

Je profite de cette nuit de printemps qui, elle non plus, n'a pas l'air de se rendre compte de l'événement.

Les nuits de printemps sont souvent prétentieuses et distantes. Je dirais même bégueules, avec cette façon d'être « Pleines d'exhalaisons, de fraîcheur parfumée, d'ombre accueillante, et de rires insouciants ».

Poncif !

C'est ce que M. Brûlé avait écrit en rouge dans la marge de mon travail. Poncif ! Outre (j'aime bien ce mot, ça me fait penser à une gourde d'eau fraîche) outre, donc, l'humiliation de voir Delac être premier en rédaction, ce mois-ci, ça ne fait jamais plaisir de savoir que sa propre rue est pleine de poncifs.

M'am, je voudrais qu'on déménage.

Ce soir, dans mon cerisier, je suis au-dessus de ça. J'ai terminé mon premier roman. Ça s'arrose. Asti spumante pour tout le monde ! J'ai terminé mon premier roman. Mon premier roman d'amour ! Je le précise, car, des romans, j'en ai écrit une foultitude de palanquée. Et dans tous les genres : roman policier, avec gangsters en Traction qui roule, 7,65, meurtre dans le quartier et enquête.

Problème, je n'ai jamais réussi à trouver le coupable. Je reste persuadé que c'est Piedalu le grainetier boiteux de la rue des Limites qui a fait le coup. Mais je ne peux pas le prouver. Parfois, les personnages sont plus malins que l'auteur.

J'ai aussi écrit un roman historique. Pas terminé non plus. Mais là, c'est normal. « L'histoire ne s'arrête jamais », nous avait dit le maître.

L'idée n'était pas mal trouvée : sauver Marie-Antoinette en utilisant comme personnages uniquement mes soldats Mokarex.

A chaque paquet de café Mokarex, quand arrive un nouveau personnage historique, je dois aussitôt l'inclure dans l'histoire. Facile, par exemple, pour Mme Roland (1754-1793), mais pour George Sand ça n'améliore pas ma concordance des temps. Déjà « erratico-élastique » selon M. Brûlé. Tant pis, quand il s'agit de sauver la reine, tous les moyens sont bons : cow-boys, Indiens, cyclistes. J'utilise ce qu'il y a dans ma boîte à jouets.

Avec ma grue jaune, j'ai réussi à enlever Marie-Antoinette en pleine rue Saint-Honoré, sur une charrette Dinky Toy au 1/43 qui l'emmenait vers une guillotine montée en Meccano, boîte n° 7.

Le maître parle d'anachronisme. Comme si je ne savais pas qu'il n'y avait pas de camion Berliet à benne basculante du temps de Marie-Antoinette !

Mon système Mokarex a une faiblesse : les doubles. Passe, quand je sors du paquet de café un deuxième Axel de Fersen. C'est même utile pour berner Robespierre (1758-1794), mais encombrant quand surgit un quatrième Fouquier-Tinville (1746-1795) dressé derrière son immense table à pieds de griffon. Ça donne l'impression de juger Marie-Antoinette dans un magasin de meubles Lévitan.

J'ai donc enterré mon roman historique près du rosier tout en bois de la m'am.

Malheureusement, Capi, notre pur bâtard, est un véritable chien truffier. J'ai eu l'air malin quand il a débarqué avec, dans la salle à manger. « Fais voir. On peut lire ? – Où tu vas chercher tout ça ? – Dis donc, t'as le béguin pour Marie-Antoinette, toi. – Eh, c'était son jour de sortie à ton orthographe ? »

Bref, j'ai décidé d'aller perdre mes romans, dans une forêt profonde, comme les enfants des contes quand on ne peut plus les nourrir. J'aurais pu choisir la forêt de Bondy, mais j'ai préféré la décharge publique près de l'église, le long de la voie ferrée. J'adore cet endroit. On y trouve tout ce qu'on veut à condition de ne rien chercher.

Parfois, je viens dans cette décharge seulement pour écouter se chamailler les mouettes et regarder brûler les grands feux. Je ferme les yeux et je suis le Naufrageur de Paramé.

Je dis Paramé parce que j'y suis allé en colo avec Air France. Ma plus belle. Avec matelas en varech, tour Quiquengrogne à Saint-Malo et tempête du bout du monde sur les remparts.

Je voudrais être enterré comme Chateaubriand (1768-1848) sur une île où on ne peut aller qu'à marée basse.

Le jour où je suis venu perdre mon roman historique à la décharge, il y avait eu le plus bel arrivage : des lettres.

Mon trésor et ma perte.

Je dois l'avouer, mon premier roman d'amour n'est pas mon premier-premier roman. Mon vrai premier, je l'ai écrit à cause des lettres trouvées ce jour-là.

J'adore les lettres. Toutes. A la main, à la machine, longues, courtes, avec une écriture du dimanche ou en pattes de mouche, sur du papier fleuri ou pelure, avec en-tête, cœur ou initiales, avec timbre à l'envers sur l'enveloppe pour dire m... à celui qui le recevra, ou M. B.B.A. en étoile au verso (Mille Baisers sur ta Bouche Adorée) ou en post-scriptum : P.P.L.F. (Pardon Pour Les Fautes).

Les lettres, quand elles ont une enveloppe, je les classe par rues. Je refais la tournée du facteur. (Celui qui rêve de tuer Capi qui rêve la même chose.) Je sais tout ce qui se passe dans le quartier. Parfois, dans la queue à la boulangerie, j'ai l'impression de relire certains passages sur les visages.

Je comprends pourquoi la dame de la rue François-Coppée ne m'a pas rendu le planeur en balsa que j'ai perché chez elle. J'ai lu la lettre d'Algérie. Son fils était à Tlemcen.

Ce jour-là, le butin de lettres était maigre. Je m'étais rabattu sur un vieux numéro taché du *Magasin d'éducation et de récréation*. Je n'aime pas trop. Tout est par épisodes. Je lisais quand même *Le Superbe Orénoque* par Jules Verne (1828-1905). *Il en est de certaines villes comme de certains hommes, ils hésitent...* Moi aussi. Est-ce que je continuais à remonter l'Orénoque jusqu'à... La suite prochainement... au risque de ne pas trouver le numéro suivant ? Ou bien, je restais à Las Bonitas et je me contentais de regarder les illustrations ?

J'avais quand même envie de m'embarquer pour San Fernando sur le *Simón Bolívar* avant la nuit. Je fouillais les détritus. Pas d'Orénoque. J'allais abandonner mon voyage, quand, au milieu d'un paquet éventré de *Bonne Soirée*, je trouve ! Pas la suite de mon expédition, mais un paquet. Un paquet de lettres noué avec un ruban bleu délavé. Je sais tout de suite que j'ai fait une trouvaille. Pour ça, j'ai un nez de chiffonnier.

Tant pis pour l'Orénoque. Je regarde tout autour, pour vérifier si je n'ai pas tapé dans une veine. Miracle ! Merci sainte Rita (1381-1457). Je découvre deux autres paquets noués à l'identique. Mon cœur se déchire. Je fouille, je retourne. C'est tout. Je cours m'installer sur un cageot près du feu. J'ai froid. Je frissonne.

Devant une trouvaille, je fais toujours les mêmes gestes. Je me fais beau comme pour un rendez-vous. Je tire mes socquettes, je rajuste ma marinière dans le short, je me débarbouille le visage à sec et je me refais le cran dans les cheveux.

Trois verbes « faire » à la suite. Ça va barder du côté du maître. « Le verbe faire est un verbe à tout faire qui ne sait rien faire ! »

J'ouvre un premier paquet. Non, d'abord, je le respire. Il y a un parfum, c'est obligé avec cette couleur saumonée du papier. Il y est. Je dis chèvrefeuille. Pas parce que je reconnais l'odeur, mais parce que j'aime bien le mot. Ensuite, je compte les lettres. J'adore compter. Mes timbres, mes soldats, mes étiquettes de camembert, de bouteilles de vin, mes pas, jusqu'à l'école.

Cinquante-quatre !

Cinquante-quatre lettres saumonées au chèvrefeuille.

Je détaille. Le nom d'un homme sur l'enveloppe (je ne le connais pas), une adresse poste restante, à Villemomble, des timbres-taxes collés n'importe comment. Les dates se suivent. Une lettre par semaine. Plus d'un an à s'écrire.

Comme un pianiste, je m'assouplis les doigts avant d'ouvrir la première enveloppe. Je sais que j'entre chez quelqu'un... *Mon bel amour,...*

Il y a une explosion de parachute dans mon short. J'ai le cœur en tulle. Le feu crépite. Ça me donne une contenance. Les mouettes se moquent.

Je ne peux pas rester là. Il faut que je me cache. Bonbec pourrait arriver. Il passe parfois quand il a accompagné sa poule à la danse. Je n'aurais pas dû lui montrer cette décharge.

Je contourne le feu, et je lis.

Je lis jusqu'aux cendres.

Ce soir-là, je lis la plus belle histoire d'amour. Une histoire vraie.

— Tirez !... Tirez doucement...

En bas, dans la cour, c'est une autre histoire vraie. Le p'pa et les frangins entreprennent de hisser avec des cordes le moteur de la Traction à la grosse branche du cerisier. Mon cerisier !

— Décanille de là, toi, on va essayer de le faire démarrer.

Je me replie sur le mur de la voisine. Moins confortable mais la vue reste imprenable. Le soir, le quartier prend bien le printemps. On sort des chaises et des pliants sur le trottoir pour goûter le frais. Les garçons déambulent l'air de rien, pour essayer de croiser la grainetière qui a mis son décolleté en Cinémascope.

C'est un peu pour ça que je voulais faire guillotiner le grainetier boiteux dans mon roman policier. Elle est trop belle pour lui.

Comment peut bien être cette femme qui commence ses lettres par... Mon bel amour... Je m'aperçois que je ne me le suis même pas demandé.

Ce soir-là, quand j'ai eu fini de lire les cinquante-quatre lettres, j'étais certain d'une chose : cette femme qui signe « Ton aimée » habitait dans mon quartier.

Des détails me le disent. Ce rosier jaune, sur le chemin qu'elle prend pour aller à la gare des Coquetiers, et cette cage à oiseaux en forme de palais oriental. Je sais où elle est. Je m'y arrête aux beaux jours quand ses canaris y reviennent.

Il faut que je retrouve cette femme. Pour la croiser, la regarder passer, la suivre peut-être. Imaginer ses pensées de tous les jours et celles qu'elle a pour cet homme.

Lui, je vais le tuer.

Retrouver le 7,65 du p'pa. Celui du maquis. Réparer le percuteur et exécuter ce type d'une balle dans la nuque, comme un traître. C'est ce qu'il est. Il a trahi son aimée. C'est écrit. Même si elle est prête à lui pardonner. Moi, je dis non. Il ne le mérite pas.

En plus, je sais où il habite.

— T'es sûr ?

Il avait bien fallu que je finisse par en parler à Bonbec, de cette histoire. Il pensait que j'étais fâché, que je ne voulais plus être son copain, ou que j'étais jaloux pour sa poule.

Je lui ai expliqué comment j'avais logé le type des lettres, grâce à plusieurs indices, mais surtout une phrase d'elle. « Quand je passe devant chez toi, je n'ose plus lever les yeux vers les carreaux bleus de la fenêtre de ta chambre. »

— Et alors ?

Les carreaux bleus. L'expression m'avait attiré l'œil. Dans la chanson *Mon pote le gitan* j'avais toujours cru que les paroles « la gueule toute noire, les carreaux tout bleus » parlaient des carreaux de la roulotte. « Mais non, bonne pomme, les carreaux ce sont les yeux en argot. » Mon frère Gérard avait rigolé.

— Moi je le savais.

Bravo, Bonbec. Moi, je crois que je les verrai toujours bleus, les carreaux de la roulotte du gitan.

Ceux de la fenêtre du traître, je les ai retrouvés. Ils sont comme des vitraux d'église. Ça ne le protégera pas. Je reviendrai avec le 7,65 du p'pa. Pan ! Justice divine.

Pour l'instant, le p'pa a plus besoin d'une clef de 14

que d'un 7,65 pour le moteur de notre Traction suspendu au cerisier.

« Tu l'as déjà racontée cette histoire. »

Et alors, m'am ? C'est comme si on te demandait d'arrêter d'avoir des enfants parce que tu en as déjà eu un.

« Tu veux une calotte ? »

Je veux juste dire, m'am, que pour bien raconter une histoire, il faut la raconter de treize manières différentes. Comme tu l'as fait avec nous.

« Tu sais y faire, toi. »

Si ça pouvait être vrai. Si je pouvais réparer le moteur de la Traction à temps pour qu'on parte demain matin à Nogent. Les guinguettes, avec accordéon, danse du tapis, frites, balançoire géante, canotage et rideau en bouchons.

Justement, avec Bonbec on voudrait saisir l'occasion pour aller chez Nénès livrer nos deux énormes sacs de bouchons en plastique. Ça nous fera un peu de sous, mais surtout beaucoup de place. On étouffe dans notre cabane. Mais pour ça, il faut que la Traction ait un moteur.

Le p'pa veut essayer de le faire tourner. La m'am n'est pas d'accord. Pas à cette heure.

Ce sont nos sacs de bouchons qui sont en jeu.

Je suis inquiet. D'accord, le p'pa est têtu comme un Tarbais, mais la m'am est patiente comme une Morvandiote. Le match des provinces va être serré.

En attendant d'exécuter le traître aux carreaux bleus, je relis les lettres. « Si tu me renvoies cette lettre, comme tu as renvoyé les autres, je comprendrai et j'irai les perdre avec les tiennes. »

Avec les tiennes...

Donc elles sont là, aussi, ses lettres, à lui. (Pas terrible, comme phrase, mais je réfléchis en même temps.) Je cours à la décharge. J'arrive juste quand une benne déverse son avalanche d'ordures... Attendez !... Je plonge, je fouille, je gratte, pire que Capi, le chien truffier de manuscrits. C'est un Saint-Bernard qu'il me faudrait pour déblayer ces congères de *Cinémonde* et de *La Vie du rail.*

Le voilà ! Je le tiens. J'extirpe le paquet de lettres. Je le brandis sous le regard inquiet du chauffeur de la benne. « Tu vas pas sentir la rose, toi. » Les lettres de l'homme non plus. Pas de parfum. Un papier blanc neutre. Une écriture bien peignée.

Quand j'ai terminé de lire, je ne comprends pas bien pourquoi ces deux-là sont fâchés si fort. Lui n'est pas si. Ni trop. Difficile de démêler le qui-que-quoi-dont-où de l'affaire. Il y aurait bien les *dérapages* et les *malentendus*. Mais on ne peut pas gâcher sa vie parce qu'on a glissé sur un mot.

Je les connais ces mots-savonnettes. S'il y avait un concours, le p'pa et la m'am seraient champions du monde. « Paulette, j'ai pas dit "trop" salée, pour la soupe. J'ai dit "bien salée". »

Pas de quoi sortir le 7,65.

Je me souviens d'une phrase de lui qu'elle avait reprise.

Nous ne sommes plus une histoire, comme avant, mais deux, désormais.

Je regarde les paquets de lettres. C'est vrai. Mais si ce n'est que ça. J'ai une idée. Je réunis les lettres. Je les classe par dates. Les mêle. Elles se répondent, *désormais.*

Il y a beaucoup plus de saumoné chèvrefeuille que de blanc neutre. On dirait un millefeuille.

Le mot « millefeuille » me donne une autre idée : en faire un livre. Un roman par lettres. Je croyais avoir inventé le modèle. Je me voyais déjà avec un brevet S.G.D.G. Mais le dictionnaire dit que ça existe déjà. On appelle ça un roman épistolaire et moi un épistolier. Ça fait un peu John Wayne qui dégaine des recommandés à la poste de Villemomble. Mais puisque le dictionnaire le dit.

J'ai le texte, il me faut une reliure. A la décharge, j'en ai trouvé une damasquinée qui avait dû être missel dans une autre vie. J'assemble les lettres au Chatterton par la tranche. De la colle Bostik et hop dans l'étau du p'pa. Une nuit. Une nuit bien serrée.

Ça prend tournure.

J'ai le texte, la reliure, reste à trouver un titre. J'écarte « Amour à la décharge », « Lettres de mon quartier » et « Le Traître aux carreaux bleus ». J'aime bien « Le Rosier et la Cage ». C'est joli, poétique. On dirait une fable. « Toutes les vraies histoires sont des fables », a dit le maître. En définitive le titre que je préfère c'est « Poste restante ». Je ne sais pas pourquoi.

Je calligraphie la page de titre. Avec mon vrai nom. Pas de pseudonyme. Je n'ai pas honte. « Les Editions du cerisier ». J'en suis le président-fondateur-fabriqueur-auteur. Maintenant, il faut trouver une citation. Ça fait prétentieux, mais il y en a toujours une au début d'un roman. « La citation est à la littérature ce que la rondelle est au saucisson » dixit M. Brûlé.

Tiens, en latin, je me dis que ça fera plus chic. J'ouvre les pages roses du dictionnaire, et toc ! Au hasard : *Felix culpa.* Heureuse faute !

Celle-là, il faudra que je la montre à mon maître, à la prochaine dictée.

Pour la dédicace, pas d'hésitation. « À Paulette et Roger, mes parents pour la vie ». Comme ça, s'ils tombent dessus, je suis couvert.

Je contemple mon premier-premier roman d'amour. De quoi être fier. Il me faudrait une machine à photocopier 3M. C'est l'avenir... Le père de Bonbec en vend, paraît-il. Avec ça, je placerais bien une douzaine de copies dans la famille. Rien qu'avec les frères et sœurs. Dans le quartier j'ai déjà ma clientèle, à force de vendre des carnets de timbres antituberculeux. Et le dimanche au foot à la buvette. Et aux mariages aussi. Une histoire d'amour, ça devrait bien marcher. C'est un peu comme un livre de recettes. Je passerai à la télévision. Lecture pour Tous. Le quartier au complet viendra voir l'émission à la maison, sur notre Pyrhus-Télémonde. Il faudra que j'apprenne à fumer la pipe. Tous les auteurs fument la pipe. Il y aura des questions. Il faut que je prépare les réponses.

Pierre Dumayet : D'où vous vient ce projet assez singulier ?

Moi : De la décharge !

Mais non, idiot. Recommence.

Pierre Dumayet : D'où vous vient ce projet très singulier ?

Moi : En fait, c'est une idée que je porte en moi depuis si longtemps...

Là, c'est déjà mieux. Enfoncées, Minou Drouet et ses poèmes de cour de récréation, Sagan et ses pieds nus. Non. Ne jamais dire du mal des confrères. Sauf s'ils sont très connus.

Auteur, c'est la belle vie. Quand je pense au p'pa qui

se lève à 5 heures du matin et qui rentre de l'usine, le soir, à plus de 8 heures.

Quand il s'assoit au bout de la table, on dirait un bloc de fatigue qu'il a fabriqué lui-même à l'usine à coups de batte et de tas américain. Un bloc coriace dont il n'aurait pas réussi à déplisser le front.

Alors il prend un livre. Un livre noir et jaune, un livre policier, et il lit.

Ça doit être ça être grand, avoir le droit de lire à table.

Pendant qu'il lit, j'observe son front. Il se déplisse lentement au fur et à mesure que le p'pa tourne les pages. Un vrai miracle. Je me demande ce qui peut bien être écrit dans ce livre qui arrive à déplisser le front de mon père. Surtout, je voudrais bien connaître celui qui a écrit ce livre. Lui demander son secret.

C'est décidé, plus tard, moi aussi j'écrirai des livres qui déplissent le front.

Quand je serai grand, ce sera ça, mon métier : déplisseur de front.

— Roger, tu m'avais dit deux gouttes d'essence dans le moteur. Pas plus.

— Paulette, il faut bien que j'amorce.

Dans la cour toute la famille est réunie sous le cerisier et contemple, inquiète, le moteur perché dans le cerisier. On dirait une crèche suspendue.

Toutes ces histoires de télévision, de Pierre Dumayet et de machine à photocopier m'avaient fait oublier le principal, ce livre n'était pas pour moi. « Poste restante », mon premier roman, devait revenir à ses deux héros. Mes amoureux.

— Comment tu vas faire pour lui donner, à la femme ?

J'avais expliqué mon plan à Bonbec. Il était sceptique.

— Pourquoi ils se rabibocheraient, tes amoureux ? Mon père le dit toujours, quand c'est cassé, c'est cassé.

— Tu veux m'aider oui ou non ?

Bonbec avait bien voulu. Il ira déposer le livre devant la porte de la femme. Moi, avec ma tête de voleur de poules, je n'arriverai jamais à entrer dans son immeuble. Je n'ai jamais été le chouchou des concierges.

— Et maintenant, qu'est-ce qu'on fait ?

Il n'y avait plus qu'à attendre.

Mais je ne savais pas quoi.

Bââhoûm !

En tout cas, pas ça.

C'est le moteur de la Traction qui vient de démarrer dans le cerisier. C'est donc le têtu Tarbais qui a remporté le « match des provinces » contre la Morvandiote patiente. Merci m'am ! Je sais que tu as laissé gagner le p'pa pour Bonbec et moi. Pour qu'on aille demain à Nogent chez Nénès.

C'est malin, les filles, ça arrive à faire croire aux garçons que c'est eux qui commandent.

Ce Bââhoûm ! est une explosion, un bombardement, un véritable cataclysme. Mais ce Bââhoûm ! sent bon. Il sent la sardine grillée, la moule, la frite et le petit vin guinguet. Demain, avec Bonbec, nous serons sur les bords de Marne.

Nous y sommes déjà.

Toute la rue est dehors. Le quartier sort en échappement libre. Il en vient de partout. On scrute le ciel. On hésite. Est-ce le retour des Allemands, ou un coup des Russes. « Je te l'avais bien dit qu'avec leurs Spoutnik. »

Le p'pa finit de rassurer les voisins au milieu du vacarme. La m'am sert à boire pour s'excuser. Elle n'a pas perdu son coup de main de bistrote à Fourchambault « près-de-Nevers » comme elle le dit. On partage le casse-croûte prévu pour la fin de chantier.

Ça y est, on l'a notre guinguette !

D'autant qu'avec les travaux, la rue est devenue une plage de sable.

— Faut en profiter, demain, ils goudronnent !

Alors on en profite.

Des bouteilles surgissent de partout. Et du frais, et des cerises, des abricots, du fromage et une tarte. On échange des recettes en se parlant tout près de l'oreille comme des petits vieux. Et on cause, et on rigole, et on se découvre voisins.

Dieu que le quartier est beau.

Et tout à coup, plus beau encore.

Ils apparaissent.

Mes deux amoureux épistolaires.

Chacun d'un côté de la rue, de part et d'autre de la foule. Corsage saumoné. Chemise blanche.

— Là, tu exagères, quand même. Comment ils ont pu savoir ?

Bonbec mourra sans jamais croire à rien. Quand je lui ai raconté cette histoire d'amour, il a écouté avec des grognements de porcelet à qui on ne la fait pas.

Pourtant ils sont là, mes amoureux, tous les deux, côte à côte, souriants. Il n'a qu'à voir. Elle tient mon missel de lettres d'amour serré contre son ventre. Ils regardent dans la direction du cerisier. Me cherchent, peut-être. Je me cache. Comment ils ont pu savoir que c'était moi ? Et ton nom sur la première page ? Quel idiot.

Je regarde mon cahier de brouillon. Là où est écrit mon deuxième premier-roman d'amour. Quand je pense à cette histoire de coiffeuse et d'héritier et que je les vois tous les deux à travers les feuilles, j'ai honte.

Je n'écrirai plus jamais de roman d'amour. Les vraies histoires sont trop belles.

Tout à coup, on ne s'entend plus.

C'est le silence. La vraie fin du monde. Le moteur s'est arrêté. On se regarde désemparés. Que faire de tout ce silence entre voisins ?

Danser.

Mon épistolier et mon épistolière s'enlacent et se mettent à valser. De la musique vient d'on ne sait où et les rattrape.

On les suit. On s'enroule. La valse c'est contagieux. Chacun le sait. On le regrettera le sable de la rue. Est-ce qu'on valse ainsi sur du goudron ?

Je saute du mur, mon cahier de brouillon sous le bras. La cour est désertée. Un verre d'essence attend au pied du cerisier que le moteur ait soif. Je le prends. Je vais au cabanon. Je gratte une allumette soufrée et je brûle mon cahier.

— T'es louf ! Fallait me le donner. J'aurais dit à ma poule que c'était moi.

Je ne veux pas être le nègre de Bonbec. Est-ce qu'il est mon rose, lui ?

Je retourne dans la cour.

Le bal tourne. Mes amoureux ont disparu. Le p'pa regarde la m'am. Elle a ses yeux bleus de guinguette.

— Paulette, demain on va guincher à Nogent.

— Et si on commençait maintenant ?

Heureusement que je ne suis pas dans mon cerisier, sinon, je tombais de la branche. Le p'pa et la m'am dansent. Ensemble. Au milieu des autres. Devant le bateau de notre garage. C'est la première fois que j'ai l'impression d'habiter au bord de l'eau.

— Demain, est-ce qu'on pourra emmener Bonbec, avec nous ?

La m'am me fait un clin d'œil. C'est d'accord. Il viendra. On devrait tout demander aux parents pendant qu'ils dansent.

5

La femme rouge

— Non, Roger, on ne peut pas emporter le bateau à Nogent.

— Je te dis qu'il tient sur la galerie, je l'ai rallongée.

Le p'pa a beau s'entêter, la m'am a raison, le Zodiac ne tiendra pas sur la galerie de notre Traction, même rallongée avec une paire de rames qui la fait ressembler à une luge égarée sur le toit d'une voiture.

— On part aux sports d'hiver ?

Le p'pa n'est pas d'humeur pour les blagues de Michel. Il fait son têtu comme un Tarbais, mais l'arithmétique est contre lui. Un Zodiac de 6,14 m posé sur le toit d'une Traction 11BL modèle 52 de 4,64 m, ça dépasse. Ça dépasse même de 1,50 m.

— J'en ai vu d'autres.

Le p'pa a raison. Nos départs en vacances sont des spectacles qui mettent la rue Meissonier aux fenêtres. Ils tiennent à la fois d'un numéro des Branquignols et de la pyramide humaine au cirque Pinder.

— Roger, si on part pas maintenant, toutes les bonnes places seront prises.

Justement, on s'était levés très tôt à cause de ces fameuses « bonnes places ». Au bord de l'eau, pas trop loin de la guinguette, pas trop près non plus, au calme, mais pas perdu, un coin d'où on peut surveiller les enfants, en étant tranquille, un morceau de plage, du soleil, mais de l'ombre quand même, avec un peu d'herbe où étendre la nappe pour manger. Et pas de moustiques.

— On n'a qu'à le dégonfler.

— Quoi ! dégonfler le bateau ?

Je sais très bien que c'est exactement ce que le p'pa veut éviter. Il s'est levé aux aurores avec mes grands frères pour préparer le Zodiac dans la cour. Même en se relayant c'est plus d'une heure à transpirer sur le gonfleur à pied. Surtout qu'un des boudins perd par une valve. Une fois gonflé à bloc, ils se sont aperçus que le Zodiac ne passait pas par la porte d'entrée. De notre lit, on entendait le p'pa et les frères jurer. « Roger, vous allez réveiller les gosses. » Ils ont dû hisser le Zodiac sur le toit du garage avec des cordes pour le sortir dans la rue.

Une sacrée suée.

Après ça, le p'pa n'est pas à prendre avec des pincettes ni avec autre chose d'ailleurs. Je sais bien que ma proposition « On n'a qu'à le dégonfler » m'a fait risquer la calotte. Je sais. Mais je veux rassurer Bonbec. Lui montrer que j'essaye de faire avancer nos affaires.

Il attend à côté de moi emmailloté dans sa pèlerine du dimanche. Il a l'air effaré par l'opération Zodiac. Moins que sa mère quand, tout à l'heure, elle l'a amené ici, en conduisant elle-même leur Chambord verte à flanc blanc. « Mon père dort, le dimanche matin. » J'ai bien cru qu'elle n'allait pas s'arrêter devant chez nous. « C'est là, maman. C'est là ! » Faut dire que notre maison est si petite qu'une seconde d'inattention et on la manque.

Petite et pas très présentable. Je ne sais quelle sœur, quand elle était raccompagnée par un nouveau béguin, se faisait déposer un peu plus haut dans la rue.

« C'est laquelle ? Je voudrais bien voir, qu'on ait honte de chez nous. »

Ne compte pas sur moi pour cafter, m'am.

Avec Bonbec, on a récupéré nos sacs de bouchons dans le coffre de la Chambord. « Merci, madame ! » Sa mère n'a même pas descendu ses 120 kilos de la voiture. Peut-être parce qu'elle était encore en robe de chambre. Elle a fait semblant de s'intéresser à notre rosier.

— C'est quelle variété ?

Un rosier qui fait plus de bois que de fleurs, ce n'est pas une variété, c'est une calamité.

— Vous avez essayé Rita ?

Elle ne parle pas d'un engrais, mais de la sainte. Celle des cas désespérés. Ma préférée. Paraîtrait qu'elle a arrosé chaque jour un bout de bois qui a fini par fleurir et donner une grappe de raisin.

— Vous croyez que ça marche sur les hommes ?

La mère de Bonbec rigole. Surtout ses bourrelets du cou. Bonbec disparaît dans sa pèlerine. La m'am doit se dire qu'elle aurait aimé conduire, elle aussi. Si seulement elle n'avait pas embouti ce fichu platane avec la Juvaquatre du p'pa dès sa première leçon.

La mère de Bonbec finit par repartir en laissant mon copain en dépôt, avec une liste de recommandations longue comme un Zodiac et un panier pique-nique, qu'elle appelle « lunch-box », assez garni pour nourrir le quartier.

— Elle a peur que je l'empoisonne son gamin, ou quoi ?

Bonbec ne craint pas l'empoisonnement mais s'étonne.

— Vous n'avez pas de remorque pour votre bateau ?

Pourquoi faire puisqu'on a une galerie ?

— Alors, où on va mettre nos bouchons pour les transporter ?

Je comprends son inquiétude, d'autant que le p'pa m'avait prévenu.

— Si on emmène le bateau, on ne peut pas prendre vos cochonneries avec.

Des cochonneries, nos bouchons ! Deux énormes sacs à pommes de terre, qui encombrent notre cabane depuis des mois. Deux sacs remplis à exploser de bouchons en plastique des vins du Postillon. Pas lourds, mais encombrants. Un trésor. Des milliers, des centaines de milliers, peut-être un million de bouchons multicolores qu'on allait enfin pouvoir livrer chez Nénès, le tenancier d'une guinguette de Nogent.

C'était aujourd'hui ou jamais. Je ne sais pas quand on y reviendra, à Nogent. Les parents ont l'air de changer leurs habitudes, en ce moment. Quand ce n'est pas le Moulin Brûlé de Maisons-Alfort pour les mariages, la famille va de plus en plus souvent à Joinville, dans l'île d'Amour, à cause des grandes sœurs, ou Chez Gégène pour faire des tours de vélo excentriques. Moi je n'aime pas son « Nègre boxeur » comme celui que frappent Bourvil et Gabin dans *La Traversée de Paris*. Ça me fait mal au ventre de voir des gars taper dessus en rigolant. « Tiens ! c'est pour ton petit déjeuner, Banania. »

Moi merci, je reste au café au lait et tartines.

— Joinville et Nogent, c'est pas loin, tout ça.

Peut-être, m'am, mais avec deux sacs à se coltiner, je préférais Nogent tout court et Nénès. Chez lui, on en tirerait bien plusieurs cornets de moules-frites, des bombes algériennes et un tour de pédalo.

Pour ça, il ne faut pas de Zodiac sur la galerie de la Traction. Ni gonflé, ni dégonflé. Pas de Zodiac du tout.

— Ça y est, ça tient.

C'est têtu et ingénieux un Tarbais. Le p'pa et les frères ont réussi à amarrer le Zodiac sur le toit avec un système de cordes, de Sandows, de piquets de tente et de cannes à pêche qui nous oblige à entrer dans la Traction par les fenêtres.

La m'am inspecte.

— Roger, tu veux nous faire arrêter par les gendarmes ?

— Et pourquoi ça ?

— Tu ne vois plus rien pour conduire.

— Mais si, mais si.

Le p'pa essaye de montrer qu'en sortant la tête par la portière... Tiens, comme ça... il peut parfaitement, mais parfaitement, y arriver... Et pourquoi pas un périscope ? C'est non, la m'am le prévient, elle préfère encore rester ici et aller pique-niquer au Champ de personne. Tout est prêt.

— On a pas remonté le moulin de la Traction dans la nuit, pour aller au Champ de personne.

— Les enfants, on rentre.

— D'accord, d'accord. Comme tu voudras, Paulette.

Le p'pa renonce. Le Tarbais vaincu par la Morvandiote. Je respire. Ça sent le cornet de frites. La m'am est soulagée. Elle sait bien que le p'pa pourrait conduire même les yeux bandés, mais c'est le Zodiac qui l'inquiète. Tout le monde sait qu'elle pense à l'épisode du lac de Vassivière. Le jour où le p'pa avait voulu imiter Bombard, en navigateur solitaire. Les CRS avaient dû aller chercher le p'pa qui dérivait dans le Zodiac. « Je pouvais revenir tout seul. J'avais pas besoin d'eux. »

Et voilà comment nous partons pour Nogent en abandonnant le Zodiac contre la porte du garage. Il a l'air d'une baleine échouée. Bonbec est aux anges. On se serre la main. Nos deux sacs de bouchons sont là-haut, bien à l'aise sur la galerie.

Ce dimanche, il fait un temps à être déjà dans l'eau. Dans la Traction on est tranquilles à l'arrière avec Bonbec et mes petites sœurs. Serge n'a pas pu venir. Il a un match de foot avec Villemomble. Son équipe joue la montée contre Romainville. C'est sérieux. Roland nous rejoindra peut-être avec sa fiancée en moto. Une 175 Peugeot noire, toute neuve. Les autres sont allés danser au Sept Iles de Montfermeil et jouer au bowling.

Au milieu de la banquette, Bonbec a l'air frais et rose entre Maryse et Martine. Il fait le joli cœur en débitant des slogans et des chansons publicitaires... Citroën colle à la route... Ah ! si votre mari connaissait... Thermor... Faudrait pas qu'il croie qu'il va pouvoir changer de poule et emmener mes petites sœurs sur la passerelle pendant que je fais le guet.

Pas question que Bonbec devienne mon beau-frère.

Je fais semblant de ne pas l'entendre inventer des histoires de machine à laver et de Frigidaire... le vrai ! pour mes petites sœurs. D'habitude, les histoires, c'est moi. Mais je suis tranquille, elles n'aimeront pas les siennes. Bonbec ne peut pas en raconter une sans qu'il y ait un prix à l'intérieur ou une réclame.

Mine de rien, j'écoute l'extraordinaire aventure du magnétophone Philips à 78 000 F qui peut même enregistrer Jenny son joli canari, ou encore les merveilleux périples de son futur Vélosolex à embrayage automatique qui coûte 34 800 F.

— Ce prix-là pour pédaler dans les côtes !

Bonbec ne se laisse pas démonter et embraye sur le phénoménal destin de la cafetière pression Moka Seb à l'italienne à 33 nouveaux francs.

C'est quoi, les nouveaux francs ?

Là, il biche, le Bonbec. Il a enfin trouvé des filles qui s'intéressent aux chiffres. Il explique.

Mes petites sœurs me déçoivent. Moi qui me décarcasse à leur inventer des aventures historiques avec mes Mokarex.

Je me cale la joue contre la vitre, derrière le siège de la m'am. De là, je peux prendre le frais et mieux observer le p'pa qui conduit le coude à la portière. Sa main sur le levier de vitesses. Première en bas à droite, près du genou de la m'am. Je surveille l'aiguille du compteur de vitesse. Je peux prévoir quand la m'am va venir toucher le bras du p'pa pour dire « Un peu moins vite, Roger ». Parfois, le p'pa frôle la robe de la m'am. A peine. Quand il rétrograde. Il s'excuse. « Je transpire. – Ça ne fait rien, Roger. Laisse ta main. »

J'ai envie d'arriver, mais je voudrais que le chemin ne cesse jamais.

— La Marne ! La Marne !

Les petites sœurs l'ont vue en preums, mais ça compte pour de la margarine, on n'avait pas parié.

— Il y a déjà du populo aujourd'hui, on ferait peut-être mieux de pousser vers Joinville.

— Et les bouchons des gosses ?

Merci, m'am. Tu nous sauves. On finit par la trouver notre place de rêve, « loin de tout, mais près du reste ». On sort les couvertures, les pliants, le panier, la vache à eau, et hop ! les chopines au frais dans la Marne. On chante *A Joinville-le-Pont, Chez Gégène* en roulant les « r » et en prenant l'accent parigot. Bonbec m'épate, il connaît *Ah ! le petit vin blanc* et sait même imiter l'accordéon.

Son accordéoniste préféré, c'est Tony Murena, « le Roi du swing ». Moi je dis que c'est Jo Privat « le Manouche blanc » même si j'aime bien aussi André Verchuren et Yvette Horner. Mais ils n'ont pas de surnom. Dommage.

— Les filles, vous restez là. Les garçons vous ne vous éloignez pas trop.

Il faut bien la retrouver, la guinguette de Nénès. Depuis le temps.

On s'éclipse, chacun un sac sur le dos. Où il est Nénès ? On dégouline comme des charbonniers.

— Tu crois qu'on va rencontrer des Cheyennes ?

— Des apaches !

Je lui ai pourtant expliqué à Bonbec que les apaches c'étaient les mauvais garçons du temps de Casque d'Or avec Simone Signoret et Serge Reggiani. Qu'après les apaches, il y a eu les malfrats avec Pierrot le Fou et René la Canne, mais qu'aujourd'hui, on les a remplacés par des Blousons Noirs.

— Tu crois que c'était mieux d'être gangster, dans le temps ?

Bonbec rêvait d'être gangster pour avoir une cicatrice comme Al Capone. Moi, je n'aime pas les cicatrices. J'ai assez de mon B.C.G. sur la cuisse.

— Gangster, c'est bien, on aurait pas à travailler.

Je transpire trop pour répondre. Quand je pense qu'on transbahute nos bouchons pendant que tout le monde s'amuse, déambule et gesticule. Il est tôt, mais pourtant, vas-y que je te canote, que je te bécote, que je te sirote, belote ! et rebelote ! En tricot, en maillot, torse nu, avec ou sans chapeau, par un, par deux, par bande. Du banjo, des cymbales, ça répète dans tous les coins. Même les ânes braient en mesure. Il y a une odeur de friture, de crème à bronzer et de vase. Mais pas plus de Nénès que de beurre en broche. Encore une expression que je n'ai jamais comprise.

— C'est là !

Il a l'œil, Bonbec. On ne pouvait pas manquer l'enseigne, il y a un dromadaire pelé attaché devant. On tournicote comme des Indiens en repérage. Un homme photographie tout autour, avec un appareil minuscule qui ne fait pas de bruit. Il est élégant. Avec une moustache distinguée. On dirait Fernand Gravey. Bonbec se rajuste.

— Monsieur, vous nous prenez avec le chameau ?

Il est fou, on ne demande pas ça. L'homme sourit. Fait la photo. Je n'ai même pas entendu le clic.

— C'est quoi comme appareil ?

— Un Leïca.

— Ça coûte combien ?

— Willy ! Willy ! viens voir ce que j'ai trouvé.

Près d'un embarcadère, une jeune femme lance de grands signes au photographe. Il soulève son chapeau de paille, l'air désolé.

— Messieurs, on ne fait pas attendre une dame. On se reverra. Si vous me donnez votre adresse, je vous envoie la photo.

Pas question. La m'am nous a toujours interdit de

donner notre adresse à un inconnu. Bonbec s'en moque. J'espère que c'est la sienne qu'il a écrite.

— A bientôt. Je vous ai dans la boîte.

Le photographe rejoint la jeune femme de l'embarcadère.

— Tu crois que ça m'irait, une moustache comme lui ?

— Pourquoi, tu veux qu'on fasse Laurel et Hardy ?

Bonbec hausse les épaules. Il boude. Je sais qu'il est triste. Hardy était son acteur préféré. Quand il est mort, l'année dernière, il pleurait dans la cour de récréation en répétant : « Pourquoi ils n'ont pas commencé par Laurel ? »

Bonbec trouvait ça injuste. « C'est toujours les gros qui durent le moins longtemps ? »

Je le rassurais. Chez nous, on était maigre, mais on ne durait pas plus.

On finit par trouver Nénès à l'intérieur de sa guinguette. Au frais, dans la pénombre. J'avais oublié qu'il était bossu comme son dromadaire. Au comptoir du bar, il transvase du vin en bouteille dans des carafes, aidé par une dame en bikini à pois. Comme dit la m'am : « Au prix où ils les vendent, ça fait cher du mètre de tissu. »

Sûrement, d'ailleurs, la fille rouspète.

— Je suis quand même pas venue pour ça !

— T'inquiète, je vais m'en occuper. Pour l'instant, verse !

Bonbec me donne un coup de coude. On se croirait en classe pendant une composition.

— Regarde !

Il me montre la terrasse sur l'arrière de la guinguette. On dirait un champ de linge mis à sécher sur des cordes. Du linge coloré qui dessine des paysages, des portraits, des natures mortes. Mais ce n'est pas du linge qui se balance doucement. Ce sont des rideaux de bouchons suspendus qui courent comme un labyrinthe multicolore parmi les tables.

On en laisse tomber nos sacs.

— Ben, la vache !

Bonbec marche en somnambule tout droit vers un des rideaux. Une femme rouge, sur un fond blanc piqueté de bleu ciel.

— Comment il a fait pour qu'on croie qu'elle est nue ?

Je ne sais pas quoi répondre à Bonbec, mais il a raison. La femme est nue. A voir comment le rose de son visage a viré, je comprends que Bonbec vient d'avoir un coup de foudre.

Coup de foudre pour une femme rouge.

Je regarde autour de moi pour trouver de quoi égaliser. Sûrement pas cette tête de cocker, ni cette église, ou ce bouquet de coquelicots, et encore moins ce zèbre vert et jaune.

Tant pis. Bonbec mène par 1 coup de foudre à 0.

— Ça vous plaît, les hommes ?

C'est Nénès. Il a encore son entonnoir à la main et toujours sa bosse.

— Entièrement fait par les doigts de l'artiste.

Il a l'air fier, Nénès. Tout à coup, ça couine et ça cogne sur le côté de la guinguette. On sursaute.

— C'est rien, c'est Pinay, mon cochon, les odeurs de grillades ça le rend nerveux... Ah ! je vois que vous m'apportez de la camelote.

Il montre nos sacs. Avec Bonbec, on comprend tout de suite qu'on peut les remporter. Nénès n'a pas besoin de nous. Il a ses fournisseurs. Des mois de collecte et de stockage pour rien. Tant pis, on les jettera à la Marne du pont. Ça peut faire une jolie nature morte flottante.

— Vous tombez bien, les hommes, je commençais à manquer. Dans les guinguettes du coin, tout le monde s'y met au rideau artistique. Que des copieurs. C'est Nénès le premier, faut pas l'oublier.

Tout à coup, ça sent de nouveau le cornet de frites, pour nous. Nénès a l'air intéressé. Excité, même. Il ouvre nos sacs, fouille et brasse les bouchons avec des grognements effrayants qui agitent sa bosse.

— Humm ! Ça sent bon là-dedans... Y a du brun... du mauve, même... et ce jaune ! où vous m'avez trouvé ces jaunes mouchetés ?

Il y a certainement des bouchons qui ont dû commencer à moisir.

— Si je vous prends tout, les hommes, vous voulez quoi en échange ?

En échange ! en échange ! Ça nous arrange pas. Avec Bonbec, on aurait plutôt voulu des sous. Même si on s'y connaît en troc. Première règle : ne pas avoir l'air intéressé.

— Alors, vous voudriez quoi, les hommes ?

Deuxième règle : laisser le silence discuter pour vous.

— J'ai de tout ici : des frites, des moules, du petit vin, de la limonade et même du Fanta, citron et orange.

Troisième règle : ne pas crier « Oh oui, du Fanta ! du Fanta ! c'est fantastique ! » comme à la réclame au cinéma.

— Bon, les hommes, vous vous décidez, ou je vous les laisse, vos bouchons. J'ai pas que ça à faire.

Quatrième règle...

— Tant pis, monsieur, on va les proposer ailleurs.

C'est Bonbec. Il est gonflé. Je n'ai même pas eu le temps d'appliquer ma Quatrième règle : conclure quand on sent que l'autre va abandonner. Il s'en fiche. Ce n'est pas lui qui va devoir expliquer au p'pa qu'il faut rapporter nos sacs et les remiser dans le garage. Sans compter la torgnole que Nénès va nous donner en échange gratuit.

— Nous, monsieur, on peut aller à côté. Vous l'avez dit, tout le monde fait du bouchon maintenant.

C'est vrai, Nénès l'a dit. J'aurais pu y penser avant Bonbec. Cinquième règle : ferrer le client. Nénès se radoucit.

— Attendez, les hommes, on cause. Je suis pas contre ajouter les pédalos. Il doit me rester des tours gratuits.

— Dis donc, Nénès, je vais poireauter longtemps ?

La dame au bikini à pois apparaît sur le pas de la porte. Au jour, elle est plus jolie que derrière ses bouteilles, mais on voit bien qu'il est trop petit de plusieurs tailles, son maillot. « Un bikini, ça doit faire trop petit, sinon ça a l'air trop grand. » C'est comme ça que mes sœurs avaient essayé de convaincre la m'am.

— Alors, Nénès, on le fait ou on le fait pas ?

— On va le faire, Muguette, mais laisse-moi terminer.

— Si tu préfères les mouflets maintenant...

Elle rentre dans la guinguette en remuant les pois de son bikini comme dans un panier à salade.

— Ecoutez, les hommes. Il faut que je règle un truc avec Muguette, sinon, elle va me gâcher le service. Alors, vous entrez, vous regardez et vous me faites la liste de ce que vous voulez.

Ça nous va. Nénès rejoint la dame au bikini.

— Je te préviens, Muguette, on fait fissa, j'ouvre dans un quart d'heure.

Bonbec me donne un nouveau coup de coude. Ça devient une manie.

— T'as rien remarqué pour la fille ?

Si Bonbec veut parler de la taille du bikini, bien sûr que j'ai remarqué.

— Je te dis que c'est elle.

— Quoi, elle ?

— La fille, c'est la dame des bouchons. Regarde !

Il me montre le rideau avec la femme rouge. Bonbec a raison, la dame en bikini lui ressemble. Mais je n'ai pas envie de dire que je suis d'accord, car si la femme rouge est la fille en bikini, Bonbec a fait coup double et mène par 2 coups de foudre à 0.

— Viens, on va s'occuper de notre liste pour les bouchons.

Bonbec a du mal à lâcher la femme rouge des yeux. Je le tire. On finit par entrer dans la guinguette. Dans la salle les chaises sont encore sur les tables. On va directement au bar. Sur le comptoir, Bonbec repère le présentoir à chewing-gums Hollywood. On note le quart Ricqlès à la menthe, en plus du Fanta, du Coca-Cola, et de la limonade L'Algérienne. Il me montre les bouteilles de vin alignées derrière le comptoir. Non merci. Moi, je m'arrête aux bouchons en plastique.

— T'as tort... Tout est bon dans le litron !

Bonbec va finir par parler comme dans les réclames.

— T'entends ?

Bien sûr que j'entends. J'ai beau essayer de rester concentré sur le présentoir de sucettes Pierrot Gourmand, j'entends. Comment faire autrement ? C'est juste derrière la porte de l'office. Ça cogne et ça couine.

— Tu crois que c'est le cochon ?

Pinay ? J'en doute. Qu'est-ce qu'il ferait dans l'office ?

— C'est Nénès et la fille, tu crois ?

Qui ça pourrait être d'autre ? Fissa ! Fissa ! c'est pas du cochon. Bonbec me parle à l'oreille. Ma parole il a bu un coup en douce. Il sent.

— Dis donc, toi, t'entends des trucs, chez toi ?

Je ne vois pas de quels trucs il veut parler.

— Sûrement, c'est tout petit, ta maison. T'entends forcément. Faut bien les faire, les gosses.

Ah, c'est ça, les trucs.

— Moi, j'entends rien. J'aimerais bien. J'en ai assez d'être fils unique. Demain, je t'apporterai le livre jaune où on explique tout.

Je trouve Bonbec de plus en plus bizarre. Il va coller son œil à la serrure. Je le récupère par le tricot.

— On va se faire gauler par Nénès.

— Pas de danger, il est occupé. Tu as vu, nous aussi on fait le chameau.

C'est vrai qu'il a poussé des bosses à nos shorts. On s'empêche de rigoler et on court dehors aplatir tout ça. Bonbec ne marche plus très droit. Il va frotter son museau sur la femme rouge du rideau en se trémoussant et en imitant les couinements derrière la porte de l'office... « Fissa !... Fissa la mouquère ! » Il fait son Laurel et Hardy à lui tout seul. Je ne l'ai jamais vu aussi drôle. Les bords de Marne lui font du bien, à Bonbec. On reviendra.

Nénès réapparaît en se rajustant avec des gros clins d'œil.

— Alors, les hommes, vous avez fait votre liste ?

La dame à pois le rejoint, avec pas plus, pas moins

de pois sur elle qu'avant. Nénès fait celui qui ne l'a pas vue.

— Vous avez réfléchi, les hommes. Qu'est-ce que je vous donne ?

— Et moi, qu'est-ce que tu me donnes ?

Nénès fait celui qui ne l'a pas entendue.

— Bon, puisqu'on s'en fiche, ici, je me sers.

Muguette va droit à la femme rouge, décroche le rideau sous le nez de Bonbec, le roule et l'emporte d'un pas décidé. Puis elle s'allonge tranquillement sur un transat au soleil. Nénès n'a pas l'air d'apprécier.

— C'est pas ce qu'on avait dit, Muguette.

— Justement, on n'avait rien dit.

— Commence pas à faire des histoires, Muguette. Je finis avec les gosses et on s'explique.

— Y a rien à expliquer. Tu t'es servi, je me sers.

Nénès a l'air furibard. Il semble hésiter. Il n'a peut-être plus envie de nos bouchons. Dommage, il y avait tout ce qu'il fallait dans sa guinguette pour offrir un pique-nique géant au p'pa, à la m'am et aux petites sœurs.

— Alors, les hommes, qu'est-ce que vous voulez contre vos deux sacs de bouchons ?

— Elle !

Bonbec a dégainé comme Kit Carson. Son doigt est pointé sur la femme rouge roulée sur le ventre de la dame à pois. Ou bien vers la dame à pois qui tient la femme rouge sur son ventre. Son index n'est pas assez précis pour qu'on soit certain.

Parfois, il suffit d'un index approximatif pour que les ennuis arrivent.

Et ils sont arrivés.

Muguette a compris que Bonbec la voulait, elle,

contre deux sacs de bouchons. De colère, elle est devenue comme la femme rouge. En moins ressemblant.

— Ben dis donc, tu te gênes pas, toi, le mouflet. Tu veux que je me dérange ?

— Quoi, t'es pas d'accord ?

Muguette en a les pois qui lui en tombent.

— Dis donc, Nénès, tu crois quand même pas qu'on peut m'avoir pour un cornet de frites ?

— Tu fais ta chichiteuse ? Alors, rends-moi le rideau. C'était pas convenu comme ça.

Muguette refuse et défie Nénès. Encore mieux que quand Casque d'Or nargue le chef de la bande.

— M'oblige pas à sortir le nerf de bœuf !

Muguette se radoucit. Elle regarde Bonbec. Le jauge. On dirait qu'elle évalue le poids.

— Bon, d'accord, Nénès mais après, tu me laisses le rideau ?

— Parole !

— Viens là, toi, le mouflet !

La dame à pois agrippe Bonbec et le tire dans la guinguette. C'est le moment pour lui de dire qu'il préfère le rideau.

— Mais, madame,...

— Y a pas de mais, avec Muguette. Quel âge tu as ?

— Euh... Quatorze, madame.

Elle rit.

— Ça tombe bien, moi aussi.

Ils disparaissent. Je m'inquiète. Bonbec n'a pas quatorze ans du tout. Nénès rassure.

— Laisse faire. Quand c'est l'heure, c'est l'heure.

On croirait qu'un réveil vient de sonner sur la table de chevet. Et pour moi, il sonnera quand ?

Bonbec réapparaît avec pas plus pas moins de rose

sur lui qu'avant. Muguette le suit. Son rideau sous le bras, on a l'impression qu'elle ne l'a pas lâché.

— Voilà, Nénès, on est quittes. Je te rends le mouflet et je garde mon cadeau.

— C'était convenu.

— Encore heureux. Maintenant, je vais faire mon tour. J'ai encore ma journée à gagner, moi. Salut la compagnie.

Muguette s'en va. Nénès ramasse nos deux sacs de bouchons.

— Nous aussi on est quittes les hommes. Restez pas dans mes pattes, maintenant, les clients vont débarquer.

Nénès nous plante là. Bonbec dessoûlé et moi sans cornet de frites. Je le tuerais bien Nénès à grands coups d'entonnoir, de carafes et de bouteilles, mais Bonbec pleure avec des larmes grosses comme le doigt.

— Qu'est-ce que t'as ? De quoi tu te plains ? T'as eu la fille.

Il renifle.

— C'était pas elle que je voulais. C'était la femme rouge en bouchons.

Ma parole, Bonbec est amoureux d'un rideau.

— Quand même, t'as pas tout perdu.

— Tu parles.

— Alors, qu'est-ce que je devrais dire, moi. Je vais rien pouvoir apporter à mes parents et à mes petites sœurs.

— Si c'est ça, c'est pas compliqué. Tiens !

Bonbec sort un billet de banque de sa poche. Un billet si gros que je n'ose même pas dire de combien il est, sinon on va nous le voler. C'est quand même pas Muguette qui lui a donné.

— Mais non, c'est ma mère. Si je n'ai pas d'argent sur moi, elle a l'impression que je suis tout nu.

Moi, c'est mon petit linge que la m'am surveille. Chacun sa mère. On se plante devant Nénès qui astique la pompe à bière.

— Ça suffit, les gosses, j'ai dit qu'on était quittes.

Bonbec claque le billet sur le comptoir.

— Garçon ! on peut être servis ?

J'ai cru que Nénès allait nous frapper avec son nerf de bœuf. On aurait dit qu'on venait de lui piquer sa bosse avec une aiguille à chapeau. Il reste le bras suspendu en l'air, les yeux comme des soucoupes à pourboire.

— Alors, mon garçon, pour ça, vous allez nous mettre...

Suit une liste digne de la guinguette d'Ali Baba. Avec Bonbec, on n'a pas assez de nos quarante bras pour transporter les victuailles. L'accueil familial est à la hauteur de l'entrée du grand vizir dans Bagdad. On s'installe et c'est le banquet royal du camp du Drap d'Or en bord de Marne. Sauf pour Bonbec. Il reste triste et chipote dans ses frites. Je sais qu'il pense à la femme rouge du rideau. Même sur le pédalo, il a l'œil au vague et le mollet flasque. Je tente de l'émoustiller un peu.

— Si tu veux, demain, je te montre où je trouve mes *Paris Match*.

— J'ai pas envie...

— J'ai même des magazines avec des pin-up, je te les ferai voir. Des aussi belles que ta femme rouge.

— Ça m'étonnerait.

— On n'a qu'à aller se baigner. Y'aura peut-être des filles.

— Peut-être...

Je traîne Bonbec jusqu'à la baignade. Celle qui est entourée de flotteurs bleus. « Vous vous mouillez bien la nuque. » Ça grouille. On dirait un banc de piranhas. Bonbec ressemble à un appât frileux. Il ne veut pas se tremper. Pourtant, il sait nager même où on n'a pas pied. Ce n'est pas comme moi. J'attrape froid à essayer de le convaincre. On a trop mangé. Je frissonne. En plus, il n'y a pas de filles. Les grands ne pensent qu'à nous noyer et je passe mon temps à remonter mon maillot de bain.

C'est quand la baignade commence à se vider que la m'am nous appelle de la berge. Il faut rentrer.

— C'était quand même une belle journée.

Il veut être gentil, Bonbec, mais c'est comme pour les récitations, il a du mal à mettre le ton. La m'am nous accueille avec le sourcil sombre.

— Il y a quelqu'un qui est passé pour vous. Vous n'avez pas fait de bêtises au moins ?

Depuis ce matin, on n'a que l'embarras du choix. Qui ça peut être ? Et si c'était Nénès et son nerf de bœuf ? T'es sûr qu'il était bon, le billet ? Avec Bonbec on se fait tout petits pendant qu'on plie le camp. Dès qu'on peut on remonte dans la Traction se cacher à l'arrière. Je grelotte. Maryse et Martine nous asticotent.

— Nous on a eu des roudoudous... heu !

Il faudrait que le p'pa démarre tout de suite, ou on va faire pipi dans nos shorts. Remonte ta glace, Bonbec. Trop tard.

— Dis donc, mouflet, tu croyais partir comme ça ?

C'est la dame à pois. On est fichus. Ça va être la chamaille. La m'am va s'en mêler, c'est sûr.

— Tiens, t'avais oublié ton cadeau.

Par la portière, elle passe le rideau enroulé à Bonbec.

Il regarde la dame à pois qu'on reconnaît à peine tant elle est belle, habillée en dame tout court. Bonbec tombe amoureux des deux en même temps, plus de la femme rouge posée sur ses genoux. Triple coup de foudre. 3-0. Le score s'aggrave. Elle lui envoie un baiser du bout des doigts.

La dame tout court repart au bras d'un type à gapette comme Manda dans *Casque d'Or*. C'est comme si le film se finissait bien.

Dans la Traction, tout le monde est fatigué. « On a eu de la chance, ça été un beau dimanche. » Le p'pa et la m'am se frôlent. Maryse et Martine s'endorment. Pour l'honneur de la famille, j'espère que Serge a gagné 3-0 contre Romainville.

Bonbec reste silencieux, sa femme rouge serrée contre lui. Je sais à quoi il pense. A qui. Il se penche vers moi comme pour un secret. Il ne sent plus le vin.

— Je suis d'accord pour les pin-up. Demain tu me les montres et je t'apporte mon livre jaune.

6

106 cm

Je dors-je rêve.

Je rêve-je dors.

Ecole-Pas école. Tic tac ! Tic tac !

J'ai l'impression d'être le balancier du carillon Westminster de la grande pièce. J'ai mal au cœur. Je rêve de la reine d'Angleterre et de fausse monnaie. Signe de fièvre. J'ai attrapé froid en me baignant dans la Marne avec Bonbec. « Je vous avais bien dit de vous frictionner après. »

— Mon Gnagnou, lève-toi.

Ce n'est pas la voix de la reine d'Angleterre mais celle de la m'am. Signe d'école. Sauf qu'elle chuchote dans le noir. Signe de secret entre nous. Mais je ne me souviens plus duquel.

— Mon Gnagnou, c'est l'heure !

M'am, je t'en supplie, ne m'appelle pas mon Gnagnou. Même dans l'obscurité. Même le matin très tôt quand tout le monde dort encore. Que même le p'pa n'est pas levé. Que personne ne t'entend dans la maison, sauf peut-être la Sainte Vierge fluorescente, le poêle Gaudin, et les rats sous le plancher.

Mon Gnagnou, c'est ridicule.

Cagnagnou, je veux bien. Et encore. Entre nous. Quand tu trouves que j'ai la tignasse trop longue. « On dirait un gitan. » Que tu me menaces de me mettre une barrette de fille.

Bon, d'accord, m'am. Promis, on ira chez le coiffeur. Celui qui a un bassin de poissons rouges délavés dans son jardin. Si tu veux. Mais je te signale qu'à Pâques il m'a coupé l'oreille avec sa tondeuse, qu'il m'a cicatrisé à l'eau de Cologne, que j'ai failli m'évanouir, tomber du siège et me casser le cou. « Il est drôlement douillet votre gamin. – Il est pas douillet, il est sensible. »

Merci, m'am.

« Si tu veux, je peux te les couper moi-même. »

Surtout pas. La dernière fois, tu te souviens, tes ciseaux ne marchaient pas. « C'est de ta faute. Tu avais taillé du lilas avec. » C'était pour offrir à Marie-Antoinette de la part d'Axel de Fersen qui était retenu en Suède pour la fête de Marie.

« Encore ta Marie-Antoinette ! »

« Ma » Marie-Antoinette. Je crois que la m'am est un peu jalouse d'elle. Il faut dire que Marie-Antoinette est ma chouchoute. Ça, tout le monde le sait et que je la collectionne sous toutes ses formes. Mais surtout en soldat Mokarex. J'en ai bien une douzaine où elle est avec le Dauphin (1785-1795). Mourir à mon âge, je trouve ça un peu trop précoce.

Je ne sais pas si la m'am pensait à Marie-Antoinette en me massacrant la tignasse, mais elle m'avait fait une coupe à la Sanson. « Une tête de condamné à mort. » « T'es bon pour la charrette ! » Tous les frères se moquaient.

Il avait fallu aller en urgence chez Mme Piponiot pour rattraper ça. « Vous inquiétez pas, j'ai l'habitude avec mon mouton. Mais le vôtre, il gigote quand même beaucoup. »

Tondu ! J'étais tondu pour la première fois. Plus de tignasse, de mèche, de cran à la brillantine... Forvil, soyez la plus belle... Je me sentais encore plus nu que dans le baquet pour le décrassage de semaine, devant Maryse et Martine.

A l'école, pour expliquer mon crâne, j'ai dû me rabattre sur une histoire de poux. Personne ne croyait à l'embuscade des gars de la Fosse-aux-Bergers ni à la séance de torture au Champ de personne. Le totem, la danse du scalp.

D'ailleurs, à propos de scalp, je te signale, m'am, que M. Brûlé, devant toute la classe, a « fortement mis en doute » l'histoire que le p'pa m'a racontée. « Laquelle ? » Celle selon laquelle ce sont les cowboys qui ont commencé à scalper les Indiens pour toucher une prime. « Allégation fantaisiste ! » qu'il a dit.

Je ne sais pas où le p'pa va chercher ses allégations, mais l'instituteur ne les connaît jamais.

M'am, tu crois que le p'pa me ment ?

Tu veux une calotte ? Je t'interdis de penser ça de ton père. Même dans ta tête. Même si tu es fâché contre lui parce qu'il ne t'a pas emmené à la pêche dimanche. Il n'a pas aimé le mot « dilettante » sur ton livret.

C'est de ma faute. J'aurais dû regarder ce mot dans le dictionnaire, avant de le rapporter à la maison. La m'am me l'a répété cent fois : « Ici, tu me ramènes pas quelqu'un que tu connais pas ! »

Pour les mots, c'est pareil.

— Lève-toi, maintenant. Je te préviens, les boueux vont pas tarder.

Les boueux ! C'est ça notre secret avec la m'am. Je lui ai demandé de me lever très tôt. « Avant le passage des boueux, surtout ! » mais je ne me souviens plus pourquoi. J'ai encore sommeil. La reine d'Angleterre, les faux billets, la fièvre, les bords de Marne, ça fatigue.

Je suis bien au chaud sous l'édredon calé entre Maryse et Martine. Deux petites bouillottes dodues. Dehors, je suis sûr qu'il fait encore nuit, avec des langues de givre sur la fenêtre de la cuisine qui vont me dégouliner dans le cou... Hûûf ! Brr !

Même les onomatopées, ça ne réchauffe pas.

Tu parles d'un printemps. Encore une minute, monsieur le bourreau, comme dirait la Du Barry (1743-1793). Trente secondes. Quinze. Après ce sera le compte à rebours... 5 !... 4 !... 3 !

— Allez, debout. Bonbec t'attend.

Bonbec ! Mise à feu immédiate. Qu'est-ce qu'il fait là, lui ? Ça y est, je me souviens. Je lui ai promis quelque chose. Des pin-up ! Des vraies. Quelle idée. Je ne suis même pas sûr qu'il y en aura, ce matin. Ça dépend des arrivages.

— Je vais préparer le café.

La m'am m'abandonne. Je m'extirpe de mes bouillottes dodues et des plumes de l'édredon. Je rassemble mes affaires à tâtons dans l'obscurité. J'aime bien m'entraîner à être aveugle. Ça peut arriver dans la vie. Même tard. Mon tonton Lulu, c'était en revenant de la guerre 39-45. Un souvenir. Une grenade à manche allemande. Pourquoi on met des manches aux grenades comme aux casseroles ? On sait bien que c'est dangereux.

— Tu as changé ton petit linge ?

Le petit linge ! Je l'avais oublié, celui-là. Bien sûr,

bien sûr que je l'ai changé. On croirait que la m'am n'en a pas assez à laver de petit et de gros linge. Un jour, elle fera exploser le champignon de la lessiveuse. Ce sera comme l'image de la bombe « H » dans un *Paris Match*. Avec plus de mousse.

Je n'aime pas la voir se bagarrer contre le linge, penchée sur le baquet avec ces mèches de cheveux qui viennent l'asticoter comme si elle n'avait que ça à faire, de chasser les mouches.

Alors, j'ai décidé d'être sale. Pas trop. Juste de quoi économiser de la brosse, du savon de Marseille et de la planche à laver. Facile. Je remonte le short sous les bras, j'enfourne la marinière boutonnée jusqu'aux yeux et ni vu ni connu le petit linge. Propre comme un sou neuf resté dans l'armoire. Les chaussettes roulées sur les sandales, un brin de Pento dans les cheveux, mon cran à la Floyd Paterson et c'est parti pour être champion du monde des lourds. Vraiment lourd, ce matin.

— Hep ! tu sors pas sans rien dans le ventre.

J'ai déjà un nœud dans le ventre, qu'est-ce que la m'am veut y mettre de plus ? Si au moins le café du p'pa avait fini de passer, j'en aurais eu un fond. Mais ce sera le recuit dans la casserole. Tant pis, il faudra que je me contente du café d'hier avec l'odeur d'aujourd'hui. Mélangé à la bonne teinte dans du lait bouillant et trempé de pain à l'Astra, ça vaut la peine d'être rattrapé par le fond du short.

J'engloutis ma patouille debout près de la fenêtre de la cuisine en surveillant Bonbec sur le trottoir. Il ne faudrait pas qu'il découvre ma planque à pin-up.

Je me demande comment Bonbec peut porter ce béret et cette pèlerine de curé par n'importe quel temps. « Le béret, ça fait poli quand tu le soulèves et la pèlerine c'est pratique pour faucher des caramels chez le boulanger. »

Il sautille sur place dans ses bottillons fourrés. On dirait un boxeur qui veut perdre du poids. Il ne sera jamais welter, Bonbec.

— Tu pourrais faire entrer ton copain au chaud.

Bonbec au chaud ! Chez moi ? Chez nous ? Jamais. Je veux dire, inutile. Bonbec n'a jamais froid, il est protégé par une couche de graisse d'éléphant de mer.

Surtout, je ne voudrais pas qu'il entre et s'aperçoive que chez moi ce n'est pas comme dans ma rédaction. Celle que le maître a lue en classe. « Décrivez votre chambre. »

Avant de le faire entrer, il faudrait d'abord que je fasse livrer chez nous en express ce « secrétaire à cylindre en acajou délicat » sur lequel je fais mes devoirs en rentrant de l'école « à la lueur apaisante d'une lampe d'opaline verte ».

J'avais lu tout ça sur un catalogue des Galeries Barbès. C'est très pratique les catalogues pour décrire sa chambre quand on n'en a pas. La mienne était plutôt réussie. Le soir, en m'endormant tête-bêche avec mes sœurs dans le lit-cage, je la voyais, ma chambre de rédaction. La nuit, je rêvais en acajou. Au matin, j'étais très surpris de trouver dans mon « lit bateau à poignées de laiton marine » deux petites sœurs que je n'avais pas commandées.

18 sur 20 !

Delac avait été bleu de rage. Il n'avait eu que 15. Il avait rapporté à M. Brûlé une photo de sa chambre « en vrai » pour montrer qu'elle ressemblait à sa chambre « de rédaction ».

— Une rédaction n'est pas une photographie. Sinon, je vous demanderais des albums.

Ça, c'était bien envoyé par le maître.

Pourtant, j'avais bien failli me trahir dans cette rédaction, à cause de « la chaise tournante à accoudoirs club ». J'avais indiqué le prix entre parenthèses (19 900 F), sûrement contaminé par la manie de Bonbec. Quel idiot ! Est-ce que les prix se baladent en liberté dans la vie ? Heureusement, juste à temps, j'ai pu ajouter un gros pâté à la place. Ouf ! Merci Aspro.

— Tu entends, ça ? Paraît que le général de Gaulle va lancer la construction d'une Super-Caravelle.

La m'am lit *Le Parisien* en versant un berlingot de javel Lacroix dans une bouteille. Je n'ai jamais compris comment elle fait pour avoir les journaux si tôt le matin.

— Je suis sûr qu'il va demander à ton père de l'aider.

Je ne vois pas comment le p'pa pourrait ajouter des heures supplémentaires aux heures supplémentaires qu'il fait déjà à Air France.

— Viens voir, là, toi. T'aurais pas un peu chaud. Tu me couverais pas quelque chose.

Certainement pas, m'am. J'évite sa main qui est un véritable thermomètre ambulant garanti au demi-degré près. Ce n'est pas le moment d'être « un peu chaud ». Pas aujourd'hui. Mais je veux bien que la m'am me fasse un « bon à manquer l'école » pour un autre jour.

Les absences, ce serait comme l'ardoise chez l'épicier. On paierait plus tard.

— Allez, presse, ton père va se lever. S'il te trouve là...

Dernière lampée de café au lait et je dégringole le

perron après une noisette de crème Nivéa sur les dartres et une tape d'encouragement sur les fesses.

Le baiser ce sera pour tout à l'heure avant de partir à l'école.

— Sois pas en retard. Que j'aie pas à aller te chercher.

Pas de danger. Aujourd'hui c'est jour de Mokarex. J'ai un compte à régler avec Delac.

Mokarex ! Ça me revient tout à coup. J'ai oublié de demander à la m'am quand elle va ouvrir son nouveau paquet de café. Ce matin, je l'ai bien vu dans le placard. Tout gonflé, doré, prêt à craquer. Malheureusement il en reste encore dans le pot. Parfois j'ai envie de le vider dans les cabinets pour que la m'am en rachète plus vite. Mais il est cher, ce café. Je sais bien que la m'am le prend pour moi. A cause des soldats. Sinon on boirait du Legal. Mais il n'y a rien dans le Legal.

Avec Bonbec on se salue en silence comme deux engourdis et on s'en va en regardant nos chaussures. Brusquement, je retourne sur mes pas en courant. Ça sort Bonbec de sa marche de somnambule.

— Où tu vas ?

— Juste une seconde.

Derrière le carreau de la cuisine, la m'am agite le paquet neuf de café en souriant. Comment savait-elle que j'allais revenir ? Je lui envoie un baiser. C'est donc pour ce soir le nouveau Mokarex. Peut-être cette après-midi, si elle offre un café au facteur, ou au payeur des allocations familiales, ou à une voisine. Venez ! Venez prendre le café à la maison. Une tasse. Un plein bol ! Toute la cafetière émaillée.

— Alors, où elles sont tes pin-up ?

— On y va, c'est dans la rue du poissonnier.

— Et après ?

— On ira aux cabanes du Champ de personne.

— Pourquoi on passe par là ?

Je ne vais quand même pas lui avouer que sur le chemin il y a un berger allemand encore plus effrayant que le chien jaune de la rue de l'école Foch. Des crocs ! Rien que d'y penser j'ai mal dans le dos à l'endroit des piqûres.

Bonbec marche à côté de moi en silence avec l'air songeur. Comme quand il mâchouille un bâton de réglisse. « La réglisse ça me fait penser. » Il se décide.

— Tu crois qu'on peut regarder des pin-up quand on est curé ?

Depuis longtemps, j'ai décidé de ne jamais m'étonner des questions de Bonbec.

— Pourquoi tu demandes ça ?

— Plus tard, je veux faire curé !

Curé ! C'est nouveau. Mais je préfère ne pas essayer de me souvenir de tout ce que Bonbec a voulu être. Ça remplirait un cahier de cent pages.

— Pourquoi tu veux faire curé ?

— Regarde !

Il sort de sa pèlerine une boîte de camembert avec un moine rigolard sur l'étiquette. C'est incroyable tout ce qu'on peut trouver sous la pèlerine de Bonbec. J'espère qu'il n'a pas oublié le livre jaune. Mais je ne veux pas avoir l'air trop intéressé.

— Tu trouves pas qu'il a l'air heureux ?

— D'accord, mais je crois pas que ça t'ira la tonsure.

— J'y avais pas pensé.

Il soulève son béret. Pas pour être poli, mais pour caresser sa brosse. J'aime bien la brosse de Bonbec. Ça lui fait des petits points d'exclamation sur la tête qui lui donnent l'air toujours étonné.

— Et ta poule, Bonbec, comment tu feras, si tu fais curé ?

— Ils n'ont pas de poule, les curés ?

— Normalement, non.

— Ça, c'est pas sûr. Mon père dit que la Mme Bernard qui fait le caté avec le curé fait pas que le caté avec lui.

— Tu veux faire le caté avec ta poule ?

— Non, faut que j'apprenne d'abord.

— Le caté ?

— Non, à faire des choses avec ma poule.

— Et à la guinguette ?

Bonbec s'arrête. Il fixe son béret comme si la femme rouge était cachée à l'intérieur.

— Tu sais, j'ai pas eu trop le temps d'apprendre. Et une fille c'est pas pareil qu'une poule. J'ai bien réfléchi, je crois qu'il faut que je voie des pin-up.

Plutôt alambiqué comme raisonnement. Je n'ose pas lui parler du livre jaune. Normalement, dedans, il y a tout-et-tout. Bonbec me montre le moine de plus en plus rigolard sur l'étiquette et se tapote la brosse.

— T'as raison. Elle aimera pas la tonsure, ma poule.

Il ouvre la boîte de camembert, prend le fromage, le glisse sous sa pèlerine et jette la boîte dans l'égout.

Fin de vocation.

— J'ai faim.

On débouche dans la rue du poissonnier déserte. Elle a sorti ses poubelles sur le trottoir. J'ai le cœur qui bat. Et si elles n'étaient pas là, mes pin-up, j'aurais l'air malin. Bonbec m'a donné d'avance un kaléidoscope en véritable ivoire, que j'ai déjà échangé contre une étoile de shérif, troquée aussitôt pour un gyroscope tout neuf que j'ai refourgué pour une Talbot Lago. Exactement celle dont je rêvais.

— Alors, c'est où ?

Je regarde un peu plus haut dans la rue, devant la maison du dentiste. Sauvé ! Elles sont là, mes pin-up. Posées sur le trottoir.

— C'est là !

— Où ça ?

Je montre à Bonbec les magazines empilés à côté d'une poubelle.

— C'est ça, tes pin-up ?

— Attends de voir.

Personne alentour. Je cours jusque chez le dentiste. C'est un bon arrivage, ce matin. Un très bon, même. Je fais l'inventaire des paquets ficelés impeccables comme des colis aux soldats : *Paris Match... Nous Deux... Miroir du sport... Historia... Intimité...* et... *Cinémonde* !

Rien que la première couverture rend Bonbec plus rouge que le moine de la boîte de camembert.

— Quels magazines tu veux, Bonbec ?

— Tous !

— Tout le paquet de *Cinémonde* ?

— Tous les paquets.

Il est comme ça, Bonbec, goinfre en tout.

— On pourrait trier, un peu.

Pas le temps, le camion des boueux vient de surgir à l'angle de la rue. Ça siffle, ça claque, ça cogne. Les éboueurs voltigent comme des écuyers de cirque. Si on ne déguerpit pas, on va finir à la benne. Broyés, transformés en pâte à papier, pour se retrouver un jour recyclés en page de réclame. « Un geste, avec l'essuie-tout Sopalin ? »

Pas question. On se charge comme des sherpas pour la première de l'Everest. Moi, je suis Tin Charkas et Bonbec Edmund Hillary. On verra bien qui arrivera le premier au Champ de personne. Je crois qu'on ne tiendra pas jusque-là. Je propose à Bonbec de larguer *Intimité* en chemin.

— T'es pas fou, ma mère le lit !

— Alors, *Historia*.

— Je suis abonné. Ceux-là, je pourrai les découper.

Abonné ! Bonbec est abonné à *Historia*. Quel traître. Il ne me l'avait jamais dit. C'est pour ça qu'il est si bon en histoire. Ce n'est pas juste. Pas très fair-play. A l'école, on ne devrait se servir que de ce qu'on apprend à l'école.

— Et toi, avec tes soldats Mokarex ?

C'est vrai, grâce à eux, je suis imbattable sur la Révolution de 1789. Mais ce n'est pas pareil. Ce qu'on trouve dans le café, ça ne compte pas.

On finit par arriver au Champ de personne, en nage, mais sans rien avoir perdu en chemin. A cette heure le Champ de personne est désert. On a un regard ému pour le pas de tir de notre Personiouz III. Il ne reste comme trace de notre exploit qu'une lessiveuse calcinée.

J'imagine Blanco en train de brouter. Il adore les pissenlits.

On se glisse dans la cabane creusée sous la butte. Aucun risque, à cette heure, de trouver des grands en train de fumer à côté du tuyau d'aération. Pourtant, il y a une drôle d'odeur dans la cabane.

— Attention à ta tête, Bonbec.

On descend dans le Nautilus, c'est le nom de cette cabane. Dans le Champ de personne, il y a aussi le Bathyscaphe, le Sam Suffit, le Piège à filles ou le

Maracana. La plus grande. Dans le Nautilus on ne peut se tenir qu'assis sur des banquettes de 2CV récupérées à la casse.

On allume une bougie. Faudra en rapporter une neuve. Le Nautilus fonctionne comme un refuge de montagne. Il y a écrit : « Ce qu'on utilise on le remplace. » Quelqu'un a ajouté : « Même les filles ! »

— Moi, je prends les pin-up.

Bonbec a déjà coupé la ficelle du paquet de *Cinémonde* avec son canif rouge. Et comment on va les transporter après ?

— Eh ! regarde celle-là... Et celle-là... Vise le maillot !... Les nénés, mon gars... Ça c'est du pare-chocs !... Zieute-moi ça !...

Non, merci ! Je n'aime pas regarder les magazines à deux. Déjà que Bonbec prend toute la lumière, mais en plus il s'exclame et mime les formes qu'il rencontre. Il se touche sous sa pèlerine, c'est sûr. Je dénoue la ficelle de mes *Match* pendant que Bonbec continue son feu d'artifice... Oh ! là là ! Ben mon vieux ! Crénom d'une pipe ! Purée !... A l'entendre, je me demande si mes pin-up ne valaient pas plus qu'un kaléidoscope, même en véritable ivoire, et un livre jaune mystérieux. Mais j'ai l'impression que Bonbec a oublié le livre où il y a tout-et-tout.

Dans *Match*, je tombe en pleine guerre, mariage de princesse et catastrophes. Je retrouve la suite de tout un tas d'histoires que je connais déjà. L'actualité, c'est comme dans un feuilleton qui ne finit jamais.

L'odeur de pourri dans la cabane m'empêche de profiter des images.

— Fais voir ! Montre !

C'est comme à la cantine, Bonbec ne peut pas s'empêcher de prendre dans la gamelle des autres.

— Pas mal, ta pin-up Monsavon. Tourne ! Tourne !

Bonbec me gâche les images. Je finis par m'écarter dans un coin avec mes *Match* et une autre bougie. L'odeur de pourri est moins forte à cet endroit.

Bonbec boude. Il se lasse. Maintenant, il tourne les pages de ses *Cinémonde* comme celles d'un magazine de tricot. Je le connais. Avec lui, tout est du chewing-gum. Dès qu'il n'y a plus de sucre, il crache. « J'aime pas mâcher. » Je pensais qu'avec les pin-up de *Cinémonde*, il aimerait.

— Bah ! elles sont toutes pareilles.

Je sais bien où il veut en venir, le Bonbec.

— Tu n'as pas de *Paris-Hollywood* ?

Non, sinon ce serait beaucoup, beaucoup plus cher. Dans *Les folies de Paris-Hollywood*, on voit tout. Vraiment tout. Je trouve que c'est moins intéressant, mais les grands adorent.

— Némasse, lui, en a des *Paris-Hollywood*.

Je le laisse dire, j'attends la suite.

— Moi, je trouve que ça vaut pas contre mon kaléidoscope.

J'en étais sûr. Attention, c'est ma Talbot Lago qui est en danger. Ma Talbot Lago, la meilleure chasseuse de la cour de récréation depuis que le p'pa m'a rapporté du « Lubrifiant aéronautique ». Elle ne roule pas ma Talbot Lago bleue, elle glisse sur un coussin d'air. Comme dit le p'pa : « un coussin d'Air... France ».

Ce n'est pas le moment de plaisanter. Je me vois mal remonter la chaîne de mes échanges. « Bonjour, je viens reprendre mon gyroscope. » Surtout qu'il n'était pas si neuf que ça. J'abandonne le tremblement de terre en

Azerbaïdjan dans *Match* pour la bouille de Bonbec. Ce n'est pas moins ravagé.

— Bon, tu veux mes *Match* ?

— J'aime pas les guerres. Y a quoi d'autre ?

— *Miroir du sport.*

— J'aime pas le sport. Et celui-là, « La traîtresse orgueilleuse », c'est quoi ?

— *Nous Deux.*

Je vois tout de suite que ça l'intéresse.

— Passe !

— Pas question. Je les garde.

— Et pourquoi tu les garderais ? Il y a quoi, dedans ?

— Des romans d'amour en photos.

— Il y a des pin-up ?

— Plein. Des Italiennes. C'est pour te dire, ma mère interdit à mes grandes sœurs de les lire.

— Je veux voir.

Il est comme moi, Bonbec. Si c'est interdit, c'est intéressant. C'est aussi pour ça que j'ai lu des *Nous Deux*. Des dizaines et des dizaines avant de m'apercevoir que c'était toujours la même histoire.

Celle que j'avais imitée dans mon premier roman d'amour.

Un jeune homme riche et beau (en Alfa Romeo) tombe amoureux d'une jeune fille pauvre mais belle (et coiffeuse). Mais la mère du jeune homme (veuve) veut lui faire épouser une jeune fille laide, mais riche (héritière). Les amoureux devront surmonter plein d'obstacles, mais à la fin l'amour triomphe et le jeune homme emmène la jeune fille vers leur bonheur (en Alfa Romeo).

Le vainqueur a toujours une Alfa Romeo.

Plus tard, j'en aurai une, rouge.

Non, c'était la couleur de celle de l'ingénieur qui s'est tué au carrefour.

— Bonbec, je suis d'accord pour mes *Nous Deux*. Mais si tu regardes, on est quittes pour le kaléidoscope. Et le livre jaune, t'as oublié ?

— Non, je l'ai pris, mais on n'a pas le temps. Il nous faudrait une heure.

— Pourquoi ça ?

Il sort le fameux livre jaune d'un recoin inexploré de sa pèlerine. Je lis le titre : *Spermato, ou la Dernière Heure d'un spermatozoïde*. Pas très excitant. Si c'est avec ça qu'il croit me faire perdre ma Talbot Lago ?

— Alors, Bonbec, qu'est-ce que tu décides pour les *Nous Deux* ?

— Seulement les regarder, t'as dit ?

— Seulement ?

Bonbec hésite. Il jauge « La traîtresse orgueilleuse » sur la couverture au-dessus du paquet. Ficelée comme elle est, ça ajoute encore à son décolleté à la Jayne Mansfield.

— Tape là !

Ouf ! je viens de sauver ma Talbot Lago. Bonbec plonge dans *Nous Deux*, moi, je retourne à mon tremblement de terre. On est comme un vieux couple au lit. Chacun sa bougie.

— Bonbec, tu trouves pas qu'il y a une drôle d'odeur ?

Il ne daigne même pas lever les yeux, trop occupé par sa lecture de « La garce du moulin ». Il pousse des soupirs et y va de ses commentaires... La saleté !... Bien fait !... Non ! ce n'est pas possible... On dirait mon tonton Florent devant un match de catch.

Il finit même par pleurer. Oui, Bonbec pleure dans son béret comme s'il faisait une quête de larmes pour le curé.

Je le regarde. Il se mouche dans sa pèlerine et enchaîne les *Nous Deux*, en tendant le bras vers la pile de magazines comme le sultan de Marrakech vers un plateau de loukoums... Que c'est beau !

Je préfère retourner à mes catastrophes, tremblements de terre, inondations, déraillements et starlettes de cinéma. Je n'aime pas quand les histoires sont déjà toutes écrites. On ne peut pas imaginer tranquille.

Tout à coup, un titre saute du magazine.

Sabrina fait assurer sa poitrine à la Lloyd's.

Je relis. C'est bien ça, une certaine Sabrina a fait assurer sa poitrine à la Lloyd's. Une photo accompagne l'article. C'est vrai, il y a de quoi assurer. Mais quand même, assurer une poitrine comme la Traction du p'pa, ou notre maison contre l'incendie, c'est étrange. Qu'est-ce qui pourrait bien lui arriver comme accident, à sa poitrine ?

La légende précise « On comprendra que la jeune actrice veuille protéger les 106 cm de son charmant capital ».

— T'as vu ça, Bonbec ?

Inutile, il est dans « Plus fort que la haine, plus loin que la mort ».

— Tu te rends compte, une fille a fait assurer, tu sais quoi ?...

— Son chien ? Son poisson rouge ?

— Non... Sa poitrine !

Il ne lève même pas un œil.

— Et alors ? Les pianistes font bien assurer leurs mains.

— La poitrine et les mains, ce n'est pas pareil.

— C'est leur instrument de travail.

— La poitrine ce n'est pas un instrument de travail.

— Et les nourrices ?

Je n'avais jamais pensé à ça quand on comparait celles de Martine Carol et de Marilyn Monroe. N'empêche, il pourrait s'étonner un peu pour me faire plaisir. J'ai l'air de quoi, sinon ?

— Quand même, Bonbec, 106 cm, c'est incroyable !

— Pourquoi ?

— 106 cm ! Tu te rends compte. 1 mètre et 6 centimètres.

— Et alors, c'est comme Marie-Antoinette.

— La reine ?

— Pas la concierge de l'école, pardi !

— Comment tu sais ça ?

— Je l'ai lu dans *Historia*. C'était dans les carnets de sa modiste, Mme Bertin.

Je vais m'abonner à *Historia* tout de suite. Même si je dois déconsigner toutes les bouteilles du quartier. Quand je pense que Marie-Antoinette, mon soldat Mokarex préféré, ma chouchoute, la reine que je sauve plusieurs fois par semaine, celle pour qui j'organise des rendez-vous secrets sous les lilas de la cour avec Axel de Fersen, dans le dos de Louis XVI, Marie-Antoinette, la reine de France, avait un tour de poitrine de 106 cm, et je ne le savais pas.

Il faut que je rentre à la maison, que je fouille dans la boîte à couture de la m'am, que je trouve son mètre de couturière, que je sache ce que ça fait, 106 cm.

Tout de suite.

Je me dresse d'une pièce. Je suis foudroyé par un

choc électrique, ma tête explose... 106 cm... Je viens de ressentir le premier coup de foudre mesurable.

Je m'évanouis.

Nous sommes le 16 octobre 1793 à la Conciergerie, il faut absolument que je sauve Marie-Antoinette. Son exécution est dans douze heures. Je suis le chevalier de Maison-Rouge et j'ai réussi à m'introduire dans le cachot de la reine. Cela sent affreusement mauvais... Majesté, il faut me suivre... Elle refuse. Tout est perdu. Rien ne pourra la sauver de la guillotine.

On me ranime.

Quelqu'un me passe les sels sous le nez. Sûrement Fouquier-Tinville. Une puanteur à faire vomir. Ce n'est pas l'éther de l'infirmière ni l'eau de Cologne du coiffeur. Autre chose. C'est Bonbec qui agite l'autre chose au-dessus de mon visage. Son camembert !

— Je n'ai trouvé que ça pour te réveiller.

La voilà, l'odeur de pourri dans la cabane. Le camembert rigolard de Bonbec affiné au tiède sous la pèlerine. Je vais tout de suite mieux.

— Tu t'es assommé contre le toit de la cabane. Tu dois avoir une sacrée bosse.

J'ai. Je m'assois sur la banquette. Je suis en nage. La m'am avait raison. Je suis peut-être un peu chaud du front. La fièvre monte. J'entends même des voix. Mon prénom.

C'est la m'am. La sonnette de son vélo carillonne. Elle apparaît comme Jacques Anquetil à l'entrée de la piste du Parc des Princes.

— Dépêchez-vous, les enfants, c'est l'heure de l'école. Vous allez être en retard.

On ramasse nos affaires en vrac et on galope vers la m'am.

— Montez !

Moi à l'avant, Bonbec à l'arrière. Pauvre porte-bagages. C'est parti comme sur les vélos excentriques de Chez Gégène.

— Dis donc, tu t'es bien arrangé le crâne.

— C'est rien, c'est rien, m'am.

— Faudrait peut-être que tu passes à l'infirmerie.

La blouse de l'infirmière et les 106 centimètres de Marie-Antoinette dans la même journée, ce serait trop.

La m'am mouline facile dans son style d'ancienne cyclotouriste de congés payés. Je ne sais pas ce qu'elle enroule comme braquet, mais nous voilà en deux coups de manivelle devant l'école. On descend en marche, façon facteur en tournée. Baiser à la volée... Hep, ton cartable !... Justement, je le jette dans la porte, pour empêcher le concierge de la fermer. La Fraise rouspète. On se faufile. Cric-crac ! maison.

On n'est pas en retard, mais on n'est pas en avance non plus. Notre rang a déjà quitté la cour. On sprinte dans l'escalier... Pardon ! Pardon !... Les copains de la classe sont déjà assis à leurs places, M. Brûlé patrouille sur l'estrade. Au tableau, la leçon de géométrie est déjà annoncée. « Le cercle ». J'ai oublié de réviser.

De toute façon, la géométrie c'est ma perte. Je suis aussi nul que le petit garçon que Louis Jouvet adopte dans *Quai des Orfèvres*. C'est normal, je lui ressemble.

— Ça va pour cette fois, vous deux. Rejoignez vos places.

On souffle comme des locos à vapeur.

— Prenez votre cahier de semaine.

La journée commence. On est sauvés. Pas tout à fait. M. Brûlé s'immobilise devant notre pupitre.

— Qu'est-ce que c'est que ça ?

Il nous montre quelque chose par terre. Mon *Paris Match* ! Bonbec a fait tomber mon *Paris Match* de son cartable, justement à la page cornée de Sabrina et des 106 cm de Marie-Antoinette. Qu'est-ce qu'elle faisait dans le cartable de Bonbec ? Il joue l'étonné.

— A qui est ce magazine, messieurs ?

Bonbec regarde ailleurs. Je me dévoue. Le piquet ou le cercle c'est pareil.

— A moi, monsieur.

— Et qu'est-ce qu'il fait là ?

— C'était pour réviser...

— Réviser quoi ?

— Mon histoire.

Cette fichue manie des reprises de volée sans réfléchir.

— Réviser votre histoire... Voyons un peu.

M. Brûlé regarde la photo de Sabrina. Il doit être en train de se demander ce que j'ai bien pu réviser.

— Bien ! Alors venez donc au bureau nous raconter cette... histoire.

Raconter quoi ? Sabrina, la poitrine, l'assurance, les nourrices ?

— Pressons.

Je me traîne sur l'estrade en montrant le poing à Bonbec. Delac et sa clique sont aux anges. Némasse agite la langue. Picard m'encourage. Il a raison. Tant pis. Puni pour puni. Je fais face à la classe qui se prépare déjà à l'hallali. Si je ne connaissais pas ce mot, j'aurais déjà moins peur.

— Nous vous écoutons. Pressons. La leçon de géométrie nous attend.

La leçon de géométrie ! Le cercle. Il me vient une illumination.

Je vais au tableau, sans trop réfléchir. Je ne sais même pas ce que je vais y faire. Je prends la règle du maître. Là, tu exagères. Je désigne le cercle tracé au tableau. La règle tremble, ma voix aussi, mais j'entends ce qu'elle dit.

— Ceci est la circonférence du cercle. Sachant que le tour de poitrine de Marie-Antoinette est 106 cm, quel est le diamètre de la reine ?

7

Le méconnu historique

Quatre heures !

Ce n'est pas la bonne réponse à la question, mais c'est ma punition. Elle vient de tomber.

Quatre heures de retenue samedi après-midi parce que Marie-Antoinette a un tour de poitrine de 106 cm !

Ça fait 26,5 cm de l'heure. Voilà ce que ça coûte de révéler une vérité historique. Je trouve que c'est cher payé et un encouragement au travestissement de l'histoire. Je viens d'apprendre l'expression et je compte bien m'en servir pour me défendre.

106 cm. Ce n'est tout de même pas de ma faute. Est-ce que j'aurais eu moins d'heures de retenue si Marie-Antoinette avait eu moins de poitrine ?

Pourtant, en nous racontant les amours d'Antoine et de Cléopâtre, le maître nous avait dit que l'histoire tenait parfois à quelques centimètres. Il avait soupiré en regardant par la fenêtre.

— Ah, si le nez de Cléopâtre avait été moins long !

Personne n'avait compris.

Tout ce que je constate, c'est que d'un côté il y a l'histoire avec un grand nez et de l'autre, quatre heures de retenue pour moi.

M. Brûlé a le centimètre sélectif.

— Au piquet, tu connais le chemin.

— Et mon soldat Mokarex, monsieur ?

— Pas question. Tu es puni, tu ne peindras pas ta figurine avec tes camarades. Laquelle avais-tu choisie ?

— Alexandre Dumas.

— Très bon choix. Un grand auteur. Dommage.

— Je m'en fiche, je n'aime pas Alexandre Dumas !

Pan ! Deux heures de retenue supplémentaires pour insolence. Là, M. Brûlé exagère. On frise l'atteinte aux droits de l'homme. La Déclaration universelle, je la connais, elle a mon âge. On est de 1948 tous les deux. On est un peu frères. Je dois la faire respecter.

Je rejoins le piquet. Ce n'est pas une punition, pour moi. J'aime bien cet endroit. C'est une sorte de retraite au bout de l'estrade dans l'angle du mur. On est à l'abri des copains, derrière les cartes de géographie qui font paravent.

M. Brûlé a aménagé le piquet pour qu'on ne perde pas notre temps, en affichant les tables de multiplication, les fractions, les conversions, la conjugaison du verbe « connaître », les grandes dates de l'histoire de France et d'autres choses qu'il appelle « le vade-mecum du puni ».

Dernièrement, il a ajouté la page d'un magazine, avec la photo punaisée d'un homme en costume qui ressemble à un accusé... *L'Amérique pleure sur le tricheur de la télévision...*

M. Brûlé nous avait raconté l'histoire de ce Van Doren qui avait gagné plus de 50 millions au Quitte ou double des USA en trichant... *Il était jeune, il était américain cent pour cent et il savait tout...* Le maître ne nous avait pas dit comment il avait triché. Dommage.

— Attention, au piquet, tu ne touches pas à l'Afrique ! Je vais être obligé d'en racheter une autre.

Quand le maître parle de l'Afrique, il veut dire la carte de l'Afrique. Celle que j'avais transpercée à l'endroit de Gorée. Quand je pense que ce faux jeton d'Alexandre Dumas est petit-fils d'esclave, que sa grand-mère est passée par cette île et que je viens d'attraper deux heures de retenue à cause de lui !

Je me demande si ça vaut la peine de sauver ses ancêtres, si c'est pour en avoir honte après.

D'accord, Dumas n'était pas cent pour cent quelque chose, comme Van Doren. Mais un quart, soit 25 pour cent, comme dit le vade-mecum, c'est déjà pas mal.

Dumas quarteron, c'est le p'pa qui me l'a dit. Personne ne me croit. Je ne pense pas que le p'pa me mentirait, même si, dès qu'il s'agit de Noirs, il me parle de personnages qu'on ne trouve jamais dans les livres d'histoire et que personne ne connaît. Même pas M. Brûlé.

La dernière « allégation fantaisiste » du p'pa, comme dit le maître, c'est le « Mozart noir ». Un chevalier du temps de la Révolution « bon en tout » qui *aurait* été le premier colonel noir et *aurait* même eu le père d'Alexandre Dumas sous ses ordres.

L'avantage avec les « allégations » du p'pa c'est que j'apprends le conditionnel.

Du piquet, je regarde en coin mes camarades qui sont déjà en train de peindre leur soldat Mokarex avec des couleurs spéciales apportées par le maître... On va le gagner ce concours !... Pour le visage de mon Alexandre Dumas, j'avais choisi un terre de Sienne brûlé. L'odeur du diluant me barbouille le cœur. J'ai envie de pleurer. Mais qu'il ne compte pas là-dessus.

— Tu me dis tout le temps qu'il était noir, ton Dumas. Je m'excuse, mais j'ai lu *Les Trois Mousquetaires*, il n'y a pas de Noirs dedans.

— Et alors, Bonbec ? Si tu écrivais des histoires, il y aurait des gros, dedans ?

— Forcément. J'aime bien les gros, moi.

Bonbec avait abandonné Balzac pour Louis XVI comme soldat Mokarex, à cause de son plus gros ventre, mais surtout pour devenir le mari de Marie-Antoinette et m'embêter.

— Comme ça, si tu es le fils caché de Marie-Antoinette, je serai ton père.

Bonbec mon père ! Comme si je pouvais imaginer d'échanger le p'pa contre lui.

Les échanges ! Les échanges de soldats Mokarex. Je les avais oubliés. Si je reste au piquet pendant la récréation, je vais les manquer.

Normalement, les échanges de Mokarex sont réservés à la récréation du vendredi midi. C'est la règle. On est lundi. Mais il y a toujours un gros malin pour essayer de rouler un petit de 8e.

— Qui c'est Jean-Baptiste Corot ?

— Un peintre. Mon pauvre, ça vaut rien les peintres.

Alors que Corot (1796-1876) devant son chevalet est un des plus beaux Mokarex. Des plus fins. Il aurait mérité d'être le peintre de la Révolution, à la place de David, qui a l'air de quoi, franchement, avec sa palette à la main ? Il ressemble à un joueur de ping-pong.

Pour éviter le trafic de soldats, avec Bonbec et Lali, on a créé un Club Mokarex qui se réunit dans l'angle du mur de la maternelle et du préfabriqué. Celui dont le poêle fume.

Cette quinzaine, c'est moi qui tiens le cahier d'échange. Dessus, on y a inscrit la liste de tous les soldats, avec leurs dates de naissance et de mort, un résumé de leur vie et leur cote.

Le p'pa m'avait expliqué comment on calculait celles des chevaux aux courses. Si j'ai bien compris, plus un cheval est mauvais, plus sa cote est élevée et plus on touche d'argent quand il arrive.

Le problème, c'est que les chevaux du p'pa n'arrivent jamais, surtout le troisième. Le « maudit canasson » du tiercé. Celui qui nous gâche une partie du dimanche après-midi.

Ça n'a pas l'air d'inquiéter la m'am.

— Même avec un tiercé à deux chevaux, il en manquerait toujours un à ton père.

Mais le tiercé et les soldats Mokarex, ça ne marche pas pareil. Aux courses, le crack est à 2 contre 1 et le tocard à 100. Pour les Mokarex c'est l'inverse. Le crack des cracks, Fouquier-Tinville, vaut 4, alors que des tocards comme Bonaparte valent 1. Mais jamais personne n'acceptera d'échanger son Fouquier contre quatre Bonaparte.

Celui qui a un Fouquier-Tinville en double le garde à vie, jusqu'au certificat d'études. On se le lègue de frère en frère.

Alors, pour donner une chance aux tocards, j'ai décidé d'organiser une course de soldats Mokarex dans ma cour.

Une sorte de « réclamé ».

Le p'pa m'avait expliqué ces courses étranges où ne couraient que des chevaux à vendre. Un peu comme si on avait monté des 24 Heures du Mans de la voiture d'occasion, avec le prix de vente inscrit au blanc d'Espagne sur le pare-brise.

Attention, c'était une véritable course, mon réclamé Mokarex. Belle comme une étape du Tour de France, avec vrai circuit sous les lilas, caravane publicitaire, voitures suiveuses, reporters à moto, tribune pour le public, et banderoles.

Fouquier-Tinville, classé hors catégorie, avait accepté d'être juge à l'arrivée. Il fallait le voir, debout derrière sa table, les plumes du chapeau en oreilles de Mickey et l'index dressé. Il ne lui manquait plus que le chronomètre à la main.

Mme de Sévigné avait donné le départ d'un coup d'éventail. La course avait été royale. Pleine de péripéties et de rebondissements. Chacun se bagarrait c'est sûr, le vainqueur avait le droit d'enlever Marie-Antoinette avec mon camion Berliet. Assis entre la Pompadour et la Du Barry, je commentais la course pour Radio-Luxembourg avec André Bourillon.

C'était Axel de Fersen qui avait gagné au sprint devant Lafayette et Saint-Just. Louis XVI avait terminé très loin et essoufflé. Il faut dire que l'arrivée était jugée en côte. « Crois-moi, ce n'est pas un grimpeur, ton Louis XVI, demande à sa femme. » Gérard n'y connaît rien au cyclisme.

— Pourquoi tu as dit au maître que tu n'aimais pas Alexandre Dumas ?

Bonbec va me faire attraper une heure de retenue supplémentaire. On ne parle pas au piquet. Il en profite pendant qu'il vient rincer son pinceau au point d'eau. Les autres aussi défilent. Signe que la récréation du matin va sonner. Ils ne se privent pas au passage. « Je sais pas de quelle couleur il était ton Dumas, mais pour l'instant, il est plutôt pâle. »

Je me retourne en douce. J'ai un choc. Sur le bureau du maître, les soldats Mokarex peints par mes camarades sont alignés sur le buvard. Impeccables. Les couleurs vives et fraîches. A l'écart, mon Dumas reste triste et nu, puni comme moi.

Les élèves s'attroupent pour admirer leur travail.

— N'y touchez pas. La peinture n'est pas encore sèche.

Il me vient une idée. Une idée de vengeance. Imaginons que je reste puni pendant la récréation. Il est possible qu'une fenêtre de la classe s'ouvre malencontreusement, qu'un courant d'air vicieux soulève la poussière de craie de la rigole du tableau, et qu'elle vienne se déposer sur la peinture encore fraîche. Elle ressemblerait à quoi leur belle armée Mokarex ? A celle de la retraite de Russie.

La poussière de craie, c'est irrécupérable. Même au dissolvant. La récréation sonne.

— Vous descendez en rang et dans le calme.

Je sens le courant d'air sur la poussière de craie.

— Le piquet aussi.

C'est ainsi. Quand on est au piquet, on perd son nom. On devient « le piquet ». Ça double la punition.

Je rejoins la queue du rang. Il n'y aura donc pas de courant d'air vicieux. M. Brûlé vient de sauver mes camarades de la crise de nerfs. Bonbec est intrigué.

— Tu me le dis pourquoi tu n'aimes pas Dumas ?

— C'est un secret.

— Bon d'accord, mais tu me prends dans ton équipe.

Prendre Bonbec dans mon équipe de football à la

récréation ! Même contre un secret, mille secrets. Jamais. « Prendre Bonbec, c'est prendre une piquette. » Tout le monde le sait. Bonbec joue comme une babouche. A l'avant, à l'arrière, dans les buts ou sur la touche, c'est la catastrophe.

Bonbec est le seul joueur qui fait mal jouer ses équipiers et donne des ailes à ses adversaires. Avoir Bonbec contre eux, ça les dope.

Bonbec, c'est un match perdu à lui tout seul.

— Si tu me prends, je te laisserai toucher ma poule.

Je n'ai pas le temps de demander à Bonbec ce que veut dire « toucher ma poule » que la rumeur du rang court dans l'escalier jusqu'à nous.

— C'est Cul-de-bouteille qui surveille la récré, alors on fait un cow-boys et Indiens.

Cul-de-bouteille est un maître qui porte des lunettes de têtard qui seraient classées microscope en sciences naturelles. Avec Cul-de-bouteille, on peut faire tout ce qui est à plus de trente centimètres de lui.

Ça fait déjà pas mal.

Cette histoire de cow-boys et d'Indiens, je pense que c'est Picard qui l'a manigancée pendant que j'étais au piquet. Tout ça pour éviter le match de foot. D'accord, Picard est le plus fort, surtout à la bagarre et aux acrobaties, mais dès qu'il s'agit de ballon, il a trois pieds gauches.

Bonbec est ravi. Il a son sourire de tirelire. Les gros cow-boys, ça existe. Il va pouvoir jouer.

Je sais exactement comment ça va se passer quand on sera dans la cour et qu'on fera les camps. Pas besoin de pied-dessus pied-dessous. C'est déjà tiré.

— Nous on est cow-boys, toi, t'es indien. C'est normal, t'es le seul qui ressemble.

Impossible de dire le contraire. Avec ma peau café au lait, au football, je suis brésilien et aux cow-boys, je suis indien. C'est comme ça. Même si Lali pourrait très bien faire un Apache.

— Je suis italien, moi. Y a pas d'Indiens en Italie.

Chacun trouve une excuse. Je suis donc élu Indien de la récré. On m'accorde quelques Peaux-Rouges d'emprunt pour compléter mon camp.

Le plus important c'est de se trouver des noms.

Le camp de Picard se partage les Buffalo Bill, Kit Carson, Buck Jones et Hopalong Cassidy. Nous, les Aigle Noir, Sitting Bull, Flèche Brisée et Cochise. Moi, je suis Plume Rouge. C'est le surnom de la m'am. Mon porte-bonheur.

La partie se déroule comme prévu. Je reste le dernier Indien. J'essaie de tenir jusqu'à la cloche de la cantine. « Pas le droit de se cacher dans la maternelle. » Si on change les règles à chaque récréation autant rester au piquet. Je suis pris par traîtrise. J'ai droit au platane de torture. Celui qui est juste en face du mur des filles.

— Comme ça, tu verras ma poule.

Pas que sa poule. Il y a une véritable volière grimpée sur le mur. J'espère que mes petites sœurs ne sont pas là, sinon je vais en entendre parler ce soir. Quant à mon short, je prie sainte Rita pour qu'il ne descende pas plus bas. Je ne suis pas très sûr de mon petit linge.

— Tu la vois, ma poule ?

Comment la manquer ? Sur le mur, son appareil dentaire étincelle comme une batterie de cuisine. On dirait qu'elle a fait les cuivres.

— Bonbec, tu devrais arrêter de lui offrir du Miror, à ta poule.

— T'es jaloux parce que t'en as pas.

— Si c'est pour astiquer l'argenterie, tu peux la garder.

Picard s'approche de moi avec un regard à marquer les bestiaux. S'il croit me faire peur avec sa dent cassée de bagarreur.

— Je suis le général Custer...

— Enchanté.

Picard a une vilaine haleine à l'oignon cru pour un général.

— Un bon Indien est un Indien mort. Tu vas mourir sale Peau-Rouge !

Il se retourne vers le mur des filles pour juger de l'effet.

Ça sonne !

M. Picard reste les bras en l'air comme un Sachem qui attend que la pluie tombe. Ça sonne de plus en plus fort.

La cloche de fin de récréation me paraît toute guillerette et pas mécontente de jouer ce mauvais tour à Picard qui donne des grands coups de pied dans le platane, de rage. Merci sainte Rita.

Cul-de-bouteille lance des coups de sifflet à rallonge comme pour une rafle de colleurs d'affiches sur la place de la mairie. « La ! paix ! en ! Al-gé-rie !... La ! paix ! en ! Al-gé-rie ! »

J'espère que mon frère Gérard ne sera pas pris dedans.

On va se ranger. Ils l'ont mauvaise les cow-boys. On croirait qu'ils viennent tous de tomber de cheval. Nous, les Indiens, on essaie d'avoir ce triomphe modeste qui caractérise la véritable sagesse apache. On hurle des cris de guerre comme des youyous de fatma.

— Du calme, ou c'est la retenue.

Cul-de-bouteille nous aligne, bras tendus.

On attend en rang dans la cour.

Etrange ce silence. La cour s'est vidée. Notre classe reste seule. Toutes les autres sont montées. Mauvais présage. Il se passe quelque chose. M. Brûlé est derrière une vitre du couloir au premier étage. Il nous regarde en silence avec la mine sombre de celui à qui on a volé un troupeau de vaches.

C'est nous le troupeau.

Quand le maître nous regarde de cette manière, sans venir nous chercher dans la cour, c'est qu'il n'est pas content de notre classe.

Qu'est-ce qu'on a pu faire ?

On va bientôt le savoir. M. Brûlé tapote au carreau et nous fait signe de monter. Seuls. C'est encore plus sérieux qu'on ne le pensait. Dans l'escalier on cherche quelle bêtise aurait pu provoquer la colère de M. Brûlé. On en avoue, on en invente, on se croirait au confessionnal.

On entre dans la salle de cours. En passant devant lui personne n'ose regarder le maître de peur d'être transformé en statue de sel.

Nos Mokarex ne sont plus sur le bureau.

— Asseyez-vous.

La tête de M. Brûlé a l'air encore plus énorme que d'habitude, le losange de son front palpite et ses mains pourraient nous étrangler tous, en une seule fois.

— Prenez vos cahiers de travail et notez : Histoire. Pour lundi prochain.

La classe pique du nez. Ça chauffe. D'habitude, on ne note jamais de devoirs à cette heure de la matinée.

— Vous ferez, en trente lignes, le portrait d'un personnage historique de votre choix.

C'est tout ?

— Un personnage... méconnu.

M. Brûlé ne nous dit rien de plus. C'est sa manière de faire. Quand il est en colère contre nous, on ne sait jamais pourquoi tout de suite. Il nous donne un travail et nous laisse mariner.

Un personnage historique méconnu ! Quelle bêtise peut bien mériter ce genre de punition ?

On cherche. On en discute entre nous. On en oublie la récréation. On n'a même plus le cœur à se bagarrer, les parties de foot se traînent... Un personnage historique méconnu... Il nous ronge la tête. Mais le pire, c'est qu'on a déçu notre maître. Ça, on en est certains, mais on ne sait pas pourquoi.

Le p'pa est comme M. Brûlé, quand il est en colère. Il n'y a qu'une chose à faire : attendre. Attendre jusqu'au moment où le p'pa me dit : Assieds-toi ! Là, parfois, je regrette le silence.

Bonbec a trouvé une façon de ne plus penser à ce personnage historique méconnu, il ne parle que de sa poule.

— T'es sûr que tu ne veux pas la toucher ?

— J'ai pas le cœur, Bonbec.

En vrai, depuis que je sais qu'elle m'a vu en Indien, attaché au platane, je n'ai plus trop envie. J'aurais l'impression qu'elle y pense. Qu'elle se moque. Je suis d'accord pour les accompagner tous les deux jusque sous la passerelle du chemin de fer, et faire le guet pendant le panache amoureux et la bise à Zappy. Mais pas plus.

— Là-bas, tu pourrais la toucher. Personne ne le saurait. Elle veut bien. Elle me l'a dit.

C'est non. Moi aussi, j'aime bien le panache amoureux. Mon short encore plus. Mais je pense trop à ce personnage historique méconnu. Surtout depuis que le maître m'a retenu seul en classe pendant une récréation.

— Pourquoi n'aimes-tu pas Alexandre Dumas ?

Même à M. Brûlé, je ne peux pas le dire. Même s'il me le demande si gentiment, avec ces yeux qui arrivent à être bleus et doux dans son visage de géant.

— Tu l'as lu ?

Tout. Il fallait que je lise tout pour être certain que je n'aimais rien. Je voulais, surtout, être sûr que je ne l'aimais pas, lui, Alexandre Dumas. Maintenant, j'en suis certain. Même si, parfois, j'ai dû me forcer à ne pas l'aimer. Surtout dans *Le Vicomte de Bragelonne*. C'était bien. Drôlement bien. Mais on n'est pas forcé d'aimer ce qu'on aime.

Pour moi, c'est décidé, je n'aime pas Alexandre Dumas.

— Tu sais quel personnage historique méconnu tu vas choisir ?

J'ai bien une idée pour un personnage méconnu, mais c'est « historique » qui me gêne.

— Tu veux parler de ton « Mozart noir » ?

M. Brûlé lit dans les pensées. Je l'avais déjà remarqué. Il est comme la m'am et le p'pa. Je n'ai pas de chance. Les trois personnes qui sont le plus près de moi me voient à l'intérieur comme dans un Visible Man.

Avec Bonbec, on était allés voir ce bonhomme anatomique en plastique transparent dans la vitrine d'un magasin de jouets. Si c'était ça, je n'avais pas envie de voir à l'intérieur des gens.

M. Brûlé m'avait pris par les épaules.

— Alors, c'est lui ? C'est de ton « Mozart noir » que tu veux parler ?

Bien sûr, j'aimerais parler de lui mais comment faire puisque c'est une « allégation fantaisiste » du p'pa ?

— Pourquoi tu te laisses attacher à l'arbre ?

Les yeux de M. Brûlé ne sont plus bleus, mais perçants. J'arrête de penser ou il va tout savoir. Il sait déjà tout. M. Brûlé aime poser des questions qui ont l'air de ne pas aller ensemble.

Mais elles vont ensemble.

Moi je le sais. Lui aussi.

Je crois que je vais lui avouer.

— Monsieur ! Monsieur !

Bonbec arrive dans la classe en braillant, avec un nez et une bouche en sang qui ne vont plus très bien ensemble.

— Accompagne ton camarade à l'infirmerie.

J'aime bien quand le hasard lit dans mes pensées. Qu'il comprend que je suis en difficulté et que j'ai besoin d'un petit coup de main.

— Bien joué, non ?

Bonbec sourit. Il se remet la physionomie en ordre. J'avais oublié qu'il pouvait se faire saigner du nez à la demande. « C'est comme une languette à l'intérieur. J'ai juste à tirer. » Ça le protège même de Picard. « Je te préviens, si tu me touches, je saigne. »

Je suis content qu'on évite l'infirmerie.

— T'aimes plus l'infirmière ?

Si, un peu trop, même.

— Il te faudrait un nez comme moi.

Non, merci.

— Tu prends quoi comme méconnu, Bonbec ?

— Je ne sais pas encore. Le Nautilus, ta cabane du

Champ de personne m'a donné une idée. De toute façon, ce ne sont pas les méconnus qui manquent. Je ne sais pas comment font les autres de la classe pour ne pas en trouver. J'en ai à revendre dans *Historia*.

Et il en avait revendu, Bonbec. L'idée lui était venue de faire commerce de méconnus. Il avait installé un petit négoce qu'il tenait à la récréation près de l'urinoir.

— Marchand d'inconnus ! Marchand d'inconnus !

Bonbec trouvait que « inconnu » ça sonnait mieux.

— Je suis sûr que ça a de l'avenir comme métier.

Le lundi matin au cours d'histoire, tout le monde avait son méconnu. Acheté ou pas à Bonbec. On en a vu défiler de toutes sortes. Bonbec a parlé du vrai inventeur du *Nautilus*. Robert Fulton. Un Américain. M. Brûlé ne connaissait pas la moitié des méconnus de la classe. Ça le faisait rire. C'est joli un homme qui sait tant de choses et qui rit quand il ne sait pas.

Moi, je ne riais pas.

C'était mon tour.

Personne ne savait de quel inconnu j'allais parler.

Sauf M. Brûlé.

Je suis monté sur l'estrade avec ma feuille. Mes doigts tremblaient. J'ai commencé à lire. Lentement. Sans m'occuper de mon cœur. D'abord le titre. « Le Mozart noir... » Toute la classe s'est mise à rire. M. Brûlé les a arrêtés net. A peine un levé de sourcil et je pouvais continuer. Alors, j'ai lu mon texte. Trente lignes, pas plus. Comme demandé. Je l'ai lu, mais je le savais par cœur. J'ai mis le ton.

Quand je me suis arrêté, il y a eu un silence dans la classe. Peut-être parce que je pleurais. Mais ça ne devait pas se voir. Je tenais ma feuille devant mon visage.

— C'est vrai, monsieur, il a existé son Mozart noir ?

Il y a eu un autre silence.

Encore plus long.

J'aurais voulu me sauver. Courir. Etre un Indien. Un vrai. Un coureur des bois. Monter en haut d'une falaise, regarder le soleil et me laisser tomber dans le vide.

Le maître me rejoint sur l'estrade. Me prend par l'épaule. Ça me brûle.

— Oui, c'est vrai, ce Mozart noir a existé.

J'ai failli m'évanouir. Je me suis certainement évanoui. Je suis peut-être même mort ce jour-là.

Dans la classe, il y a un murmure de distribution des prix. M. Brûlé installe son fauteuil à côté du bureau comme quand il va nous raconter une histoire. Il s'assoit, toussote et raconte le « Mozart noir ».

J'écoute.

Toute la classe écoute.

Où est-ce qu'il est allé chercher tout ça ?

Une mère esclave, un père riche, blanc (il est donc café au lait, pas noir), aristocrate, planteur de canne à sucre, à la Guadeloupe (j'aurais préféré la Martinique). Le meilleur de son époque « en tout ». Delac se redresse. Il doit croire qu'on parle de lui.

Le maître exagère. On ne peut pas être imbattable à l'épée, au violon, au patin à glace (comme si ça existait à l'époque). Le premier à la danse, à cheval, à la natation. « T'étais au courant, toi qu'on savait nager sous la Révolution ? » Bonbec a raison, ce n'est pas possible.

Et cette histoire incroyable de son père qui lui offre une voiture et un cheval s'il traverse la Seine un bras attaché dans le dos. Picard en a la mâchoire qui tombe. Il veut essayer dès dimanche, dans la Marne.

Le bouquet : le Mozart noir se serait occupé d'un château et d'une chasse au Raincy ! A côté de Villemomble. Pas loin de notre école. Pourquoi pas une cabane au Champ de personne pendant qu'il y est ?

Plus j'écoute M. Brûlé, plus je pense qu'il est encore pire que le p'pa pour les « allégations fantaisistes ». Si ce qu'il raconte sur le Mozart noir est vrai, pourquoi personne ne le connaît ?

Et il en rajoute, le maître : premier colonel noir, premier Noir franc-maçon. « C'est quoi comme métier, ça ? » Un des meilleurs chefs d'orchestre d'Europe, maître de musique de Marie-Antoinette. « Si ça se trouve, elle a été sa poule. » Bonbec a raison. Pourquoi il n'y en aurait que pour Axel de Fersen ?

Mais tout de même, maître de musique de Marie-Antoinette ! Là, M. Brûlé *pousse le bouchon un peu loin*, comme dirait le p'pa. Ou il se moque. Il se moque de moi et de mon histoire. Un Noir qui apprend la musique à la reine de France. Franchement. Je regarde mes camarades de classe. C'est bizarre, ils ont l'air d'y croire. Il faut dire que d'habitude M. Brûlé ne nous ment jamais.

— Dis donc, si Marie-Antoinette était la poule de ton Mozart noir, c'est peut-être lui ton père.

Je donne un coup de pied à Bonbec. Il avait promis-craché de ne pas en parler. C'est un secret. Je m'en veux. Je n'aurais pas dû lui confier que je suis le fils caché de Marie-Antoinette.

C'était un jour de pluie sous la passerelle. Comme d'habitude on s'était raconté La Famille Duraton de la veille à la radio, et maintenant on jouait à se demander par qui on aimerait bien être adoptés. Bonbec aurait voulu des riches, moi des romanichels. Des riches on en connaissait pas, mais des romanichels, il y en avait un campement près de la décharge. Ils volaient les poules, ils pouvaient bien nous enlever. C'était facile. Bonbec était gras et bien nourri et moi je leur ressemblais quand j'étais mal coiffé. On s'était mis sur le chemin des roulottes. Les filles n'étaient pas commodes, on n'avait pas l'air d'intéresser les gars et les enfants ne prêteraient pas leurs parents. Ça se voyait. En plus, on en avait vu un en train de faire ses devoirs à cheval sur un énorme percheron.

Alors on avait renoncé à se faire enlever. De toute façon Bonbec avait mal au cœur en roulotte. « T'aurais pu le dire avant. »

— Toi aussi t'aurais pu le dire avant que tu étais le fils caché de Marie-Antoinette.

Bonbec n'avait pas été étonné plus que ça par mon secret. Comme moi, il est fâché avec la concordance des temps. En grammaire et en histoire.

— Dis donc, si tu es son fils, avec ta tête tu dois avoir un père en couleur. C'est qui ?

— J'ai pas trouvé.

— Tu veux que je t'en cherche un ?

— Pourquoi pas.

Bonbec s'était mis à me chercher un père dans *Historia*. Un matin il est arrivé triomphant.

— Ça y est, je t'ai trouvé deux pères.

Seulement voilà, les deux pères que Bonbec me proposait ne me donnaient pas envie d'être adopté. Il y avait Delorme qui avait égorgé la princesse de Lamballe et Zamor qui était le petit copain de la comtesse Du Barry.

Non, merci !

Heureusement, je venais de découvrir le Mozart noir. Ça, c'est un père !

M. Brûlé a terminé de raconter. Il se lève de son

fauteuil. C'est toujours un moment qui appuie sur la poitrine. Il faut trouver où raccrocher les yeux pour revenir dans la classe. Ça emmène loin, une histoire.

— Voilà, les enfants, la vie extraordinaire de cet homme qui est complètement oublié aujourd'hui. J'avoue que j'ignorais son existence avant la lecture de ce roman.

M. Brûlé nous montre un livre qui a l'air ancien.

— C'est quoi, monsieur ?

— Notez sur votre cahier de semaine !

Il y a une envolée de pupitres, cartables et plumiers. On recopie avec des langues appliquées ce que M. Brûlé a inscrit au tableau avec cette écriture qui n'existe même pas dans les livres : *Le Chevalier de Saint-George* de Roger de Beauvoir.

Je ne suis pas peu fier, mon Mozart noir est chevalier et porte un nom à terrasser les dragons.

— Je dois m'excuser auprès de votre camarade pour avoir *un peu* douté de son histoire.

Oh, non ! je ne veux pas que M. Brûlé s'excuse. Pas lui. Il nous apprend tellement de choses. Et je lui raconte tellement d'histoires.

Quand nous descendons à la cantine, le maître m'intercepte. Il me tend le livre.

— Tiens, tu le rendras à ton père.

A mon père ! Un livre ! M. Brûlé doit se tromper. Ce n'est pas qu'on ne les aime pas à la maison, mais on n'a pas de place pour les ranger.

— Ton père m'a dit qu'il l'avait lu au hasard, parce que l'auteur avait le même prénom que lui.

On est pareils avec le p'pa. Je me demande pourquoi j'ai besoin d'un autre père.

Avant de ranger le livre dans mon cartable, je le

regarde un peu. Il y a un tampon sur la première page « Comité d'entreprise d'Air France. Bibliothèque ». Je comprends mieux. Et une date en bas. 1848.

J'en étais sûr. Ce livre est de 48 comme moi. Il a cent dix ans, moi aussi. Je suis donc le plus vieil élève de 7e du monde !

Dans le rang, Picard me refroidit.

— Tu vas pas t'en tirer comme ça. Avant la cantine, on termine la partie de cow-boys et Indiens.

De quoi me couper l'appétit. Me revoilà le dos au platane, les cow-boys menaçants en demi-cercle et les filles rigolardes sur le mur.

« Pourquoi tu te laisses attacher à l'arbre ? »

J'entends la voix du maître dans mon oreille.

Les cow-boys s'avancent. Picard en tête. Il reprend son rôle où il l'avait laissé.

— Tu vas mourir, sale Peau-Rouge !

C'est alors que je dégaine mon épée.

— Halte-là ! Chevalier de Saint-George ! A moi les mousquetaires !

Picard en a les dents du bonheur, tellement il a l'air niais.

— Eh ! pas le droit...

— Si, le maître a dit qu'il avait le droit.

Aigle Noir, Sitting Bull, Flèche Brisée et Cochise quittent leurs plumes et me rejoignent flamberges au vent. Nous sommes Athos, Porthos, Aramis, d'Artagnan et... Saint-George ! En face, les cow-boys ont l'air malin avec leurs revolvers qui ne sont même plus d'époque.

Alors, Delac s'avance d'un pas, la mèche en panache et le menton Louis XIII.

— Sachez, chevalier, que nous ne recevons d'ordres que de Son Excellence le Cardinal.

Bonbec est vexé.

— Il est pas gêné, c'est dans *Les Trois Mousquetaires* !

— Foin de mots, messieurs, passons aux armes !

Et c'est la mêlée. Les foins et le battage.

Le plus beau combat à l'épée qu'on ait jamais vu dans la cour de récréation de l'école Foch. Même Cul-de-bouteille retrouve des yeux pour voir. Sur le mur, les filles nous encouragent comme aux fenêtres du Louvre.

Picard s'aperçoit que ses biscotos de forain ne l'empêchent pas d'être boutonné pour l'hiver. Delac est percé à l'imparfait du subjonctif « Jusqu'au fond du cœur d'une atteinte imprévue aussi bien que mortelle ».

Il tient à mourir en vers.

Bonbec se découvre le poignet vif et le jarret souple. « Tout est bon dans le cochon. » Il reste le dernier de son camp. Nous nous affrontons devant le mur des filles. Il me glisse à l'oreille :

— Laisse-toi battre, il y a ma poule.

Là-haut, elle n'a jamais autant étincelé. Elle était faite pour les cuivres, sa poule. J'hésite.

— Je te filerai mon livre jaune.

Ma vie, contre la dernière heure d'un spermatozoïde, ça vaut.

Notre duel est noble et élégant. Je surveille la pendule de la cour pour m'écrouler juste avant la sonnerie, sur les marches du préfabriqué. Je choisis de me traverser le corps avec mon épée. Bonbec trouve que c'est de la triche. Trop tard. Je tombe au ralenti. La poule de Bonbec défaille.

Mon premier coup de foudre post mortem.

— C'est malin, elle est tombée amoureuse de toi, maintenant.

— Qu'est-ce que ça peut te faire puisque je suis mort.

— Mon père dit toujours qu'on ne peut pas lutter contre un mort.

Juste avant de m'éteindre je regarde du côté de la fenêtre du premier étage. M. Brûlé nous observe derrière la vitre. Il sourit et applaudit.

Après la cantine, M. Brûlé vient nous chercher dans la cour. Notre rang remonte le premier. Il n'est plus fâché.

Dans la classe, les soldats Mokarex nous attendent alignés sur le bureau. Même mon Alexandre Dumas. J'ai le droit de le peindre. M. Brûlé vient me voir. Il s'est aperçu que je pataugeais. J'en suis à la dixième teinte différente pour le visage.

— Tu veux un conseil... Fais-le bleu !

L'après-midi coule de la même teinte. Paisible. Pourtant on a conjugaison. L'horreur ! Je ne m'y retrouve jamais. C'est la jungle dans ma tête. Présent, passé, futur, ça va à peu près. On marche, il y a quelque chose devant et quelque chose derrière. Mais le passé simple, le passé composé, le conditionnel, le subjonctif ! Où ils sont ? Je suis pour l'abolition des temps. On met tout au présent une bonne fois pour toutes et c'est réglé.

— Vous n'oubliez pas pour demain de réviser votre futur antérieur.

Manquait plus que celui-là. Je soupire avec les joues gonflées d'un angelot. Je suis certain que les anges étaient des cancres.

— Tu as tort de ne pas travailler la conjugaison, c'est à cause d'elle que tu n'aimes pas Alexandre Dumas.

M. Brûlé inventerait n'importe quelle histoire pour nous faire apprendre.

— Tu penses que si hier Alexandre Dumas t'avait inventé un mousquetaire noir, aujourd'hui on ne t'attacherait pas à l'arbre. Ni demain.

M. Brûlé a tout deviné. C'est un sorcier, c'est sûr. A une autre époque on l'aurait brûlé. Il a bien fait de vivre maintenant.

— Pour Alexandre Dumas, ce n'est pas si simple, ni si facile pour lui. Tu vas lire ce roman. Ça t'intéressera.

Deux livres dans la même journée ! On dirait que le maître veut m'empêcher de devenir champion du monde de football. J'inspecte la chose. Un roman que je ne connais pas. *Georges*, c'est le titre. Sans intérêt, personne ne porte ce prénom dans la famille. Je lis une phrase au hasard. « La jeune fille s'aperçut alors qu'elle était à moitié nue,... » Faut voir.

— Une amie me l'a offert, quand elle a vu que je m'intéressais à Saint-George. Une drôle de fille qui veut toujours faire mon éducation.

M. Brûlé donne l'impression de se parler.

— Je sais ce que tu te dis, un cadeau ce n'est pas une bonne raison pour lire.

Pas plus que le prénom de l'auteur, sa couleur, le titre, la couverture, la région où se passe l'histoire, l'époque,... ou l'année 48.

Pourtant un jour, M. Brûlé m'avait offert le plus beau livre du monde. *L'Enfant au Fennec*. A l'intérieur, le garçon me ressemblait et il avait le même duffle-coat que moi.

— Je vois à quoi tu penses. Mais on est tous un peu

comme ça, on aime ce qui nous ressemble. C'est pour ça qu'il n'y a que de mauvaises raisons de lire.

— Même une drôle de fille, monsieur ?

— Surtout une drôle de fille.

8

Proust et le Spitfire

Je n'ai toujours pas compris pourquoi une drôle de fille est une mauvaise raison de lire. Mais ce n'est pas mon plus gros souci, en ce moment. Il y a quelque chose que je comprends encore moins : le futur antérieur.

C'est écrit en gros au tableau sous la date du jour. M. Brûlé a expliqué, donné des exemples, tracé un schéma, mais je ne vois toujours pas comment un futur peut venir avant.

Je résiste, j'essaie de comprendre, mais j'ai des trous de carburation, je pique du nez. Je n'aurais pas dû regarder la télévision si tard. Mais j'aime tellement fixer le point lumineux sur l'écran, quand il est éteint. Ça m'endort.

— Roupille pas !

Bonbec me donne des coups de coude pour me réveiller. J'émerge. Je fixe la carte d'Angleterre au mur, pour garder les yeux ouverts... Pas de Calais... Ça tangue... Futur antérieur... J'aurai tangué... Ce n'est pas mieux. Je bats de l'aile. Je résiste, résiste, mais tout à coup, je décroche comme un pilote de chasse qui ne peut plus suivre son escadrille.

La voix du maître est de plus en plus lointaine. De plus en plus féminine. J'ai l'impression de l'entendre dans un casque.

— De leader à flanker 3, restez en formation.

Les filles toujours les filles ! M. Brûlé avait raison. Même mon chef d'escadrille, le captain group, comme on dit dans la RAF, est une fille. Une drôle de fille. Une petite crâneuse avec des nattes. Une qui prend son thé à l'écart au mess des officiers en lisant du Marcel Proust. Elle ne le lâche jamais. Qu'est-ce qu'il peut bien y avoir de si captivant dans ce livre ? Ça lui a tourné la tête. Quand elle annonce une position, au lieu de dire « à 9 heures » ou à « 3 heures », elle dit « du côté de chez Swann » ou « du côté de Guermantes ». Pas très pratique quand on est attaqué par un Messerschmitt allemand du côté du Pas de Calais.

— De leader à flanker 3, exécution !

C'est elle qui vient de me rappeler à l'ordre une deuxième fois parce que je me suis un peu écarté du groupe pour voir où en était Bonbec. Il avait eu un problème de train au décollage. Je m'inquiétais. C'est tout. Pas de quoi s'énerver. Bonbec a toujours eu du mal à décoller.

On est en vol de reconnaissance à 200 pieds d'altitude au-dessus de la Manche au nord-est de Douvres. La routine. Le temps est clair, la vue dégagée. J'ai anormalement chaud et je transpire. Pourtant les instruments de bord n'indiquent rien de particulier. J'ai envie d'ouvrir mon cockpit pour respirer, mais la group captain crâneuse va me taper sur les doigts. Si on avait su avec Bonbec, en s'engageant en 1941, qu'on serait commandés par une fille, on aurait peut-être hésité.

Mais on voulait piloter.

Piloter un Spitfire. Un vrai. On en avait assez de monter des maquettes Heller au 1/74, de les peindre et de les suspendre avec du fil de pêche, au plafond de la chambre de Bonbec. Chez moi, c'était exclu. La m'am ne voulait pas de ces « nids à poussière » qui lui rappelaient le bombardement de Vauzelles en 43 et rendaient notre chatte complètement folle. « On croirait qu'elle a bu. » Antoinette pouvait rester la journée entière à essayer d'attraper ce gros piaf à décalcomanies qui la narguait. « Regarde-moi le papier peint, maintenant ! »

Avec Bonbec, quand on avait entendu l'appel du général de Gaulle, on n'avait pas hésité. 18 juin. L'année scolaire était presque terminée. M. Brûlé était d'accord. Il nous enverrait nos devoirs de vacances en Angleterre.

Il fait drôlement chaud en Angleterre.

— Bonbec, tu peux pas demander à M. Brûlé d'ouvrir la fenêtre ?

— Ça va pas ?

Pas trop. J'aime pas l'Angleterre. Surtout le Sussex. C'est là qu'est notre base. A Benton Bridge. Celle du 24e Air Force. Dans cette escadrille, on vole sur des Dumler 24 et des Spitfire MKII. Comme on n'a jamais fait la maquette du Dumler, avec Bonbec, on a demandé à voler sur Spitfire.

Le MKII n'est pas le dernier modèle, mais c'est un très bon chasseur. 6,37 m de long, 11,56 m d'envergure, un moteur de 235 ch pour une vitesse de 357 km/h. Bientôt, notre escadrille va recevoir le tout nouveau Spitfire MKIII. Une merveille qui va surpasser dans tous les types de combat le Messerschmitt 109 de la Lutwaffe.

— Roger ! Formation ennemie du côté de chez Swann.

Je n'aurais pas dû parler de Messerschmitt. Les voilà ! Et en nombre. Ils devaient être cachés dans les nuages. Ça va chauffer. Je décroche pour voir où en est Bonbec. Il est peinard, le pouce levé dans son Spitfire rose bonbon. Une fantaisie qu'on lui a autorisée à cause de son nombre de victoires. Bonbec est un crack avec plus d'étoiles sur la carlingue que de taches d'encre sur ses cahiers. Il y avait eu le Baron Rouge pendant la Première Guerre mondiale, il y aura désormais le Prince Rose.

Moi, je n'ai que quatre étoiles sur mon Spitfire. Seulement quatre avions ennemis abattus. C'est à partir de cinq étoiles qu'on a de la valeur et qu'on peut se donner un surnom. Moi, je serai le Chevalier Noir.

Mais d'abord il me faut une cinquième étoile. Cet avion ennemi à abattre commence à me peser sur la poitrine. Ce sera aujourd'hui ou jamais.

J'ai de plus en plus de mal à respirer. Cette fois-ci, j'étouffe. Déjà au *brief* d'avant mission, j'avais senti monter des bouffées de chaleur. Au mess, quand on a porté le toast traditionnel, « God save the Queen », j'ai eu l'impression d'entendre rouler la planche à billets chez la reine. Mauvais présage. D'autant qu'à cette époque c'est George VI qui règne en Angleterre.

Quand je commence à m'emmêler la concordance des temps et qu'Elisabeth II se met à la fausse monnaie, c'est signe de fièvre.

Je ne veux pas manquer l'école.

Pas manquer une bagarre pareille.

« Couvre tes reins, tu vas m'attraper froid ! »

Ne t'inquiète pas, m'am, mais ne reste pas là. C'est *Le Grand Cirque* de Pierre Clostermann. Ça dégringole de partout. « Tu as pris ton goûter ? » Je viens surtout de prendre une rafale dans la dérive. Un furieux m'est tombé dessus par l'arrière alors que je sortais la group captain crâneuse des pattes d'un vicieux qui lui a fait exploser le cockpit comme du Pyrex. Elle me remercie en agitant son Marcel Proust.

Je plonge vers la mer pour échapper au crocodile qui a goûté à ma dérive. J'ai lu *Peter Pan*, je sais qu'il veut le reste. Mais le Baron Rose lui tranche les ailes au ras du fuselage. Un vrai coupe-faim ce Bonbec.

Dans ce tourbillon de fumée noire, de balles traçantes et d'explosions, je n'ai pas le temps de le remercier. Mon Spitfire pique vers la mer. Les commandes ne répondent plus. Je ne piloterai jamais le modèle MKIII. Je sue. Je dégouline. La mer est d'un rouge vineux. La surface est recouverte de bouteilles vides qui flottent en se dodelinant. Je dois me rapprocher pour voir. Il faut que je sache combien elles ont d'étoiles. Je passe en rase-mottes et je compte... 2... 3... 4... 5 ! Les bouteilles ont cinq étoiles sur le goulot. Elles sont bonnes à déconsigner !

— Réveille-toi, tu vas te faire repérer par le maître. Tu délires. Fais au moins semblant d'écrire.

Le Baron Rose a l'air inquiet. Je ne dormais pas. Juste une petite promenade au-dessus de la Manche. Je regarde le tableau : *Futur antérieur*. Non, merci. Je laisse ma main bouger toute seule et je repique du nez. Il faut que j'éclaircisse cette histoire d'étoiles et de bouteilles à déconsigner.

Je me souviens tout à coup. C'est pour ça que je

dois me lever tôt et surtout me lever avant mes frangins : pour récupérer les bouteilles à déconsigner remisées sous l'évier.

Trop tard ! La m'am est déjà dans la cuisine. Impossible de se lever avant elle. Heureusement que je ne comptais pas trop sur ces bouteilles-là.

La m'am veille. Elle lit le journal à sa place habituelle tout en touillant un rata sur la cuisinière, en étendant du petit linge à sécher au-dessus, en retournant du brûlé dans le four, en passant l'eau bouillante sur le café, en assaisonnant les tomates de la gamelle du p'pa, en tisonnant sous le feu, en réglant la clef du tuyau de poêle, en surveillant l'heure sur la pendule qui n'est jamais à l'heure. Normal, la m'am l'avance et le p'pa la recule.

La m'am fait tout ça et je ne sais quoi encore en même temps. Je n'ai pas assez d'yeux pour compter tous ses bras.

Ouf ! il lui reste une main pour la passer dans mes cheveux. Je prends mon café au lait à la va-vite et je parviens à échapper à la deuxième tartine dont la m'am me menaçait. « Attends, écoute ton horoscope avant de partir... Scorpion : Vous ferez une rencontre qui pourra changer votre vie. Tu te rends compte ? Mais fais attention que ce soit pas une voiture. Regarde quand tu traverses. »

Oui-m'am-t'inquiète.

A force d'entraînement au départ rapide, j'arrive à dire *oui-m'am-t'inquiète*, en un mot, en nouant mon cache-col, en sautant les trois marches du perron et en caressant la tête de Capi. Je ne suis pas encore aussi fort que la m'am, mais j'ai les bras qui poussent.

Il fait frisquet. Il n'y a personne dans les rues. Je cours jusqu'à la boulangerie du croisement. Ça sent déjà le pain chaud comme un édredon. On mangerait la rue sur la tête d'un pouilleux. Le fournil est éclairé. Je m'accroupis devant le soupirail. En bas j'aperçois la farine qui vole sous l'ampoule électrique, des morceaux de bras et l'œil du boulanger qui m'a vu. Il me tend un morceau de pâte crue au bout d'une longue spatule en bois. « Un jour tu te troueras le ventre avec ça. » La m'am a raison, mais c'est tellement bon. C'est ce que je préfère quand une grande sœur fait une tarte.

J'aimerais avoir un béret comme Bonbec pour encore mieux remercier le boulanger.

Je galope jusqu'au transformateur électrique de la rue des Limites. C'est là qu'on cache nos bouteilles à déconsigner avec Bonbec. Dans l'atelier du p'pa, j'ai récupéré un carré avec lequel on peut l'ouvrir. Les bouteilles sont là. Pas Bonbec. Il est en retard. Je l'ai pourtant prévenu. Il faut arriver à l'ouverture de l'épicerie du Postillon. Après on risque de croiser une voisine. C'est à côté de chez moi. La m'am l'apprendra et me causera du pays. « De quoi j'aurai l'air si on te voit déconsigner des bouteilles ? »

De la mère d'un enfant qui veut s'acheter une maquette de Spitfire MKIII sans demander d'argent à ses parents. Beaucoup d'argent. Il coûte cher ce nouveau modèle Nayima. Une marque japonaise. « C'est qu'il faut le faire venir ! » comme dit le marchand. C'est cher, mais, avec Bonbec, on a décidé de changer d'échelle. De passer du 1/72 au 1/48. C'est ça, les échelles, plus elles sont petites plus l'avion est grand et plus il faut déconsigner de bouteilles.

— Te voilà, c'est pas trop tôt.

Bonbec arrive. Il est encore plus rose et suant que d'habitude. Ce qui m'inquiète, c'est qu'il sent une espèce d'eau de Cologne qui n'a pas de nom.

— Tu as le sac ?

— Et toi, t'en as eu ?

Je lui donne le morceau de pâte crue qui lui revient. Il l'enfourne d'une pièce comme un varan de l'île de Komodo. J'aime quand Bonbec fait le varan.

— Alors, et toi ?

Il sort de sous sa pèlerine un sac à commissions en toile cirée qui pourrait contenir assez de riz pour nourrir tous les petits Chinois. C'est très pratique les petits Chinois. A la cantine, quand on ne finit pas son assiette : « Pensez aux petits Chinois ! » Quand on ne travaille pas à l'étude : « Pensez aux petits Chinois ! » Quand on déchire nos vêtements en se bagarrant : « Pensez aux petits Chinois ! »

On dirait qu'en Chine tout le monde est petit.

On nous a même fait récolter le papier chocolat des tablettes pour les petits Chinois. Je n'ai pas compris pourquoi. Ce n'est tout de même pas avec ça qu'on les nourrit. J'imagine les 3 milliards de petits Chinois tout argentés sur la muraille de Chine qui agitent la main pour nous remercier.

— Je ne pourrai pas aller avec toi pour le Spitfire.

Bonbec a l'air gêné.

— J'ai rendez-vous avec ma poule, sous la passerelle.

— Sans moi ?

Il a l'air encore plus gêné et rose. Il transpire son eau de Cologne.

— C'est que... depuis qu'on a fait notre combat à

l'épée l'autre jour devant le mur des filles, ma poule me parle souvent de toi.

— Et alors ?

— Elle me dit du mal.

— Tu devrais être content.

— Au contraire, quand les filles disent du mal d'un garçon, c'est qu'il leur plaît. C'est ma mère qui me l'a dit. Elle m'a même raconté que quand elle avait rencontré mon père elle trouvait qu'il avait une tête à claques. Tu vois le résultat.

Il ouvre sa pèlerine comme un exhibitionniste. Pas terrible. Je demanderai à la m'am si elle trouvait que le p'pa avait une tête à claques.

— Tu comprends, je voudrais pas que tu me piques ma poule. Si tu veux, en échange, je te laisse ma part dans les bouteilles.

Sa poule contre ses bouteilles, j'y perds.

Je rassure Bonbec. Pourquoi je lui prendrais sa poule ? Qu'est-ce que je ferais d'une poule ? Tous ceux qui en ont une arrêtent le football, le vélo, les billes, les têtards, la décharge, les patins à roulettes et les copains. Non merci. Je le rassure. On ne se piquera jamais nos poules. On jure sur les bouteilles à déconsigner.

— En attendant, Bonbec, tu m'aides jusque chez l'épicier.

Ça pèse un âne mort, un futur Spitfire MKIII. Je ne sais pas pourquoi on dit ça. Est-ce que ça pèse moins, un âne vivant ? On arrive juste quand l'épicier lève son rideau.

— Alors, les enfants, vous avez dévalisé une cave ?

— Pas du tout, monsieur. Elles sont à nous, lavées, goupillonnées, et rincées. Deux fois !

— On va voir ça.

Bonbec n'attend pas de voir. Il se sauve avec une envolée de pèlerine.

— Attention, tu prends bien le MKIII.

— T'inquiète, Bonbec !

Monsieur Postillon a déjà commencé son inspection des bouteilles. Il les mire à la lumière de la lampe au-dessus de la caisse. Surtout le cul. C'est là qu'il y a un risque de dépôt. Mais on s'est donné du mal avec Bonbec.

Pendant qu'il mire, je regarde la boutique autour de moi. Minuscule. On dirait une maquette. Les rayons impeccables, de boîtes, paquets, et bocaux alignés comme des collections précieuses. Je repère l'étagère du café Mokarex. J'essaie de ne pas imaginer les personnages qui sont enfermés dans les paquets. J'ai toujours envie de les libérer. Qu'ils sortent. Qu'ils respirent.

Un jour, avec Bonbec, on avait imaginé le casse du siècle. Dévaliser la camionnette Mokarex pendant une livraison. C'était facile, le livreur restait toujours boire un verre ou deux. On imaginait déjà les dizaines de Fouquier-Tinville et de Marie-Antoinette. Mais on s'était dit que c'était de la triche. Que les soldats, il fallait les découvrir un par un. Sinon, on serait pire que Delac qui les achetait dans le magasin Mokarex de Paris, rue de la Pépinière. C'était écrit sur un buvard-réclame.

On avait renoncé au casse du siècle.

Même pour des Mokarex, je n'aurais pas pu dévaliser Monsieur Postillon. Je l'aime bien. C'est le seul commerçant qui ne me fait pas remarquer les fautes d'orthographe de ma mère sur la liste des commissions. Avec la m'am, il y a parfois plus de fautes que de commissions. Quand je compare sa liste avec les produits sur les étagères, j'ai l'impression de lire une dictée corrigée.

Elle est comme ça, la m'am, elle a plein de bras et de mains, mais celle qui écrit fait des fautes d'orthographe.

Au lieu de se moquer, Monsieur Postillon trouve toujours un petit clin d'œil en lisant la liste.

— Oh ! les jolis *poiro*. Avec un « o » à la fin ce doit être des poireaux italiens. Ça tombe bien, je viens justement d'en recevoir de Sicile... Pour le *cornet de bif*... Tu veux quel parfum ?

On ne peut pas dévaliser un homme qui fait sourire les fautes d'orthographe.

Elles ne sourient pas toujours, les fautes d'orthographe. Un jour, le remplaçant de M. Brûlé qui était malade me grimpe debout sur le bureau après une dictée. « Regardez-le ! Regardez ce spécimen. Il faut être complètement idiot pour faire tant de fautes d'orthographe. » Il brandissait mon cahier. Qu'est-ce qu'il voulait dire ? Que ma mère était idiote ? Il n'y avait qu'une solution : le tuer.

Depuis l'épisode du médecin scolaire, Bonbec était moins chaud pour tuer nos ennemis.

— On s'en fiche de ce type. M. Brûlé va bientôt revenir. Lui, il te connaît. Je serais toi, je ferais encore plus de fautes. C'est ça qui l'embêtera le plus, le remplaçant.

Il a raison, Bonbec. La meilleure façon de défendre la m'am, c'est de faire comme elle. A partir d'aujourd'hui, la faute d'orthographe est ma langue maternelle.

Je suis content. Depuis le temps, c'est la meilleure excuse que j'ai trouvée pour expliquer mes fautes.

— Dis donc, celle-ci n'a pas cinq étoiles.

Monsieur Postillon met à l'écart la bouteille fautive avec un froncement de nez. Il fallait bien essayer. On est un peu ric-rac pour notre Spitfire.

— Et celle-là a un cul voleur.

Monsieur Postillon me montre le cul d'une bouteille qui remonte jusqu'à la moitié de la hauteur. Au moins, j'aurai appris une expression.

Il compte les bouteilles retenues avec le crayon qu'il a toujours sur l'oreille. « Epicier, c'est comme musicien, faut avoir de l'oreille ! »

Il recompte.

— Ça nous fera donc 23 bouteilles à 10 francs soit... 230 francs.

Il voit traverser dans mes yeux un Spitfire MKIII en flammes qui disparaît dans la mer.

— Disons... 250 francs. Elles étaient vraiment bien propres ces bouteilles.

Ça, c'est de l'épicier ! Un jour on devrait faire un soldat Mokarex avec Monsieur Postillon.

— Pour la petite note...

J'avais oublié la petite note. Le coup de poignard dans le dos. La rafale dans la dérive. Là, c'est fichu pour la maquette. Pourtant le p'pa l'avait bien dit : « Pas d'ardoise chez l'épicier. Pas d'ardoise nulle part. »

— Pour la petite note... j'attendrai que ta mère passe.

J'embrasserais bien Monsieur Postillon, lui, les boîtes de corned-beef, les bocaux de salsifis, les pots de rhubarbe et tout ce que la m'am écrit de la main gauche.

Je me cravache. J'ai de la route à faire jusque chez la marchande de maquettes. 250 francs ! Je suis le plus riche du monde.

La marchande de maquettes près de l'église du Raincy, Mme Juillet, n'est pas vraiment une marchande de maquettes. Elle ne vend pas que ça. Chez elle on trouve en plus des journaux, des magazines, de la papeterie, des livres, des cartes postales et un rayon cadeaux souvenirs rempli de mochetés invendables.

Il paraît qu'on appelle ça des nanars ou des rossignols.

Les maquettes sont dans un coin au fond du magasin. C'est M. Juillet qui s'en occupe, « une vraie crème d'homme ». C'est vrai qu'il est crémeux. On dirait qu'il a été moulé à la louche. Sauf ses doigts. Fins, osseux. Des doigts de prestidigitateur capables d'aller récupérer au fin fond d'une carlingue l'élastique décroché d'un avion à hélice. Un magicien qui connaît tous les vernis, les colles, et les peintures qui ne coulent pas. Un chirurgien à qui on apporte un P-38 crashé sur lequel Bonbec s'est assis et qui vous rend un Lightning tout neuf où on a l'impression de voir Saint-Exupéry aux commandes.

Quand j'arrive, M. Juillet est penché au-dessus d'un « cadavre » comme il dit. Une maquette qu'il répare sur un établi avec une lampe de mineur au front.

Chaque fois, je suis effrayé par l'armada de maquettes suspendues au-dessus de sa tête. Ce sont celles que les clients ne sont pas revenus chercher. « C'est mon chenil. » Ça va de la machine volante de Léonard de Vinci au Mirage en passant par le *Spirit of Saint Louis* de Lindbergh.

Il y a aussi des bateaux, la *Santa Maria* de Christophe Colomb, le *Liberty* de Nelson, l'*Aurore*, un bateau négrier, et même les deux *Nautilus*. Celui de

Jules Verne et le vrai de Robert Fulton, le préféré de Bonbec.

Quand je serai grand, je les ferai toutes.

— Tu viens pour le nouveau Spitfire ? T'es sûr que tu ne veux pas un Morane-Saulnier ?

Encore avec son Morane ! On dirait qu'il n'arrive pas à trouver un gogo pour le refiler.

— Tu as tort. Le MS-406 c'était le meilleur chasseur du monde avant guerre.

Etre le meilleur avion de chasse en temps de paix, c'est comme être champion du monde des matchs amicaux en football. Il paraît que c'est une spécialité française... Avec de Gaulle, ça va changer...

Moi, j'ai intérêt à me naturaliser brésilien si je veux gagner la Coupe du monde de foot. La coupe Jules-Rimet. C'est un Français qui l'a faite et ce sont les autres qui la gagnent.

— Bon d'accord, p'tit, c'est toi qui vois pour le Spitfire. Je t'en ai gardé un comme promis. Tous les autres sont déjà partis. Tu as de la chance. Je vais te le chercher.

Pas tout de suite. Je veux me faire attendre avant. Sinon, je vais être trop « excité » comme dit la m'am. Il faut d'abord que j'aille voir ma maquette favorite. Ça me calme. Elle est encore dans sa boîte. Une boîte énorme. C'est un bateau. Un trois-mâts suédois. Le *Wasa*. « Lui, c'est un cas extraordinaire. Il est comme le *Titanic*, il a coulé le jour de son lancement. Je te le garde au chaud. » M. Juillet sait très bien que je ne pourrai jamais me le payer. En plus, il ne rentrerait même pas dans la maison.

— On s'arrangera. Mais je te préviens, il y a une malédiction sur ce bateau. Un fantôme.

M. Juillet me raconte « Le fantôme du *Wasa* ». Il n'y a que les histoires qui peuvent lui faire lâcher un « cadavre » de maquette. Il en connaît des flottilles. J'avais renoncé à démêler les vraies des inventées. Même lui ne savait plus.

— Si cela ne vous dérange pas trop, ce monsieur voudrait acheter.

C'est Mme Juillet qui nous fait rentrer du port de Stockholm en catastrophe, ce 10 août 1628 de naufrage, juste quand le *Wasa* allait être pris par ce coup de vent fatal.

Mme Juillet a la coiffure agacée. Un assemblage à base de nanars et rossignols qui donne l'impression qu'elle n'a jamais décoiffé sainte Catherine.

Elle est flanquée de cette chose étrange qu'on appelle « client » et que M. Juillet entreprend aussitôt de décourager.

— Si vous n'êtes pas certain d'y consacrer tout votre temps de libre pendant plusieurs années, renoncez.

— Vous avez raison, je vais réfléchir.

Le client repart soulagé et reconnaissant. Mme Juillet tente de le rattraper... J'ai aussi de très jolis baromètres en cuivre...

— Tu te rends compte, petit, il voulait « quelque chose qui a de la gueule » ! Je ne sais pas où on va avec cette époque de fous. J'en vois maintenant qui viennent me demander des bébés lunes et des fusées.

Je n'ose pas avouer à M. Juillet que je me laisserais bien tenter par un Spoutnik II avec la petite chienne Laïka à l'intérieur. En souvenir.

— Tiens, voilà ton Spitfire. Je l'ai regardé. Il est plutôt bien fait. Sauf les parties vitrées du cockpit, on n'y voyait pas aussi bien à l'époque, et l'hélice qui me paraît fragile et pourrait partir en morceaux.

Pour moi, rien qu'avec l'image en couleurs sur la boîte, j'en ai déjà pour plus de 250 francs.

— Il coûte combien, monsieur Juillet ?

Je suis inquiet, ici, les prix sont un peu à la tête du client. Et je ne sais pas si j'ai la bonne tête aujourd'hui.

— Alors, c'est combien ?

— Ça, tu vois avec la reine Elisabeth. Les tarifs, c'est elle.

La reine Elisabeth, c'est comme ça qu'il appelle sa femme. C'est vrai que derrière sa caisse vitrée, elle est comme dans son carrosse le jour du couronnement télévisé. Elle a quand même ajouté un hygiaphone.

Pendant que je fais la queue, j'observe son visage de côté comme si j'allais y découvrir le prix de mon Spitfire. Avec cette coiffure, elle n'aurait jamais pu en piloter un. Le mien, je le serre contre ma poitrine. Mon cœur cabosse la boîte. J'ai peur que la fille devant moi ne l'entende. C'est ridicule des battements de cœur contre du carton. Je ne sais pas pourquoi, je pense à ces boîtes qu'on retourne et qui imitent la vache.

Pourtant, la fille devant moi sent bon. Pas un parfum comme Bonbec. Un vrai. Léger avec des fleurs, des champs, des fruits et d'autres choses mélangées. Pour qu'un parfum sente vraiment bon, il ne faut rien reconnaître.

La fille devant moi doit avoir mon âge. Elle est plus grande que moi. Les filles sont toujours plus grandes. La poule de Bonbec lui mange la soupe sur la tête.

Celle-là est une crâneuse. Cela se voit rien qu'à sa façon de se tenir droite, d'être en bleu marine avec un col blanc et de ne pas se retourner pour me regarder.

Moi, je ne me prive pas. Je la détaille. La raie dans ses cheveux est bien droite. Pas comme la mienne. « Tu t'es encore coiffé comme Zorro. » Elle a des nattes ramenées devant elle. Je ne vois pas les rubans. Peut-être des bleus assortis à sa robe. Elle pourrait faire Indienne à la récréation. Je suis sûr qu'elle a des socquettes blanches et des vernis.

Je m'approche presque à la toucher. J'aimerais bien que quelqu'un me bouscule. Juste un peu. Que je la frôle sans le faire exprès. « Oh, pardon, mademoiselle ! » Je respire ses cheveux. C'est comme de la paille. De la paille chaude au soleil. Tout à coup, il me vient des picotis dans le short. J'en étais sûr. Il est idiot, ce short. On n'a même pas vu son visage. Ses yeux. Si ça se trouve elle est vilaine et elle louche. Il aura l'air malin quand elle se retournera. Et si quelqu'un me voit ? Si j'ai le parachute d'ouvert ? Ce sera la honte. Je ne pourrai plus jamais revenir dans cette boutique. « Vous savez, c'est celui qui... Vous voyez ce que je veux dire. – A son âge, c'est-y pas un monde ! »

La crâneuse arrive devant la reine Elisabeth.

— Mademoiselle Gilberte, bonjour. Comment se porte madame votre maman ?

— Au mieux, madame Juillet. Je vous remercie.

En plus, elle est polie comme une boulangerie et parle comme une speakerine. Je découvre son profil. C'est le camée de la m'am. Exactement décalqué. Celui qu'elle ne porte qu'aux mariages, aux communions et aux baptêmes. Ce qui fait déjà pas mal d'usage, chez nous.

Si de l'autre côté du visage elle n'a pas une énorme tache de vin, Gilberte est la poule parfaite pour faire baver Bonbec.

— Voyons ce que vous avez comme livre, aujourd'hui.

— C'est un roman, que j'ai choisi parmi plusieurs que notre professeur de français, Mme Edouard, nous a fortement conseillés.

Elle appelle son maître « professeur », ça fait plus *fortement* chic. Cette Gilberte est une chichiteuse.

— Voyons ce conseil avisé.

Gilberte glisse le livre par la fente de postière de la vitre. Mme Juillet le prend comme une sainte Bible.

Il se passe alors un événement dont il faudra que je note la date pour la mettre entre parenthèses.

Mme Juillet examine la couverture du livre de la chichiteuse. Là, son visage se décompose, ses yeux s'exorbitent, ses lunettes se fendillent et sa coiffure de catherinette s'affale comme le *Wasa* sous la rafale.

Sa bouche s'ouvre, ses lèvres se retroussent, un cri jaillit.

— Prrrrrrroûoûoûoûoûoûoûousssssssttttt ! ! ! !

Je n'avais jamais entendu de cri semblable en dehors des retransmissions de matchs de football à la radio au moment où un but est marqué. Et encore, c'est un simple Bûûûtt ! plutôt anémique à côté du cri de Mme Juillet. Le seul cri comparable aurait pu être poussé le 21 juillet 1958 en demi-finale de la Coupe du monde en Suède contre le Brésil. Le but du 1-1 à la 8e minute de Just Fontaine.

Pour trouver quelque chose d'aussi étonnant, il fallait aller sur les ondes courtes du poste de radio, mettre l'aiguille sur Rio de Janeiro et capter une rencontre entre le Botafogo et Independiante. Là, au moment où son équipe favorite marquait, le speakeur était capable de battre Mme Juillet d'un souffle.

— Ggggggggôôôôôôôôôôôôôôôllllllllllllll !!!!!

Toute la librairie s'était retournée vers la cage vitrée de radio-reporter.

— Proust ! ma petite fille. Marcel Proust. A ton âge ! Est-ce que tu te rends compte ?

— Oui, je me rends compte, madame.

Elle se retourne vers l'assemblée de la librairie comme si c'était elle qui avait marqué le but.

— Marcel Proust, ma petite Gilberte, je te préviens, c'est très, très difficile.

— Oui, je sais. Mme Edouard nous a prévenues, mais elle a dit que *nous* on était une bonne classe et qu'on pouvait le lire.

— Tu es à Sainte-Geneviève. Ah, les institutions de jeunes filles ! Ce sont bien elles, les meilleures. Les garçons n'ont qu'à bien se tenir, moi je vous le dis. Notre heure approche, messieurs.

Les oreilles de M. Juillet doivent lui siffler, car la reine Elisabeth s'est tournée vers le coin des maquettes pendant son petit compliment.

— Tu verras, Gilberte, une jeune femme porte le même prénom que toi dans ce livre.

— Je sais, notre professeur nous en avait parlé. C'est pour ça que je l'ai choisi. Je suis impatiente de la rencontrer.

Avoir le même prénom que le héros, il faudra que j'ajoute cette mauvaise raison de lire à la liste.

Gilberte traverse la librairie comme on descend de l'estrade avec le prix d'honneur et le prix de maintien. Elle sort avec ce tintement de clochette au-dessus de la tête qui aurait dû me faire penser à un ange.

C'est là que j'aurais dû être frappé par un coup de foudre. J'attends.

— Et toi, mon garçon, qu'est-ce que ce sera ?

J'attends, mais rien ne vient. Décidément, je ne suis pas doué pour le coup de foudre. Il faut que je m'entraîne encore. Elle avait pourtant tout, Gilberte.

— Alors, mon garçon, tu veux quoi ?

— Euh... Moi ?... Un coup de foudre... Je veux dire...

Qu'est-ce que je veux dire, au fait ? Un Spitfire MKIII. Bien sûr, un Spitfire, même si je revois le regard de Gilberte sur moi, au moment où elle rangeait sa monnaie. Ce regard de haut en bas qui s'attarde sur la boîte de ma maquette avec ce léger haussement d'épaules qui semble dire : « Les garçons, vraiment tous des gamins. »

Pour qui elle se prend, cette bêcheuse ? *Nous* on est une bonne classe... J'entends sa voix de chichiteuse. Le genre à ne pas aimer le céleri rémoulade, je parie.

Et *nous* alors ? On est pas une bonne classe ? La classe de M. Brûlé ne vaut pas celle de Mme Edouard ? L'institution Sainte-Geneviève serait meilleure que l'école Foch ?

Une petite crâneuse-bêcheuse-chichiteuse pourrait lire Marcel Proust et pas moi ?

— Allons, mon garçon, décide-toi il y a du monde qui attend.

— Euh... excusez-moi... je ne suis pas encore décidé...

Je me sauve au fond du magasin en faisant ma boîte de maquette la plus petite possible. Les livres ! Où sont les livres ? Je n'ai pas l'habitude. Moi, les livres, je les trouve ou je les emprunte. Ça y est !... Pagnol... Pascal... Pasternak... Il y en a des « P »... Proust ! Oh là là ! Il en a écrit Marcel Proust. Et en petit. Et en épais... *A l'ombre des jeunes filles en fleurs*... Encore des filles. Ça ne m'étonne pas... *Du côté de chez Swann*... *Sodome et Gomorrhe*... Ça doit coûter cher... *Le Temps retrouvé*... Ah ! Celui-là est le moins gros. Avec 250 francs, je devrais y arriver.

Je reporterais bien mon Spitfire à M. Juillet, mais il va être triste s'il me voit avec un livre. Peut-être fâché. J'avise un espace entre une bibliothèque et le mur. Personne ne me voit. J'y glisse ma maquette. Mon Spitfire est mieux caché là que dans les nuages au-dessus de la Manche. Ils peuvent venir les Messerschmitt.

Je retourne faire la queue à la caisse, droit comme une raie bien tirée dans les cheveux. C'est mon tour.

— Alors, mon garçon, qu'est-ce que tu as choisi en fin de compte ?

Je glisse mon *Temps retrouvé* vers la reine Elisabeth comme on abat un carré d'as. Elle regarde mon livre. Moi, je m'assure qu'il y a encore plus de monde dans la librairie que pour Gilberte. Ça va être un triomphe. Elle examine mon livre. Je suis prêt pour le cri. La reine Elisabeth le retourne. Ce sera terrifiant.

— 170 francs, mon garçon.

C'est tout ?

Remboursez !

J'en ai les doigts qui explosent et les pièces de monnaie me giclent des mains.

Me voilà à quatre pattes à rassembler le troupeau.

— Cela fait 160 francs, mon garçon. Il manque 10 francs.

— Je vous assure, madame Elisabeth... Euh... je veux dire... J'avais 250 francs. C'est vrai. Je vous assure... 23 fois 10 francs, plus la prime de propreté... 10 francs... Il vous manque 10 francs,... juste une bouteille.

— Une bouteille ?

Je vais la retrouver...

Me revoilà à quatre pattes, surtout pour me cacher. Je dois être rouge café au lait.

— Ça va, mon garçon, prends ton livre. On retrouvera le reste en balayant.

Moi aussi, je suis balayé de la librairie, avec le reste. Je me sauve en courant, en essayant de ne pas pleurer. C'est le moment de filer comme le vent. Il me faut de l'air frais sur le visage.

— T'as le Spitfire ?

C'est Bonbec qui m'intercepte au rond-point de Meissonier, les mains et le visage couverts de charbon.

— Qu'est-ce qui t'est arrivé ?

— Avec ma poule, après le panache amoureux, on est descendus sur les voies. Ils avaient jeté des briquettes. On en a ramassé pour chez elle. Je n'ai pas eu le temps de me laver. J'étais impatient pour le Spitfire. Tu l'as ?

— Ils l'ont pas encore reçu. Jeudi prochain, peut-être.

Même sous sa gueule noire, je vois bien qu'il est déçu, Bonbec. Ce n'est pas le moment de lui parler de Proust. Je suis inquiet. *Le Temps retrouvé* commence à descendre dangereusement dans mon short.

— Et les sous ?

— Je les ai laissés, pour le retenir.

Même sous la couleur, je sens qu'il est méfiant, Bonbec. Je tente une diversion.

— Et toi, c'était comment avec ta poule ?

— Chacun ses secrets.

On frise le sous-entendu.

— Je peux aller chez toi me laver ?

La m'am est à la fenêtre de la cuisine.

— Qu'est-ce qui se passe ? Vous avez volé du charbon ?

— Non-m'am-t'inquiète.

Bonbec se débarbouille au jet. J'aime quand le p'pa le fait, torse nu dans la cour, au-dessus du baquet, avec des gestes qui font briller ses épaules. Il tend la main pour qu'on lui donne une serviette comme s'il était aveugle. Il se frictionne, nous voit et sourit.

Je raccompagne Bonbec jusqu'au marchand de couleurs.

— T'as pas dépensé nos sous, tu jures ?

— Mais non.

— Tu sais, je crois que les parents de ma poule ne sont pas riches. Mais ça ne fait rien.

Je quitte Bonbec. Il faut que je trouve une solution pour le Spitfire. Pour l'instant, il faut que je m'occupe de Proust. Je rentre chez moi. Je grimpe dans mon cerisier avec mon *Temps retrouvé* et le dictionnaire. Je déloge notre chatte et je m'installe en position lecture.

A nous deux, Marcel Proust !

Quelle horreur !

Je n'y comprends rien. Ce type n'écrit pas en français. Je passe plus de temps dans le dictionnaire que dans le livre. Un livre sans histoire, avec des phrases longues comme un jour sans pain. Quand on a trouvé un point, on a l'impression d'avoir découvert un trèfle à quatre feuilles. Sauf que ça ne porte pas bonheur : on ne se souvient plus de ce qu'il y avait au début de la phrase. Alors, il faut y retourner comme on va au chagrin.

J'ai l'impression d'être comme la m'am quand elle détricote tout un chandail parce qu'elle a sauté une maille.

C'est décidé, j'arrête Proust.

Je retourne chez les Juillet et je le revends d'occasion. Il est comme neuf. Ou je l'échange au marché contre des illustrés. Ou alors, je le refourgue à Bonbec. *Le Temps retrouvé*, ça peut faire histoire mystérieuse. Peu importe la manière, demain, je m'en débarrasse.

Mais la nuit, la petite crâneuse-chichiteuse-bêcheuse revient dans mes rêves. Je la vois lire et lire, le visage radieux. J'entends sa voix de speakerine polie. *Nous*, on peut lire Marcel Proust. *Nous*, on est une bonne classe.

Nous ! Nous ! Nous !

Le lendemain, je reprends mon livre, comme on se relève un peu vexé, après un knock-down. Le père m'avait expliqué comment faire quand on avait pris un mauvais coup. Tu mets un genou en terre, tu respires profondément et tu te relèves à huit. Avant tu gâches, après tu risques le gong.

Je me relève à huit.

A force, je tombe de moins en moins. Je commence à ne plus chercher de trèfles à quatre feuilles, mais à trouver une histoire. Des histoires. Je laisse le dictionnaire tranquille. J'avance. Je me demande ce que la Gilberte du livre va encore manigancer.

L'autre Gilberte, celle de la librairie, revient toujours dans mes rêves. Mais moins souvent. Un jour, ça y est, j'ai fini *Le Temps retrouvé*. J'ai cherché la suite pour m'apercevoir que c'était la fin. J'ai repris au début... Longtemps, je me suis couché de bonne heure... Pas moi. La m'am commence à rouspéter.

— Tu vas pas rester toute la nuit dans ton cerisier.

Ce sont les vacances, il n'y a plus d'école le lendemain. J'ai une couverture algérienne et la lampe-torche sous-marine du p'pa. Je ne déconsigne des bouteilles et ne revends des vieux chiffons que pour acheter des piles. Le type du marché m'échange des Proust contre des paquets de magazines récupérés.

— Tiens, p'tit, je t'en ai trouvé un autre.

Je l'ai déjà lu !

Je commence à pouvoir dire ça. J'ai l'impression que c'est la première fois... Je l'ai lu !... Je l'ai lu !... Tac ! Tac ! Comme au casse-pipes de la fête foraine... Je le lirai... Je suis en train de le lire... C'est bon comme de la conjugaison.

C'est ça que le maître devrait nous dire, conjuguer, c'est prendre du plaisir à tous les temps.

— Pourquoi tu ne viens plus aux têtards avec moi, t'as une poule ?

Je ne peux pas avouer à Bonbec qu'avec Proust, je n'ai pas une poule, mais un plein salon... Albertine, Gilberte, Mme Verdurin... Même si elle a une drôle de façon de rire.

Il y a longtemps que la petite crâneuse-chichiteuse-bêcheuse ne vient plus dans mes rêves. Pourtant, une nuit que j'avais de la fièvre, elle est revenue.

C'était en juillet, je venais de finir *A la recherche du temps perdu.* Elle volait dans un Spitfire MKII au-dessus du Champ de personne, le cockpit ouvert comme à son habitude, pour faire flotter ses tresses sans ruban. Elle jetait de la fausse monnaie anglaise comme des tracts pour annoncer un meeting aérien.

Blanco galopait dans tous les sens et sautait pour les attraper au vol.

J'agite mon cache-col pour lui faire des signes. J'avais pris froid. Elle fait un virage sur l'aile au-dessus de la rue de Bondy, amorce une descente et atterrit dans le Champ de personne. Pas loin du platane où la m'am avait embouti la Juvaquatre.

Je cours vers elle. Mademoiselle ! Mademoiselle ! Elle s'extrait de son avion et relève ses lunettes sur son casque avec les gestes de Jacqueline Auriol après un record du monde. Il n'y a pas de photographe. Dommage. Elle est belle dans sa combinaison de pilote.

— Mademoiselle Gilberte, je suis content de vous revoir.

— On se connaît ?

— Il y a très longtemps. Vous ne vous rappelez sûrement pas de moi. C'était à la librairie du Raincy.

— Chez les Juillet ?

— Exactement.

— Ça fait une paye.

— C'est là que j'achetais mes maquettes d'avion et vous, vos romans de Marcel Proust.

— Ah, oui, Proust. Encore une lubie de cette vieille bique d'Edouard.

— Vous étiez à Sainte-Geneviève.

— Cette boîte à bonnes sœurs ! Je leur en ai fait voir... Ça y est, je me souviens. C'était vous le gamin au Spitfire ?

— Vous vous souvenez ?

— Ça oui. Vous étiez très touchant. Différent des garçons dont j'avais l'habitude. On aurait dit que vous protégiez le trésor le plus précieux du monde.

— Ça l'était. Mais je pensais que vous ne m'aviez même pas vu.

— Oh si ! Mais chez moi, on apprend aux petites filles à voir sans regarder.

— C'était très réussi.

— Si on veut. C'est drôle ce que je vais vous dire. Je crois que vous avez été mon premier coup de foudre.

J'ai l'impression de prendre un morceau d'hélice de Spitfire sur la tête. On rit ensemble, un peu bêtes. Qu'est-ce qu'on peut bien faire d'autre d'un coup de foudre mutuel après tant d'années ?

— A mon tour, mademoiselle, de vous avouer quelque chose. Grâce à vous, j'ai lu tout Proust. Grâce à vous, je me suis entêté. Je pensais à vous quand j'avais du mal. Je me disais que vous, vous arriviez à le lire. Alors, pourquoi pas moi ? Je sais, c'est de l'orgueil...

Je pense à M. Brûlé : il n'y a que de mauvaises raisons de lire. Mauvaise, d'accord, mais vraiment très jolie.

— Voilà, mademoiselle. Alors, avec un peu de retard, je vous dis merci pour Proust.

— Proust ! vous savez, je n'ai jamais pu dépasser la trentième page.

Je reçois un deuxième morceau de l'hélice sur la tête.

— Je n'ai pas lu Proust, mais, maintenant, grâce à vous, je pilote des Spitfire et d'autres vieux coucous dans des meetings aériens ou pour des baptêmes de l'air. Si vous voulez, demain, je vous emmène voler.

Voler avec elle ! Je dois certainement être en train de rêver.

— Qu'est-ce que tu fabriques ? Tu t'es endormi ?

Bonbec a toujours le coude aussi pointu. Je reviens à la classe. La pendule n'a presque pas bougé. Je regarde le tableau : Futur antérieur.

— J'ai cru que tu allais te mettre à ronfler. Qu'est-ce que tu faisais ?

— Du futur antérieur.

— Tu parles, tu sais même pas ce que c'est.

— A peine : le futur antérieur désigne une action future déjà révolue.

Bonbec me regarde comme un Spitfire dans une escadrille de Messerschmitt.

— Tu devrais t'endormir plus souvent.

J'aimerais bien.

— En tout cas, ça tombe bien, le maître nous a donné un travail sur le futur antérieur pour demain. Tu pourras m'aider.

Désolé, Bonbec. Moi, demain, je prends mon baptême de l'air avec une crâneuse de ma connaissance.

9

L'Ange de Noël

Deux crâneuses.

Je suis avec mes petites sœurs, Maryse et Martine, à l'aéroport d'Orly. Aujourd'hui, c'est mon baptême de l'air. Pour la première fois de ma vie, je vais prendre l'avion. J'en ai rêvé toute la nuit. Des cauchemars terribles en forme de crash. Je revoyais l'article de *Paris Match* sur la disparition du Jetstream de la TWA. « Angoisse à Orly : le vol 891 n'arrivera jamais. » Moi non plus.

Je sais exactement comment ça va se passer.

J'ai découpé tout ce que j'ai pu trouver sur les catastrophes aériennes.

Au début tout va bien. On a seulement l'estomac qui se décroche au décollage, les oreilles se bouchent, et la bosse du short rentre dans le ventre. Après, on monte tranquillement à 5 000 mètres d'altitude. Plus haut que le mont Blanc. Température extérieure - 55°. Il faut que je pense à prendre mon écharpe écossaise. Ensuite, comme si de rien n'était, on va voler à 665 km/h. 21 fois plus vite qu'Abdoulaye Seye (10 secondes 2 au 100 m, record de France à 1 dixième du record du monde).

On va passer au-dessus des mers et des lignes à haute tension. On peut être foudroyé si on en touche une. Un million de volts. Dix fois la chaise électrique. Si on en réchappe, il y aura encore les trous d'air, les oiseaux dans les réacteurs, les ruptures de cellule, les défaillances de structure, défauts d'implanture et dislocature des ailes (c'était écrit comme ça dans l'article).

Si l'avion résiste, c'est le pilote qui devient fou parce que sa femme l'a quitté pour le steward d'une autre compagnie. Tous les stewards sont beaux et séducteurs. Pourtant le pire danger pour un avion, ce n'est pas la femme du pilote, mais le cumulo-nimbus.

Voilà l'ennemi public numéro un. Des nuages comme des champignons vénéneux gigantesques de 10 kilomètres d'épaisseur qui montent jusqu'à 20 000 mètres avec des courants ascendants et descendants qui se baladent à 40 mètres-seconde. De quoi raser dix fois Hiroshima.

Je ne sais pas ce qu'ils ont dans les articles à toujours vouloir raser Hiroshima. Comme si 140 000 morts ne suffisaient pas.

Si on est encore vivant après tout ça, c'est qu'on a battu « le record du monde de la chance aérienne » détenu par un Boeing 707. 9 000 mètres de piqué au-dessus de l'Atlantique. Sinon, restent l'amerrissage et les requins. Il faut surtout ne pas saigner, ne pas bouger et bien gonfler son gilet de sauvetage. J'ai l'habitude avec le Zodiac du p'pa dans la cour. Pour le saut en parachute, en cas d'incendie à bord, je me suis entraîné du cerisier avec mon cartable sur le dos.

Go !

Pour que je m'en tire, Gérard, qui a été béret rouge à

la base de Pau, m'avait montré le roulé-boulé. Pour me rassurer, Roland m'avait expliqué les statistiques...

— Pourquoi tu as peur ? En avion, le passager-kilomètre n'a que 0,000 000 0039 % de chances de mourir.

Me voilà sauvé par les pourcentages. Je ne suis plus un petit-trouillard-qui-serre-les-fesses, mais un passager-kilomètre paré pour son baptême de l'air. Sauf que je ne sais toujours pas ce que c'est. Je n'ose pas demander à la m'am. Ne pas savoir ça quand son père travaille à Air France, quelle honte.

— Michel, c'est quoi un baptême de l'air ?

— C'est quand le curé jette le gosse en l'air à l'église et qu'il arrive à le rattraper.

— Et s'il le rattrape pas ?

— C'est l'idiot du village.

Mon frère Michel a le chic pour les explications biscornues. Je les aime bien. La m'am moins. Elle l'avait calotté « pour lui remettre les idées en place ».

— N'écoute pas ton frère, un baptême, c'est une première fois.

C'est tout ? Je préférais le biscornu.

Si le baptême est une première fois, j'en avais déjà eu des tas, même sans m'en apercevoir. Il faudrait que je fasse une liste, et que je commence une collection de premières fois.

Il n'y a pas que pour moi que ce baptême de l'air sera une première fois. Pour la m'am et mes deux petites sœurs aussi. Tous les quatre, on attend dans le grand hall de l'aéroport d'Orly, l'aéroport le plus moderne d'Europe.

— Les enfants, vous ne trouvez pas que c'est joli, Orly, comme ville ?

Quelle ville ? En venant en taxi, on n'avait rien vu

autour de l'aéroport. Des routes, des ponts, des hangars, mais pas de ville. Moi, je m'en moquais, je guettais la nouvelle piste d'envol qui enjambe la nationale 7. Plus de 3 300 mètres. Il paraît qu'en passant dessous en voiture, on a l'impression de chatouiller le ventre des avions.

J'avais dû la manquer pendant qu'on se disputait avec mes petites sœurs pour une histoire de fenêtre. En voiture, pour les familles nombreuses, ce n'est pas facile d'avoir une fenêtre par enfant.

Pour l'instant, on a l'air malin, sous le point de rencontre avec nos valises en carton bouilli, prêtes à exploser. On croirait l'Exode.

J'avais emporté le livre jaune de Bonbec, pour le terminer. Mais j'ai eu l'impression que lire l'histoire de la dernière heure d'un spermatozoïde en attendant l'avion était encore pire que se raconter une catastrophe aérienne.

— Arrête de jouer avec l'escalator !

Pourtant, m'am, c'est une des choses les plus amusantes ici. Soulever les pieds au dernier moment, les escalader à contresens... Pardon ! Pardon ! Descendre allongé sur la rampe, faire semblant de trébucher en haut... Patatras !... Toute une file avec leurs bagages... Désolé ! Désolé !...

J'aimerais que Bonbec soit là. Je lui montrerais les portes automatiques. Elles sont malignes. Impossible de les surprendre, même en faisant semblant de passer à côté d'elles, comme si de rien n'était. C'est grâce à elles que j'ai découvert le chemin pour monter sur la terrasse. Le tourniquet. Hop ! J'économise une pièce. Là-haut, c'est incroyable, on voit tout, malgré le bruit des moteurs, des réacteurs, l'odeur d'essence et de kérosène. C'est mon frère Roland qui m'a appris le mot. Je pourrais rester là toute ma vie, à regarder les avions décoller, atterrir, rouler en suivant les lignes, se parquer en obéissant à l'homme qui ressemble à une grosse mouche avec son casque et ses raquettes de ping-pong.

Je reconnais toutes les compagnies. Même de loin. Air France, British Airways, KLM, Alitalia, TWA... Là ! c'est le nouveau Boeing. Mon premier 707. « Le plus rapide et le plus grand jet du monde. » Il faut reconnaître qu'il est beau... « Décollage de Paris à 17 heures. Atterrissage à New York à 18 h 50. Cocktail avec vos amis aux Champs-Elysées. Dîner à Manhattan ! » Même le p'pa dit Chapeau !

— D'accord, ils ont fait fort les ricains, mais avec la Compagnie, on leur prépare une Super-Caravelle qui va leur faire mal.

Le p'pa est fier de *la Compagnie* comme il dit. Dans l'ordre, je crois que le p'pa est fier : de Nous, d'Air France et du général de Gaulle. La m'am ce serait plutôt : de Nous, Nous et Nous.

— Avec ce zinc, ce sera Paris-New York en moins de cinq heures. On sera arrivés avant de partir.

Je n'y comprends rien à ces histoires de fuseaux, de décalage horaire, de GMT et d'heure locale. Ce serait quand même mieux si tout le monde était à la même heure.

Sur la terrasse de l'aéroport, le moment que je préfère, c'est celui où on approche la passerelle de l'avion... *Aéroport de Paris...* La porte qui s'ouvre, les passagers qui apparaissent, les grands signes, la descente des marches. Chaque passager a l'air d'une vedette de cinéma.

Avec une pièce de monnaie, on peut même regarder dans une longue-vue, voir les visages de près. Les sourires. Lire le nom des avions... *Château de Versailles*... les numéros sur les ailes. Moi, je ne mets pas de pièce. Je fais semblant, mais personne ne le sait.

Quand j'ai vu les avions en vrai, je descends regarder le tableau noir qui annonce les départs et les arrivées. Il est immense. Tous ces noms qui défilent en claquant... Tokyo... New York... Le Caire... Une véritable envolée de corbeaux.

Avec ce tableau, on se promène autant que sur le planisphère Air France ou sur les ondes courtes de notre poste de radio.

Quand on a tout ça, je ne vois pas à quoi ça sert de voyager.

Ce tableau m'intrigue. Je ne comprends pas comment il arrive à écrire si vite, sans jamais se tromper ni faire de fautes d'orthographe.

Quand un avion n'arrivera jamais comme le vol 891 Athènes-Chicago, le tableau écrit « See Agent ». Voyez l'agent de la compagnie. Et une dame pleure parce qu'elle attend sa fille Jeanine.

Il y a beaucoup d'autres choses dans cet aéroport d'Orly qu'on ne voit d'habitude que dans les magazines. Des chariots pleins de bagages chic, des femmes à lunettes incroyables, des chiens avec des étiquettes, des émirs habillés comme des émirs. Mais ce que je préfère, c'est la voix qui annonce les avions en vrai-anglais. « Immediate boarding gate twenty two. »

D'habitude, je n'aime pas le vrai-anglais. On ne comprend rien. Moi, je parle couramment le yogourt. Une sorte d'anglais-la-bouche-pleine. Je peux chanter tout Harry Belafonte, les Platters et Elvis Presley en yogourt... *Oûhen ! Oûhen asnoch ! Oûhen asnoch, sou-hit-harte ! Tougoudou !...*

Le vrai-anglais ne m'intéresse pas. Ça ne sert à rien. Comme dit une voisine : « En France, quand on est occupé, c'est toujours par les Allemands. »

Le vrai-anglais ne m'intéresse pas sauf quand c'est la dame de l'aéroport qui le parle, avec cette voix en velours d'ange. Elle doit être belle. C'est obligé. Encore plus belle que Michelle Ramlot, mon hôtesse de l'air préférée. Elle travaille à Air France. C'est elle qui a sauvé tous les passagers du Constellation qui s'était écrasé en Autriche, le jour de Noël. Dans le *Paris Match* que j'avais découpé, ils l'avaient surnommée « L'Ange de Noël ». Une photo la montrait avec un pansement sur le nez en forme d'aile d'avion et un coquard à l'œil comme un boxeur.

Pourtant, quand Walter Ingram est mort sur le ring après son combat avec un Mexicain,... *La boxe vient de le tuer...* il n'avait pas de marque. Rien. Son visage ressemblait à celui du p'pa endormi dans l'herbe, au bord de la Marne... *Le pauvre nègre à terre...*

La m'am a eu raison de faire arrêter la boxe au p'pa. On meurt trop sur un ring et tout le monde est là pour voir. Même être champion du monde, ça ne sert à rien. Alphonse Halimi a perdu son titre des coqs contre le même Mexicain, mais sans mourir et Floyd Paterson celui des lourds à cause d'un tocard de Suédois à 6 contre 1.

Ça ne fait rien, je continuerai à me faire un cran comme Paterson. Ça reste mon boxeur préféré avec Ray Sugar Robinson. Lui aussi a un cran.

J'écoute la voix de l'aéroport. Je pense à « L'Ange bleu » à cause de Marlène Dietrich. Elle était en couverture du même *Paris Match* que Michelle Ramlot. « Sur son cœur le ruban de la Légion d'honneur. » Elle est très belle, Marlène Dietrich, c'est sûr, même si « Elle n'a pas l'air commode » d'après Josette, « Il y a pas grand-chose à manger dessus » selon Roland et que, comme dit Evelyne, « Elle doit pas trop souvent faire la vaisselle ».

Moi, ce qui me fait drôle, c'est la Légion d'honneur sur sa robe de mariée. « C'est une robe de soirée ! » Ça revient au même. Je trouve que ça ne va pas sur une robe. La m'am ne dit rien, elle pense que la Légion d'honneur est plus difficile à refuser qu'à porter.

On pense à de drôles de choses quand on attend un avion pour la première fois.

— M'am, c'est quand qu'on part ?

— On attend que le monsieur de la Compagnie vienne nous le dire.

L'Ange Bleu annonce un retard sur le vol Los Angeles. Je me demande d'où elle fait ses annonces. J'aimerais la voir. Je n'ose pas demander à une autre hôtesse. Elle va se vexer. Je pourrais poser la question à mes petites sœurs. Depuis qu'elles ont renoncé à être princesses, à cause de Farah Diba qui a pris le Shah d'Iran et Grace Kelly le prince de Monaco, et connaissent l'histoire de Michelle Ramlot, elles veulent être hôtesses de l'air.

Hôtesse de l'air et maîtresse d'école pour Martine. Hôtesse de l'air et marchande de fleurs pour Maryse. Je les vois bien, l'une faisant la classe et l'autre offrant des bouquets dans un Boeing 707.

— Tu te rends compte, il coûte 1 milliard 770 millions de francs, leur zinc. 3 357 338,82 dollars ! Virgule quatre-vingt-deux... Sont quand même radins, les ricains, ils auraient pu arrondir.

Bonbec avait arraché la publicité du 707 pour la coller dans son cahier de prix. Celui-là était le plus cher de sa collection.

Je regarde Maryse et Martine qui lisent *Frimousse* assises sur une banquette du hall. Elles plairaient à Bonbec, habillées en dimanche comme pour un vrai baptême. Celui où on ne lance pas le gosse en l'air.

Pour ce baptême de l'air, le vrai, on allait en avoir des premières fois, comme dit la m'am. Premier avion, première Caravelle, première Algérie et premier Fort-de-l'Eau.

C'est là qu'on va.

Une ville « balnéaire » à 15 kilomètres d'Alger. « Balnéaire » ça veut dire qu'elle est au bord de la mer. Mais vraiment au bord. « Les pieds dans l'eau même. » J'ai vu des cartes postales. Là-bas, il y a un vrai fort, un casino, des ânes, des palmiers et des cafés comme à Paris.

On logera dans un hôtel que le p'pa connaît. Il donne juste sur la plage. Les enfants, on aura une chambre rien qu'à nous. Il faudra un peu aider à débarrasser au restaurant, se tenir tranquille, obéir à la patronne, Mme Clément, faire la sieste et « Pas oublier qu'on n'est pas chez nous ».

C'était d'accord avec la m'am.

On sera quand même en vacances. Couchés tard. Pas de devoirs. Sauf pour mes sœurs. C'est elles qui ont demandé. C'est vrai qu'on a un peu « mangé sur l'école ». Un bon bout, même. On est partis avant la fin. Mais comme dit le p'pa : « Il faut en profiter. C'est pas dit qu'on pourra y retourner, en Algérie. »

C'est rapport aux événements, mais on ne doit pas en parler.

Le p'pa est déjà là-bas. Il nous attend. Pour lui, ce ne

seront pas des vacances. Il travaille à l'aéroport de Maison-Blanche, près d'Alger. Il répare les avions d'Air France. Mais le soir, après son travail, on ira avec lui sur la plage boire des Orangina, une boisson qu'on ne trouve pas ici, et manger des créponnés, les glaces de là-bas.

J'y pense déjà, je suis content, mais j'ai un peu honte. Je n'ai rien annoncé à Bonbec, pour Fort-de-l'Eau. Il ne sait pas que je pars. Je lui ai dit... A demain... comme si de rien n'était. Ce n'est pas bien de faire ça, à un copain.

C'est à cause des allocations familiales sucrées.

La m'am nous avait prévenus. Si on en parle à l'école, de notre départ, on nous sucrera nos allocations.

C'était dur, avec Bonbec, de faire semblant, pour les cabanes, la décharge, sa poule, ou la grande virée aux Sept Iles de Montfermeil, en vélo, en sachant que je serais parti. « Tu te rends compte, la chance, toi tu ne vas pas en colo, et moi je n'irai pas à l'île de Ré, chez ma grand-mère. – Je croyais que c'était le paradis. – Le paradis, maintenant, c'est là où est ma poule. En plus, elle pense qu'elle aura l'appendicite et qu'elle restera ici. »

Avec lui qui peut se faire saigner du nez à la languette et elle qui attrape l'appendicite sur commande, ils font un sacré couple.

Je plaisante, mais je me sens un peu morveux pour Bonbec. Si je ne lui ai rien dit, c'est à cause des allocations, d'accord, mais aussi parce que chez nous, les départs en vacances, ce n'est jamais gagné d'avance. Encore moins, un départ en avion. Car, un avion, on n'est pas encore sûrs d'en avoir un. On attend mais « Il y a quelque chose qui coince ». La m'am discute avec un chef de la Compagnie en costume-cravate. Elle nous explique.

— C'est bon, les enfants, il y aura sûrement de la place dans le prochain avion pour Alger. Mais il faut encore attendre, pour les GP2.

Avec les GP2 on ne sait jamais. Les GP2, ce sont les billets réservés au personnel. Comme le p'pa travaille à Air France, il ne paye que 10 % du prix. Pour notre famille, c'est moins cher d'aller à Alger en avion qu'à Marseille en train. Mais on ne connaît personne à Marseille. Alors on n'y va jamais.

— Le monsieur a dit que comme avion, ce serait...

La m'am regarde sur son morceau de papier. Je lui ai demandé de noter le nom. Je me méfie.

— ... un Breguet Deux-Ponts. Il paraît que les sièges sont très confortables.

Breguet Deux-Ponts ! J'en étais sûr. Je refuse. Pas question, parce qu'on est des GP2, de se laisser refiler par un type qui n'a même pas l'uniforme Air France les vieux coucous rouillés tout juste bons à transporter le courrier de l'Aéropostale. Je ne veux pas être comme Costes et Danguy, perdus dans la cordillère des Andes. Avec la neige, le froid, les condors qui attendent pour nous dévorer et mes petites sœurs qui rouspètent parce qu'elles ont perdu leur *Frimousse* dans une crevasse.

Et qu'on ne me parle pas des sièges ! Dans l'Armagnac, dans le Super Constellation et la Caravelle aussi, les sièges sont confortables. Je les connais tous, je me suis assis dedans, grâce aux bons de visite du p'pa. Ah, non ! pas question de monter dans un cercueil volant. Un Breguet Deux-Ponts ! Je veux une Caravelle, comme tout le monde. En plus, j'ai promis à Bonbec de lui raconter le décollage. Le moment du cabré. Je peux toujours inventer, mais je n'ai pas envie.

Un Breguet Deux-Ponts ! Et puis quoi encore ? Autant aller en Algérie en Spitfire.

— Qu'est-ce que tu m'as raconté ? Le monsieur me dit que ça n'existe pas des Spitfire à Air France. Ce sont des avions de la dernière guerre. Pour qui tu me fais passer ?

C'était une « image », comme dit M. Brûlé. A voir les sourcils de la m'am, elle n'est pas d'humeur à m'en distribuer.

— Tu as de la chance que le monsieur soit un copain de ton père. Il va voir ce qu'il peut faire. Mais je te préviens, le prochain avion, même si c'est une montgolfière, on le prend. Je n'ai pas envie de passer la nuit dans cet aéroport. Ton père nous attend à Alger.

La m'am ne veut pas avouer que c'est elle qui a hâte de retrouver le p'pa et qu'elle serait prête à y aller à la nage. Je suis sûr qu'elle s'est déjà remis plusieurs fois du rouge à lèvres.

Je regarde le copain du p'pa qui téléphone derrière la vitre. Je regrette d'avoir été abandonné par le catéchisme, sinon j'aurais fait une prière pour avoir une Caravelle.

Je me souviens tout à coup avoir vu une pancarte qui m'a étonné dans le hall du grand panneau d'affichage « Chapelle ». Je m'étais demandé ce que pouvait bien faire une chapelle dans un aéroport. Maintenant je le sais : avoir une Caravelle.

Je fonce.

— Où tu vas ? Tu t'éloignes pas. Je te préviens, si on rate l'avion à cause de toi, tu restes là.

— Et nous ?

— Non, merci, je ne veux pas en perdre trois d'un coup.

Les petites sœurs sont déçues. Je ne me voyais pas avec elles dans une chapelle. « T'as même pas le droit. T'as pas fait ton catéchisme. » Les prières, ce n'est pas une histoire de caté. C'est personnel.

Je grimpe l'escalier mécanique et l'escalier tout court dans la foulée. Où il est ce panneau ? Là ! à côté du bar avec les serveurs en vestes blanches et cravates noires. Je les regarde. J'aimerais bien, un jour, être comme eux. On doit rencontrer des tas de gens de *Paris Match*. Peut-être même Gina Lollobrigida. Je lui servirais des oranges pressées. Elle me laisserait un pourboire géant que je ne dépenserais jamais.

Pour l'instant, ce n'est pas de Lollobrigida que j'ai besoin, mais d'une chapelle. Encore un escalier. La voilà ! bien cachée à l'écart, comme si on en avait honte.

A y réfléchir, ce n'est pas très rassurant qu'on ait besoin de faire protéger les vols par le bon Dieu. Même si le ciel c'est son affaire. Devant la porte de la chapelle, je tire mes chaussettes, je remonte mon short, je crache et je me refais le cran dans les cheveux. « T'es pas obligé d'aller dans une église, mais si tu y vas, tu te tiens tranquille. » Je sais, m'am. Et je paye le cierge que j'allume. Surtout si c'est le plus gros et pour demander un service.

J'entre dans la chapelle. Chaque fois, j'ai un frisson. « C'est le bon Dieu qui te caresse. Il vérifie si tu lui as gardé la peau douce qu'il t'a faite. » La m'am dit ça pour que je n'oublie pas de mettre de la crème Nivéa, à cause de mes dartres. Mais le bon Dieu aurait mieux fait de me faire la peau moins sèche.

La chapelle paraît minuscule. Blanche. Calme.

Moderne. Trop moderne. Je n'aime pas les églises où les saints ont l'air d'avoir été dessinés au compas.

Devant l'autel, un homme en uniforme bleu prie agenouillé. Il a posé sa casquette à côté de lui. Je ne reconnais pas sa compagnie. Moi, je viens pour Air France. J'espère qu'il n'y a pas un saint par compagnie. De toute façon, moi, c'est sainte Rita, pour tout.

Je fais un signe d'avion qu'on peut prendre pour un signe de croix, j'allume un cierge et j'explique à un crucifix pas très ressemblant l'injustice faite aux GP2 et le droit à la Caravelle pour tous. Amen ! Un deuxième signe d'avion et je ressors de la chapelle. L'homme en uniforme continue de prier. Sûrement pour un vol long-courrier.

Pour le cierge, je demande au bon Dieu de le mettre sur ma note.

A peine sorti de la chapelle, j'entends la voix de l'Ange Bleu.

— Les passagers en partance pour Alger...

La m'am ! Elle va me laisser là.

Une m'am en partance, des petites sœurs qui auront leur baptême de l'air et moi en restance. Je me précipite. J'ai repéré un raccourci par la coursive qui se promène au-dessus du hall, jusqu'aux escaliers mécaniques. Je cours, je vole. Près des ascenseurs, une porte est ouverte calée par un chariot d'entretien. Sûrement un raccourci de raccourci. Je me glisse. Un couloir, des bureaux vitrés. Un escalier, un couloir. Mon cœur commence à vouloir partir sans moi. J'ai chaud. Je transpire. « Tu es perdu, mon petit ? » Pas du tout. J'échappe à la dame de ménage. Encore un couloir. Ma parole, ils les fabriquent ici ! Je ne m'y retrouverai jamais dans ce labyrinthe. Quand je ressortirai, j'aurai déjà reçu une pile de cartes postales de la m'am et de mes sœurs. La plage pour elles toutes seules. Les créponnés. Les Orangina.

Je me demande si c'est du futur antérieur.

— Le vol Alitalia 2364 en provenance de Turin est attendu porte 34.

J'entends la voix de l'Ange Bleu. Elle est toute proche.

Non, je ne l'entends pas.

Je la vois !

C'est impossible. Je deviens fou. Je suis comme un rat dans ce labyrinthe.

Pourtant, c'est bien sa voix que je vois.

Le genre de phrase que M. Brûlé entourerait d'une triple auréole de rouge. Pourtant, il n'a qu'à regarder lui-même. Là, à travers un jour dans la vitre dépolie de ce bureau. Une hôtesse de l'air devant un micro. Elle tient une feuille à la main. Ses lèvres bougent.

— Alitalia flight two, three, six, four, from Turin expected gate three, four...

Du vrai-anglais. C'est bien l'Ange Bleu. Je suis déçu. Une voix en chair et en os, ce n'est pas pareil. Je ne sais pas si la dame derrière la vitre est belle ou non. D'ailleurs, je m'en fiche. Elle se refait les cils dans le miroir de son poudrier. Elle a beau faire, quelque chose ne va pas. Je ne sais pas quoi. Elle rajuste le peigne de son chignon. C'est ça ! Le chignon. C'est impossible. Je suis sûr d'avoir lu qu'on n'a pas le droit de porter un chignon quand on est hôtesse de l'air.

Je savais bien qu'elle n'était pas vraie.

Je suis rassuré. Cette femme est une imposteuse ou une impostrice, je ne sais plus... Hôtesse de terre... le nom me revient. La dame du micro est hôtesse de terre. Roland m'avait dit que ça existait. Je ne voyais pas à quoi pouvait servir une hôtesse à terre, pour attacher votre ceinture, incliner le dossier, offrir des bonbons à la menthe, des broches en forme d'hippocampe, ou une carte à colorier. Il faut que je prévienne mes petites sœurs. Il y a des hôtesses qu'on prend et qu'on enferme dans une cage de verre.

La dame du micro se penche sur sa jambe. Elle inspecte son bas. Il a filé. Un rien. Elle le pique d'une pointe de vernis à ongles. J'ai vu mes grandes sœurs le faire. J'aime ce geste qui fait de longues jambes. Mon short aussi. Je viens d'avoir un coup de foudre pour un bas filé.

— Chantal, tu as un admirateur.

C'est un steward qui vient d'abattre sa main parfumée sur moi, en même temps qu'il ouvre la porte du bureau vitré. Chantal a des yeux bleus Air France et toute une compagnie d'autres choses qui vont bien avec. C'est décidé, les hôtesses sont les plus belles femmes du monde. Il faudra que j'en parle à Bonbec, au retour... si je pars.

— Comment tu t'appelles, mon petit ?

— Fort-de-l'Eau.

Ça m'a échappé. Ils rient. Comment peut-on être aussi idiot ? Ça rend bête les filles. Je bafouille et je lui explique en vrai-yogourt et faux français. Elle traduit.

— Tu prends le prochain vol pour Alger. Il est annoncé. Dépêche-toi. Je vais le retarder un peu.

Elle retarde un vol pour moi ! Je me sauve sans remercier. Trop compliqué. J'entends son gentil rire derrière moi et sa voix dans tout l'aéroport. Elle est redevenue l'Ange Bleu.

— Le petit Fort-de-l'Eau est attendu par sa maman au point de rencontre. Bon voyage !

Je ne sais pas si je l'ai entendue cette annonce, mais je cours tout ce qui se court et dégringole tout ce qui se marche. La m'am est sous le globe du point de rencontre avec Maryse et Martine. Elle me fait des signes comme pour parquer un avion.

— Où tu étais, toi ?

C'est un secret entre l'Ange Bleu et moi.

— Ecoutez bien, les enfants. Ça y est ! C'est bon. On part. Et c'est... une Caravelle !

Mes petites sœurs crient de joie et se congratulent comme si elles y connaissaient quelque chose en avions.

Moi, m'am, je t'embrasse de quoi remplir un Breguet Deux-Ponts. Dix ponts ! Cent ponts !

Après, je ne me souviens plus très bien tellement j'étais énervé. Inquiet. Tellement j'aurais juré que quelqu'un allait nous empêcher de prendre notre Caravelle. Le payeur des allocations familiales allait surgir avec son sucrier. « Pas question, il faut d'abord terminer l'école. » Ou le type en casquette qui aurait donné nos places à des passagers normaux. « Désolé, on n'accepte que les plein-tarifs, sans GP2, les pistonnés, les fils de chef d'équipe ou de pilote. »

J'étais sûr que la dame des bagages allait trouver nos valises trop lourdes, trop grosses, trop bouillies. Trop valises. Ou alors ce serait le policier au contrôle. Le livret de famille de la m'am. Pas à jour. Manque un tampon. « Ils ne sont pas en règle ces trois-là. – Tant pis, je vous les laisse, monsieur l'agent. » Hop, débarqué comme un excédent de bagages.

Pourtant, ça passe. Avec même un sourire. Je sais, ils attendent qu'on soit au bas de la passerelle pour nous barrer le chemin.

Je regarde vers la terrasse. Là-haut, un garçon de mon âge pointe sa longue-vue dans notre direction. On ne me la fait pas à moi. Je sais qu'il n'a pas mis de pièce. Je lui fais un signe gratuit. A voir le geste qu'il me renvoie, il avait mis une pièce.

J'ai à peine le temps d'admirer la Caravelle. De près, c'est inquiétant tous ces rivets. Comment ça peut tenir ? Je serais effrayé si je ne savais pas que c'est le p'pa et ses copains qui la construisent. On est montés par l'arrière ? Je ne me souviens plus. Qu'est-ce que je vais raconter à Bonbec ? Ça va trop vite. A l'intérieur, c'est plus petit que quand on visite. J'obtiens le hublot par droit d'aînesse et rouspétance.

— Regardez bien, au décollage, les enfants. On va passer au-dessus d'Orly. Vous verrez, peut-être, la cité Million.

La cité Million. J'ai le cœur serré. C'est un secret encore plus gros que Fort-de-l'Eau. Je n'en ai pas parlé à Bonbec, non plus. Mais peut-être que je n'aurai pas à lui dire. Peut-être que l'avion s'écrasera.

Pas possible. Le Général l'a prise il y a quelques mois la Caravelle. Je me demande comment il a fait pour ranger ses grandes jambes.

— Tu as vu, la dame, devant ? C'est l'hôtesse de ton *Match*.

Je n'aurais jamais dû montrer ce magazine à mes petites sœurs. C'était une histoire d'hôtesse de l'air et d'accident. Je pensais que ça pouvait leur faire passer l'envie d'entrer à Air France. Il n'y avait pas de raison. Moi, avec mon livret scolaire, je pouvais faire une croix sur Villegénis, l'école de la Compagnie. Je ne serai ni pilote, ni steward, ni chaudronnier. Alors, pourquoi elles ?

Résultat, Maryse et Martine venaient de reconnaître, avant moi, Michelle Ramlot, l'Ange de Noël.

Pourtant, c'était impossible qu'elle soit là. Elle ne faisait que les long-courriers. Je l'ai lu. Mais elle n'était pas en service. Même pas en uniforme. Seulement en passagère, assise, comme nous. Qui attache sa ceinture, lit un magazine. Je venais de manquer l'occasion d'avoir un coup de foudre en vrai, pour quelqu'un que j'avais vu dans *Match*.

Je boude.

Pas vraiment. Je veux seulement qu'on me laisse tranquille. Pour tout écouter. Tout sentir. Le clic des ceintures, les annonces... Porte verrouillée... Le roulement. Le sifflement tranquille des réacteurs. Le point fixe. Le sifflement qui se déchaîne. La vibration. Je serre les accoudoirs. C'est l'arrachage et la course. Cette course qui n'en finit pas. N'en finit pas. Ça saute. Elle ne décollera jamais, cette Caravelle. C'était sûr. Je vais finir découpé et collé dans le cahier d'un sale gosse qui veut tout savoir sur les accidents d'avion *0,000 000 0039 % de chances de mourir...* C'est déjà trop.

Mais, soudain, mon ventre est aspiré, mon corps part en arrière. Mieux que le tourniquet du square.

C'est donc ça, le cabré.

On ne s'écrasera pas au décollage.

Le sale gosse devra attendre.

Je regarde la m'am. Elle rêve par le hublot comme quand elle attend le facteur, à la fenêtre de la cuisine. Paisible, son sac à main serré sur le ventre... Vous prendrez bien un café... Les petites sœurs n'ont même pas l'air d'avoir peur.

En dessous, c'est Orly.

Non, m'am, je ne trouve pas que la ville soit si belle d'en haut. Je n'ai pas vu le terrain de football. Il y avait peut-être un match du FC Orly. Il joue en rouge et blanc. Les mêmes couleurs que Reims. Il y a peut-être un avion sur leur écusson. Le maillot de Reims est le plus beau du monde. Pour être champion d'Europe, c'est le blanc. Le blanc du Real... Le blanc du ciel... C'est fatigant d'être champion... Kopa n'aurait pas dû partir à Madrid...

Je suis fatigué.

J'ai réussi à ne penser à rien. Tout mon corps se dénoue. J'étais emmêlé comme une ligne à pêche. D'habitude c'est le p'pa qui me démêle. Où est-il en ce moment ?

Je caresse le hublot. Je me demande comment le p'pa a pu me tailler une règle dedans. Est-ce qu'il reste un bout de ciel à l'intérieur. En classe, à cette heure, M. Brûlé doit leur faire réciter le futur antérieur. Ça m'a toujours endormi, le futur antérieur. Surtout en avion. J'aimerais bien, un jour, piloter un Spitfire comme la petite crâneuse.

— Reveille-toi, on atterrit. Ils ont annoncé 29 degrés.

Comment ça, on atterrit ? On vient à peine de décoller. Les petites sœurs auraient pu me donner un coup de coude. Qu'est-ce que je vais raconter à Bonbec, moi ?

On se lève. Mes jambes ont le mal de mer. Je me faufile jusque derrière l'Ange de Noël... Pardon... J'étais certain qu'elle sentirait si bon. Parfois, sur les photos des magazines, on a l'impression qu'il y a un parfum. Le sien y ressemble.

La m'am me rattrape par la manche... N'embête pas la dame... La porte de la Caravelle s'ouvre. La lumière s'engouffre. Les hôtesses alignées sourient. Elles sont encore plus belles quand on arrive que quand on part.

Je sors derrière la m'am.

Soudain, en haut de la passerelle, je suis noyé. Ebloui. Englouti. Etouffé. Je ne sais ce qui me frappe au visage en premier, de la lumière, de la chaleur, du bleu, ou de l'odeur des palmiers.

Oh l'odeur des palmiers !

Mon cœur mange ma poitrine.

Tout remonte. J'ai l'impression d'être déjà venu ici.

Je le sens, je viens de tomber amoureux.

Amoureux d'un pays.

Amoureux de l'Algérie.

Il faut que je le raconte à Bonbec.

10

Emma Karénine

Cher Bonbec,

Ça y est, moi aussi j'ai un pays dans le cœur. Comme toi, pour l'île de Ré.

Tu as dû être étonné de ne pas me voir à l'école. C'est normal, je suis parti en vacances. Oui, en vacances. Mais il faut que tu jures de ne le répéter à personne.

C'est juré ?

Bon, je peux continuer.

Je t'écris de Fort-de-l'Eau en Algérie où je suis avec mes parents, Maryse et Martine.

Ici, c'est encore plus beau que ce que tu peux imaginer. Justement, pour pas que tu imagines, je t'envoie une carte postale du fort. En plus, ça m'arrange, tu sais que je ne suis pas très fort en descriptions.

— Gamin, tu m'as raconté mes menus ?

Excuse-moi, Bonbec, c'est M. Clément, le patron de l'hôtel où on habite à Fort-de-l'Eau. Il m'appelle pour une histoire de menus qu'il veut que je lui écrive. Je t'expliquerai, mais pour l'instant, il faut que j'y aille. A tout de suite.

M. Clément me regarde ranger mon cahier.

— Qu'est-ce que tu faisais ?

— J'écrivais à un copain.

— Et les cageots ? Tu crois qu'ils vont se bouger tout seuls ?

Il est drôle, lui, décharger des tonnes de fruits et de légumes de la Juvaquatre par ce cagnard ! On croirait que M. Clément a dévalisé le marché de Maison-Carrée où on est allés faire les vivres pour le restaurant.

Pendant que je me coltine des pastèques géantes jusqu'à la cuisine, M. Clément boit son anisette derrière le comptoir du bar. Dehors, ça tape au moins du 40 degrés au compteur. J'ai beau lancer des regards de détresse vers la mer, ça n'y change rien. Purée ! Je l'aurai mérité, mon Orangina.

— Tu les as racontés, mes menus ?

Il ne me lâchera pas. Il ferait mieux de terminer son anisette et d'aller jouer aux cartes. Mais, aujourd'hui, elle n'en finit pas l'anisette de M. Clément. Faut dire que ça donne soif les cinq kilomètres et demi de Maison-Carrée à Fort-de-l'Eau en crachant tous les cent mètres, par la portière. Soit : 5 500 divisé par 100 égale 550 jus de chique... !

M. Clément se sert une nouvelle anisette comme du thé à la menthe, en montant bien haut la cruche d'eau fraîche, pour que je salive. Pire que le supplice chinois.

— Alors, tu me réponds, tu les as racontés ?

Il est drôle, lui, raconter des menus ! Tu parles d'un sujet de rédaction ! Est-ce que ça se raconte, un œuf mimosa, un steak haricots verts, une crème caramel, et un pichet de rosé ? Ce n'est pas de ma faute si son restaurant est le pire boui-boui de la côte.

— Débrouille-toi. La patronne veut que tu racontes les menus.

Cette idée lui était venue, un jour que les Clément étaient allés dans un restaurant d'Alger. Un grand. Avec tout le tralala. « Ma parole, rien que tu arrives, tu crois que t'es le Dey Hussein et sa smala. »

Pour l'occasion, ils s'étaient habillés. Lui avait ressorti un costume chiné rance et un chapeau qui le faisait ressembler à un tue-mouches sous un abat-jour.

La patronne, grâce à Saïda, la dame de ménage, avait fini par entrer, au chausse-pied, dans sa robe d'ancienne danseuse de flamenco.

Ça donnait un volant par bourrelet.

Pour ne pas faire pitié, Mme Clément s'était renversé le coffret à bijoux sur elle. Au final, avec les yeux maquillés en hublot, elle avait tout du scaphandrier à l'entrée d'un restaurant de poissons.

Avant de partir, ils s'étaient regardés dans la grande glace du bar. Comme avait dit un client en douce « On voit bien que le temps est passé sur eux et qu'il a pris pension ». Tant pis. Ce soir-là, ils fêtaient un anniversaire. Pas celui de leur mariage. Surtout pas. « Ma parole, lui on en cause même pas ! Ça vaut mieux pour la vaisselle. »

Faut dire que chaque jour, trois fois par jour, depuis trente-cinq ans, les Clément annoncent leur divorce. Des scènes de ménage en public qui attirent le chaland sur toute la baie d'Alger. De Saint-Eugène au cap Matifou.

L'anniversaire mystérieux que fêtaient les Clément ce soir-là, c'était celui de « la petite fleur de madame » perdue un jour de Mouna du côté de Boufarik. Quand on voit là-bas les plaines entières de vergers en fleurs, ils ne sont pas près de retrouver celle de Mme Clément.

— T'as compris, gamin, pour les menus ? C'est important. Depuis ce restaurant de malheur, la patronne a attrapé un coup de sirocco sur le cœur.

Traduction, Mme Clément ne bouge plus. Elle reste derrière le comptoir du bar, emmaillotée dans son châle. Elle s'est remise aux loukoums, à l'alcool de figue.

Tu te souviens Bonbec, quand ta mère a pris 7 kilos pour la mort de Gérard Philipe (1923-1959) ?

En plus, Mme Clément geint pire que quand elle marchande avec le Mozabite de l'épicerie. C'est simple, à la fin de chaque phrase elle meurt.

Je l'avais entendue houspiller son mari.

— Franchement, nous, les Clément, de quoi on a l'air. T'as vu le menu ? Six générations de Mahonnais à Fort-de-l'Eau pour en arriver là ! Tu sais ce qu'on va graver sur notre tombe ? 1832-1960 : Céleri rémoulade, filet de hareng !

C'est vrai, que certains caveaux de famille ressemblent à des menus avec une fourchette de prix.

— Voilà ce qui nous faut. Ça au moins, ça en jette !

La patronne avait sorti du fond de son décolleté un menu grand format tout en lettres dorées. C'était celui du restaurant à tralala. Le décolleté de Mme Clément pouvait engouffrer l'affiche entière d'*Autant en emporte le vent*.

— Ecoute-moi ça un peu... Suprême velouté de sous-bois d'automne...

M. Clément venait de reconnaître la soupe de champignons qu'il avait prise. Tiède et trop salée.

— ... Une franche douzaine d'écrins de la baie, 6 gris aillés en leurs demeures.

— 12 huîtres, 6 escargots,...

M. Clément faisait de la traduction simultanée en grimaçant.

— Fais pas ta figue sèche. C'est ça qu'il nous faut. Sinon, ma parole, y a plus qu'à ouvrir une baraque à frites sur la plage de la Sirène, et je meurs direct.

M. Clément sait que quand sa femme meurt trop souvent, elle va l'empêcher de vivre.

— Tu vas me raconter le menu, gamin. Comme là-bas ! Je veux que quand quelqu'un il le lit, ma parole, il sait même pas ce qu'il va manger.

Nous aussi, à la maison, quand la m'am annonce « hachis parmentier », « mamelle grillée » ou « pain perdu », on ne sait pas très bien ce qu'on va manger.

— Roger m'a dit que c'était toi le cador de ton école pour ce qui est d'écrire.

Le p'pa exagère. Avec cinq points de moins à cause de l'orthographe, mes rédactions ressemblent plutôt à une course à handicap.

— Paraît qu'une fois t'as raconté une partie de pêche avec Roger.

« Décrivez un fiasco. » Je me souviens. J'avais eu 18 sur 20 et autant d'ennuis à la maison.

— Ton père m'a dit qu'il n'avait rien reconnu. L'ablette était devenue un espadon géant, et la barcasse un radeau de trappeur.

J'avais juste enjolivé pour arriver en bas de la page et un peu copié sur *Le Vieil Homme et la Mer*.

— Si tu sais faire ça, gamin, tu peux bien me raconter les menus en tralala.

Comme si le tralala était une langue ! Déjà qu'ici on parle le français, l'arabe, l'espagnol, l'espéranto, le sabir, le mahonnais, le volapük, le pataouet, s'il faut encore ajouter le tralala !

— Tu feras ça pendant la sieste, gamin.

Il faut que tu saches, Bonbec, qu'ici c'est sacré, la sieste. Tu peux pas imaginer. A Fort-de-l'Eau, tout le monde la fait.

Aujourd'hui, j'en suis privé. M. Clément m'a consigné à une table dans la salle du restaurant. Personne de la famille pour me sauver. Le p'pa est à la pêche, la m'am et les petites sœurs sont parties à Alger faire des courses avec la patronne.

— Gamin, t'as l'Orangina à gogo et un menu pour te servir de modèle. Saïda, tu le surveilles et tu lui donnes sa mère, s'il bouge une oreille.

Saïda fait comme si elle n'avait rien entendu. Elle doit déjà s'occuper du ménage, ça lui suffit.

J'aime bien Saïda. Elle s'appelle Saïda Tlemcen, parce qu'elle vient de Saïda et habite Tlemcen. C'est comme si je m'appelais Villemomble Orly. J'aurais l'impression d'être une ligne de bus. Saïda s'en moque.

— Mon vrai nom, il n'est que pour moi toute seule. Le reste, je veux bien le donner, mais pas mon nom.

Quand Saïda parle du « reste », elle s'empoigne de partout. Et il en reste encore.

Bonbec, si tu veux imaginer Saïda, pense à Carmen, la dame brune de la cantine. Celle à qui on demande du rab de n'importe quoi, juste pour qu'elle se penche et qu'on regarde dans sa blouse. Saïda c'est Carmen, avec encore plus de rab sur elle.

Saïda a une sorte de chambre dans un coin du grenier, derrière un rideau. Parfois, je l'entends faire sa toilette dans la cuvette. J'essaie d'imaginer le reflet dans l'eau. Némasse nous avait montré à la cantine comment faire une femme nue dans le dos d'une cuillère, rien qu'avec les doigts !

Stop ! Ce n'est pas le moment de penser à ça. Je dois trouver une idée pour ses menus ou M. Clément me tue. Je suçote le téton-gomme de mon crayon. Ça m'en donne d'autres. Il faut que je me calme... Les menus !... Les menus !... Rien ne vient. Ma tête bout. Je n'ai qu'une seule chose à l'esprit, mon rendez-vous ! Ça me mange toutes les idées.

J'ai rendez-vous dans un quart d'heure.

Avec une fille.

Mais non, Bonbec, pas Saïda.

J'ai rendez-vous avec une fille de notre âge. Il y en a plein ici. Surtout sur la plage. Mais ce n'est pas là que j'ai rendez-vous. Dommage. Mais à perpète les oies, du côté de l'école communale, après le monument aux morts.

La fille n'est pas au courant. Pas grave. Moi, je le suis. Pour un rendez-vous, ça suffit.

— Compris, Saïda, tu choufes bien le gamin. Et t'hésites pas.

M. Clément fait le geste de me débiter comme du chorizo. Saïda continue à passer la lavette accroupie sur le carrelage, ses jupes ramenées en chignon entre ses cuisses. Elle ne relève même pas la tête quand M. Clément s'en va. Elle avance à reculons dans la pénombre. Je regarde en douce les formes et les mouvements qui vont avec, en faisant semblant de chercher comment dire « pot-au-feu » en tralala.

Je sèche. Il n'y a pas à dire, les filles, ça fait perdre l'imagination.

Saïda approche de ma table. J'observe son énorme derrière qui godille. Battus les 106 cm de Marie-Antoinette... Connaissant la circonférence du cercle, calculez le diamètre...

Tu te souviens, Bonbec pour le diamètre de Marie-Antoinette, ça faisait 33,75 cm. Pour Saïda, bien plus.

Elle passe la lavette autour de ma chaise. J'ai toutes ses formes vues d'avion, avec l'impression d'être un Dakota en mission au-dessus des monts de Saïda. Pourvu que mon parachute ne s'ouvre pas dans mon short.

Bonbec, je peux te dire que si on avait pris Saïda comme exemple on aurait tous compris la leçon sur les courbes de niveau.

— Qu'est-ce que tu regardes ?
Pris. Je suis pris en flagrant délit d'espionnage. Ça va être le peloton. Même assis, j'ai les jambes coupées. Saïda a beaucoup transpiré. Les plis de sa robe lui collent au corps et au « reste ».

Tu vois, Bonbec, elle ressemble à la statue de terre glaise que le maître de dessin enveloppe dans un chiffon humide à la fin du cours. Tu sais, le moment où on a tous envie d'être le chiffon.

Malgré le sourire de Saïda, mon Dakota atterrit d'un coup dans mon short. Je casse du bois et j'avale le téton de ma gomme.
— Alors, petit curieux, qu'est-ce que tu regardes ?

Saïda s'essuie les mains sur sa robe et retrousse ses manches. Elle va me vider comme un poulet.

— Tu regardes Saïda ?

Moi ?... Moi !... Mais... mais... pas... pas du tout !... Ça y est ! Après le tralala, je parle le bafouillis couramment. Ma bouille doit être en train de passer par tous les synonymes du rouge : pourpre, vermillon, carmin, écarlate, coquelicot, cerise, incandescent, turgescent,... Non ! pas celui-là !

— Tu as quel âge, petit curieux ?

— Douze ans !

— C'est vrai, ce mensonge ?

Disons qu'en réalité, je n'ai pas douze ans, mais en vrai, j'en ai treize dans ma tête, et quatorze en rêve. Mais comme je suis trop petit pour que ça fasse vrai, en disant douze, c'est déjà juste. Je ne peux pas baisser plus. En dessous, je ne fais pas mes frais, comme dit Mme Clément quand elle marchande.

Bonbec, t'inquiète pas si je trafique un peu mon âge, dans cette histoire, comme toi avec Muguette. C'est pratique un âge élastique, ça te met les souvenirs à la bonne taille. Je te laisse. Quand Saïda me parle de tout près, je n'arrive pas à être très clair.

— Douze ans, t'es un homme, chez moi.

Pas chez nous.

— Et ton zoulouzoula, il est encore tout neuf ?

Mon quoi ? Saïda montre mon short.

— Ton zoulouzoula, ton bouloum, ton oiseau,...

Ah, non ! on ne joue pas aux synonymes avec le couroucou. Un jour, on l'avait fait avec les copains de la classe. Un vrai bric-à-brac de marchand de couleurs.

Némasse qui avait eu l'idée, s'était fait confisquer la liste par M. Brûlé. « Qu'est-ce que c'est ? Un inventaire à la Prévert ? » Personne n'avait compris.

Saïda insiste pour le zoulouzoula.

— C'est pas grave, s'il est petit. Saïda sait faire grandir.

Pas la peine. J'ai déjà noté cinquante-quatre méthodes, avec des crèmes, des plantes, des bandes, des médailles, des prières et même des pinces à linge.

— Si tu veux, Saïda te montre comment on s'en sert.

On croirait qu'elle parle du mode d'emploi d'un mixer Peugeot au Salon des arts ménagers. Pas la peine. Mon couroucou et moi on se connaît bien, on joue souvent ensemble. J'ai des menus à raconter, un rendez-vous avec une fille, et l'arrivée du Tour de France à aller écouter, ça suffit pour m'occuper.

— Tu as tort, Saïda fait bien.

Je sais, Bonbec. Je sais ce que tu te dis. Que j'ai été bête de ne pas en profiter. Mais toi, à la guinguette. Est-ce que tu serais allé avec Muguette dans l'office, si elle ne t'avait pas forcé ?

Je regarde l'heure à la pendule Cinzano. Je vais être en retard. Je guette Saïda. Elle est derrière le comptoir occupée à briquer les bouteilles de Dubonnet, de Vabé et de Martini. C'est le moment. Je me glisse par la fenêtre. Un coup d'œil vers la place. Personne. Je vérifie que la baraque aux oiseaux est fermée. C'est une loterie foraine. Je peux rester des heures devant les cages, pleines de bengalis, de perruches, de canaris et de tas d'autres dont je ne connais pas le nom.

Un jour, je les saurai tous. Pour l'instant, je pique un sprint à la Abdou Seye. Peu de chances que je rencontre quelqu'un qui me connaisse.

A Fort-de-l'Eau, pendant la sieste, personne ne connaît personne.

J'arrive en nage à l'école.

Elle est là !

La fille de mon rendez-vous. Comme d'habitude, assise sur le même banc, au milieu de la cour de récréation déserte. Elle lit. Le dos bien plat, un livre posé sur ses mains comme un missel.

On dirait qu'elle va s'installer au piano.

Je reprends mon souffle. Je me respire sous les bras. C'est bien ça. Je pue la sueur. La fille, elle, sent le propre d'ici. Pour l'approcher, je vais me mettre face au vent. Sinon elle va me repérer rien qu'à l'odeur. Le menu a déteint sur moi. Je renifle le hareng pomme à l'huile de la formule du midi.

Ça fait plusieurs jours que je viens ici en douce pour voir la fille au livre. Pas vraiment pour la voir, mais pour vérifier si les gars de la plage ont raison.

— A ton âge, en été, on doit tomber amoureux. Sinon, c'est qu'on n'est pas normal...

Pas normal !... Il lui manque une case... Ça ne tourne pas rond là-dedans... Ma parole, il a un p'tit vélo dans la tête... Qu'est-ce que j'ai pu l'entendre ! Mais s'il suffit de tomber amoureux pour être normal, je vais le devenir.

Et pas plus tard qu'aujourd'hui.

Après avoir bien écouté les gars de la plage, avec qui on joue au foot.

Entre parenthèses, Bonbec, depuis la défaite de Reims contre El-Biar, qu'est-ce qu'on peut se faire chambrer, ici. Je suis allé voir le stade d'El-Biar. Ridicule. Mais il paraît que ce n'est pas là que s'est joué le match.

Donc, après avoir écouté les gars de la plage, j'en ai conclu que ce qui est le plus important pour le coup de foudre, c'est l'endroit. On s'en souvient toute sa vie, paraît-il. Moi, j'ai décidé de tomber amoureux sous un palmier. Ce n'est pas commun, et pratique à raconter.

Par précaution, je me suis assis adossé au tronc du seul palmier du coin. Cette manie de planter des arbres de chez nous, ici. C'est idiot.

Pour le coup de foudre, les gars de la plage m'avaient prévenu. « Tu verras, ça te coupe les jambes, net. Pire qu'un tacle par-derrière. »

Exactement comme pour Saïda tout à l'heure. Ça m'inquiète. J'espère que je ne suis pas tombé amoureux sans m'en apercevoir.

Par inadvertance.

J'avais noté le mot au cas où ça m'arriverait. Il faut toujours avoir des mots d'avance. Faire des réserves. Comme la m'am avec le sucre et le café. « On ne sait jamais ce qui peut arriver. Ça peut manquer. »

Les mots, c'est pareil. Ça peut manquer.

Il t'arrive quelque chose, mais tu n'as pas le mot qui correspond. Résultat, tu ne t'en aperçois pas. Mais si tu as le mot, ce qui correspond t'arrive forcément.

Quand je vois l'épaisseur du dictionnaire, je me dis qu'il en reste des choses à faire correspondre.

Pour l'instant il faut que je me concentre sur mon coup de foudre. Pour bien tomber amoureux, il ne faut penser qu'à ça.

Assis sous mon palmier, je fixe la fille au livre de

l'autre côté de la rue. C'est une technique pour l'influencer à distance. Comme Miroska, à la télévision.

— Pouvez-vous me dire qui est ce charmant jeune homme qui vous regarde ?

Rien. Pas le moindre « regard troublé » chez la fille au livre. De mon côté, pas grand-chose qui se dérobe dans les jambes. J'attends, mais ça ne vient pas. C'est comme en rédaction quand on n'est pas inspiré par le sujet.

Je suis sec.

Sec en coup de foudre.

Il ne me reste plus qu'à retourner à la plage de la Sirène et tomber amoureux au hasard. Ce n'est pas ce qui manque là-bas, du hasard. Mais c'est toujours trop petit, trop grand, trop miss, trop bronzé, ou trop accompagné.

En plus, il y a la m'am qui veille. Pas facile de tomber amoureux quand on vous appelle sans arrêt pour vous remonter le slip de bain devant tout le monde.

Au fait, Bonbec, je commence à apprendre à nager avec une dame qui s'appelle Maryline et je plonge déjà de la digue. Tu serais épaté.

La fille au livre, elle, n'est pas du tout épatée par moi et mon palmier. Tant pis pour elle. Les menus m'attendent. Je décide de passer mon tour de coup de foudre pour cet été. Je serai normal plus tard.

Tout à coup, un vélo passe devant moi. A l'heure de la sieste, c'est étrange. C'est un demi-course Motobécane, couleur feuille morte métallisée, dérailleur quatre vitesses, double plateau, guidon course, porte-bidon chromé, pompe sans raccord. Je le connais par cœur.

C'est celui que je veux pour mon certificat d'études, en modèle routier avec des pneus demi-ballon.

Je réalise que c'est au moins la quatrième fois que la Motobécane passe devant moi. Dessus, il y a un gars de mon âge avec un short qui lui serre les cuisses. Il pédale doucement en regardant la fille au livre. On dirait qu'il fait un tour d'honneur au vélodrome, en cherchant sa fiancée dans les gradins.

Eh ! J'étais là avant.

Le gars passe et repasse, donne un coup de sonnette, lâche les mains, se démanche le cou pour voir au-dessus de la grille. La fille au livre continue de lire. Pour faire son intéressant, il essaie les coups de patins, les dérapages et même une roue arrière. Pas terrible. Il manque se retourner.

La fille au livre ne bouge pas. Elle tourne les pages. Le type à la Motobécane fonce sur la grille, pile devant, fait un bras d'honneur dans sa direction et part en piquant un sprint rageur comme s'il y avait une prime à gagner au bout de la rue.

Me voilà débarrassé d'un adversaire.

Mais il pourrait en venir d'autres. Des plus malins, des plus accrocheurs, avec de meilleurs numéros. Ça peut devenir la parade du cirque Pinder, le défilé des funambules à patins à roulettes, jongleurs hula-hoop, trapézistes Jokari, et Buffalo Bill de la carabine à flèche.

Tomber amoureux va ressembler aux jeux du cirque. Avec combats de gladiateurs.

Tu te souviens, Bonbec, près de l'église, les deux grands qui se battaient à cause d'une fille. Purée ! Ils ne s'abîmaient pas que les habits. La fille n'a même pas regardé. Elle faisait des bulles roses avec son chewing-gum et elle est partie avec celui qui restait debout.

Les filles ça part toujours avec le vainqueur.

Celle au livre continue de lire sans s'occuper de moi. Je réfléchis à ce que je pourrais faire pour qu'elle me voie sans me faire remarquer. Comme en classe, quand on connaît la réponse et qu'on veut être interrogé par le maître, sans avoir l'air d'un lèche-frite.

Tlanc !... Quelque chose vient de tomber sur le trottoir au pied du mur. Un objet plat et rouge. La fille au livre ne lit plus. Elle joue à la marelle dans la cour. Une marelle-avion qui s'ennuyait en l'attendant.

Je la regarde. Elle, si calme, si immobile, est étonnante d'énergie et de hargne pour aller de la « Terre » au « Ciel ».

— Moi, j'aimerais être une marelle, pour regarder sous les jupes des filles.

Bonbec ne sera jamais une marelle-avion. Ou alors un gros-porteur.

Cette chose plate et rouge m'intrigue. Je regarde autour de moi. Personne. C'est le moment, la fille remonte vers le ciel. Je traverse la rue. Je m'approche, l'air dégagé en sifflotant... *Noû-hoû-velle vague !...* La chose rouge et plate est à deux pas. Je prends l'air étonné.

— Pardon mademoiselle, c'est à vous ?

Bizarre, ma voix est beaucoup plus grave que d'habitude. Je ne la reconnais pas. C'est normal, ce n'est pas la mienne. Un gars est devant la grille. Il m'a doublé avec son scooter, et a ramassé la chose rouge et plate avant moi.

— Mademoiselle ! Hou ! Hou ! Ma petite demoiselle ! C'est à vous ?

Il est culotté de l'appeler comme ça. Ce n'est pas parce qu'il a une Vespa, un vrai Levi's, une coupe au rasoir et un tee-shirt avec le paquet de Camel roulé sur le biceps. D'abord, il est trop vieux. Dix-sept ans au moins.

— Mam'zelle ! Mam'zelle !

C'est sûr, elle va venir. Tout ça pour une promenade sur sa selle biplace dans la rue de France, et un créponné citron à la terrasse du Méditerranée. Si ta mère te voit ! Elle te tue !

— Bon. Tant pis ! Je le garde en souvenir.

Le gars à la Vespa s'en va. Comme ça, en glissant la chose rouge sous son tee-shirt. Voleur ! J'aurais bien couru derrière, plongé sur lui comme dans les westerns... Pif ! Paf !... Uppercut du droit, crochet du gauche au foie. K-O. La tête dans l'abreuvoir du saloon... Non, je vous assure, mademoiselle, ce n'est rien... Elle m'embrasse entre les barreaux de la grille et s'évanouit.

Je note l'heure à sa montre pour raconter plus tard à nos enfants.

Ce sera vraiment plus tard, car, maintenant, il n'y a plus de chose rouge. Le gars à la Vespa l'a emportée. Je n'ai plus aucun prétexte pour parler à la fille au livre.

Tlanc !

Quelque chose vient de tomber sur le trottoir au pied du mur, à côté de la barrière. Au même endroit, le même objet plat et rouge.

Mais cette fois, je l'ai vu ! Je l'ai vu dans les airs, et je l'ai vu retomber. Je m'approche de la chose à pas de Mohican.

C'est un livre !

Un livre affalé dans la poussière. Comment a-t-il pu arriver là tout seul ? Il faudrait être John Thomas pour sauter ce mur en rouleau ventral. Le titre est écrit en tarabiscoté. J'essaie de lire... *Anna Karénine*... C'est ma veine, je ne l'ai pas lu. Comment je vais faire pour lui rendre en lui disant... *Anna Karénine* ! Superbe ! merveilleux ! J'ai adoré !... C'est un coup à se faire interroger sur l'histoire.

On dit qu'on aime un livre pour faire plaisir, et on se retrouve avec une fiche de lecture à réciter. Personnages, époque, lieu, situation de départ, intrigue et dénouement. Un véritable interrogatoire.

La lecture, ça se termine toujours au commissariat.

Anna Karénine ? J'essaie d'imaginer. C'est russe, il doit y avoir de la neige, des princes, des traîneaux, des moujiks et des tas de noms impossibles à retenir. « Moi, je les appelle Totor, Dudule et Ginette, pour m'y retrouver. »

Bonbec a toujours des trucs à lui.

Je me décide.

— C'est à vous, mademoiselle ?

Elle se retourne comme une danseuse sur un miroir.

— Oh ! je le cherchais partout. Comment a-t-il fait pour se perdre, le coquin ?

Je souris niaisement.

— Comment vous vous appelez, mademoiselle ?

— Emma Bovary.

Son nom me dit quelque chose.

— Et vous, jeune homme ?

Jeune homme ! Je me sens plus grand de deux tailles de marinière. J'invente un nom moins connu que le sien.

— Merci encore pour ce livre.

Elle doit trouver que je n'engage pas assez vite la conversation. Mais je n'arrive pas à y croire. Elle est là ! Juste derrière la grille. Elle est venue. Je suis plus fort qu'une Motobécane, plus fort qu'une Vespa ! J'essaye de la regarder dans les yeux, mais les miens sont plombés comme ceux d'un baigneur en celluloïd qu'on berce. Ils basculent sur ses chaussures. C'est joli, les vernis.

— C'est vraiment gentil de me le rapporter.

Sa voix est comme ses socquettes. Tout en dentelle. J'ose lever les yeux. Elle a des lunettes rondes que je n'avais pas remarquées. Je lui tends la chose rouge entre les barreaux. On croirait un paquet à la poste.

— Merci !

— Mademoiselle, ça aurait été dommage de le perdre. *Anna Karénine* ! Superbe ! merveilleux ! J'ai adoré !

— Moi aussi.

Fin de la discussion de texte. On ramasse les copies. Tant mieux on va pouvoir descendre en récréation. J'aimerais qu'elle m'invite dans sa cour.

— T'es de l'autre côté de la colline, toi ?

La fille passe au « tu » comme on passe au rouge.

— Non, je suis à la station.

— Pourtant, tu leur ressembles.

J'avais oublié de te dire, Bonbec. A Fort-de-l'Eau, c'est comme dans le Proust de la crâneuse. Il y a du côté de la station, au bord de la mer, du côté du village, au centre-ville, et de l'autre côté de la colline, pour ceux qui me ressemblent. C'est le côté café au lait de Fort-de-l'Eau.

— Il fait quoi ton père ?

— Pilote à Air France sur Caravelle !

J'ai décidé de faire des réponses qui ressemblent à sa gourmette en or et à ses boucles d'oreilles.

— Et ta mère ?

— Elle s'occupe de moi. Je suis fils unique.

— Tu as de la chance, moi j'ai un grand frère d'un premier lit.

... D'un premier lit... Je n'avais jamais bien compris cette histoire d'ameublement. Un jour quelqu'un m'avait dit que mes neuf grands frères et sœurs étaient d'un premier lit. Ça m'avait fait penser au Petit Poucet, avec l'ogre qui égorge ses filles par erreur dans leur chambre. Pas de risque chez nous, on dort mélangés.

— Tu vas où, à l'école ?

— Au collège Saint-Eloi.

Je réponds comme la croix en or à son cou. Elle pend sous son corsage à col... A col comment ? Je m'aperçois que je suis incapable de décrire son chemisier : le tissu, la forme du col, des emmanchures, des poignets, le genre des boutonnières. C'est incroyable ce qu'une fille peut porter sur elle comme noms inconnus !

Ma fiche d'état civil est presque remplie. Quand je la relis, je me sens un peu endimanché, mais pour un premier rendez-vous, il faut soigner sa tenue.

— Et vous, mademoiselle, comment vous appelez-vous, déjà ?

— Anna Karénine !

J'avais cru entendre un autre titre tout à l'heure. Etonnant. La fille au livre porte des noms de livres ! Heureusement que mes parents n'ont pas eu la même idée. Sinon, le p'pa m'aurait appelé *Black Boy* et la m'am *La Peste*.

— Vous savez, aujourd'hui, je suis Emma Bovary ou Anna Karénine, mais demain je serai peut-être Jane Eyre ou la duchesse de Langeais.

Moi, je connais seulement Catherine Langeais, la speakerine de la télévision.

— Plus tard, je veux être héroïne de roman.

L'idée est bonne. Elle pourrait s'appeler Anna Bovary ou Emma Karénine.

Tu vois, Bonbec, il n'y a pas que nous pour jouer à l'avenir.

— Si je ne suis pas héroïne, je serai poétesse. Tu aimes la poésie ?

Surtout les rimes. Ça m'aide à me souvenir des récitations. Ça bouche bien les trous de mémoire. Je n'avais pas remarqué derrière elle une rangée de livres posée dans l'allée en gravier. Ils ont la même couverture rouge que celui que j'ai ramassé dans la poussière. C'est une bonne idée, une bibliothèque au soleil.

— J'écris des poèmes. Tu veux que je t'en lise ?

Emma Karénine-Bovary n'attend pas la réponse et se met à déclamer. Elle secoue la grille avec la même hargne que sur la marelle. On croirait qu'on vient de l'enfermer. Pourtant, c'est joli. Il y a des vers, avec le nombre de pieds, les rimes où il faut... *Je suis la petite fleur du mur qui se dégrade !...* Elle met bien le ton et fait des gestes. Parfois, j'ai l'impression de reconnaître certains passages qu'on a étudiés en classe.

Ça m'épate. Elle a juste mon âge et elle est déjà au programme.

— Et toi, qu'est-ce que tu aimes dans la vie ?

Après l'état civil et la poésie, la fille a choisi comme

sujet « dans la vie ». Je traduis par « passe-temps-loisirs-centres d'intérêt ». J'invente des trucs qui vont bien avec ses lunettes rondes : le théâtre, la musique, la peinture. J'évite le football, le Tour de France et la boxe.

Ça y est, Bonbec, je sais ce qui me fait du parachute, chez cette fille. Je cherche depuis tout à l'heure c'est la sueur ! L'odeur de sueur. La sueur sur le propre. Comme quand ta poule vient nous voir à la cabane après avoir sauté à la corde comme un boxeur en faisant vinaigre.

— Tu aimes qui en peinture ?

Buffet et Foujita. Les deux seuls noms de peintres vivants que je connais en dehors du p'pa. Elle trouve Buffet pas assez abstrait et Foujita trop coquin. Heureusement, elle ne connaît pas les études de nus du p'pa.

— Et Freddy Tiffou, tu connais l'œuvre de Freddy Tiffou ?

Si je connais Freddy Tiffou ! Qui, à Fort-de-l'Eau, ne connaît pas Freddy Tiffou ? C'est le peintre d'ici. Le régional de l'étape. Freddy Tiffou, le Manet algérois, le Gauguin du cap Matifou comme dit *La Dépêche d'Alger*.

Je respire. Je suis tombé sur un sujet que je connais. Heureusement qu'à Alger on s'était buté dans une de ses expositions, avec la m'am et les petites sœurs. On cherchait l'église Saint-Charles. On avait déjà raté la cathédrale en croyant que c'était une mosquée. Les jambes me rentraient dans le corps. Pas les filles. Pourquoi sont-elles plus résistantes que les garçons, pour faire les églises, les courses et les magasins ?

On était entrés voir l'exposition. Question de fraîcheur. C'était le ventilateur au plafond qui nous avait attirés. Sur les peintures de Freddy Tiffou, il y avait des paysages. On avait l'impression de prendre le frais. C'est pour ça que je préfère le figuratif il y a plus d'ombre.

— Freddy Tiffou est un ami de notre famille. Il a promis de me peindre en pied.

« En pied. » Je viens juste de comprendre ce tableau bizarre avec un pied à la place du visage. Ça me fait rire.

— Comment, tu n'aimes pas Freddy Tiffou !

Déjà notre première scène de ménage. Je me demande si les Clément ont commencé aussi jeunes que nous.

Je la rassure. J'adore Freddy Tiffou. Surtout le tableau qu'il a fait sur Aïn Taya... *La verdoyante nichée dans son écrin de verdure, sur le sable fin de la plage des Tamaris dont les eaux claires et bleutées s'ourlaient de vaguelettes argentées...*

— Bravo ! tu es un vrai poète, toi aussi !

J'avais recopié ce passage dans le journal pour une future rédaction. Je le trouve un peu « cucul la praline ». Mais puisque ça lui plaît.

— Tu m'écriras un poème ?

Ça m'apprendra à faire le malin. Un poème ! Elle ne préfère pas, plutôt, une histoire inventée, une maquette d'avion, un arc en noisetier, des agates, une Légion d'honneur, des buvards réclames, un pistolet à air comprimé,...

— Non ! Un poème rien que pour moi.

J'en ai plein. Mais je préfère les laisser cachés dans ma boîte à jouets sous les Mokarex et les Dinky Toys.

— Je veux ton poème pour demain.

Je venais pour un premier rendez-vous et je repars

avec du travail à faire. Le coup de foudre va bientôt être une matière enseignée en classe. J'ai peu de chances d'être dans les premiers.

— A demain, jeune homme.

Emma Karénine me tend les doigts à travers la grille. J'évite le baisemain. Un coup à rester la tête coincée entre les barreaux.

— Pense à mon poème... Sans faute !

Sans faute ! Dis, Bonbec, comment tu crois qu'elle a deviné que j'en fais autant ?

11

Saïda

Je rentre au restaurant de M. Clément avec la foulée légère de Michel Jazy. Je viens d'avoir mon premier rendez-vous ! Dans le miroir au-dessus du comptoir, je regarde pour voir ce qui a changé sur moi. Rien. Pourtant. Tout de même. Mon premier rendez-vous ! Ce miroir ne se rend pas compte. Il pourrait faire un effort. Tant pis. Cela restera un secret. Sauf pour Saïda.

— Toi, tu as fait le coquin.

J'essaie de prendre une mine qui dit non et fait penser oui.

— Alors, il a marché ton... couroucou, comme tu dis.

Si elle savait que j'ai juste récupéré un devoir pour demain.

— M. Clément est passé. Il va te tuer !

J'ai un coup de chaud. Je me jette sur mon cahier. Il faut que je trouve une idée d'histoire pour rester en vie. J'ai l'impression d'être Caryl Chessman dans le couloir de la mort. Plus l'idée : allez, hop ! on l'enverra à la chaise électrique. M. Clément va me faire griller comme une brochette.

— A Fort-de-l'Eau on fait les meilleures du monde ! Pas avec moi. Je suis de la carne.

Franchement, Bonbec, je me demande si ça vaut la peine de raconter, depuis que tu m'as dit que tu avais vu un film où il y a exactement notre histoire. Comment c'est le titre, déjà ?... Les 400 coups... Ça veut rien dire.

Comment faisait Schéhérazade pour trouver à chaque fois une idée ? Elle avait un truc, c'est sûr. Une formule magique. Il lui suffisait de dire « Il était une fois » et ça décollait comme un tapis volant, le génie sortait de sa lampe, et la grotte d'Ali Baba s'ouvrait. Et si j'essayais ? Au point où j'en suis, je ne crains plus rien.

J'ouvre mon cahier à une page blanche. Je la lisse de la main et j'écris... Il était une fois... J'attends. La grotte d'Ali Baba reste fermée. Je regarde Saïda. J'aimerais bien qu'elle soit ma formule magique.

Elle passe en portant un plateau de cuivre chargé de verres à filets d'or, pour le thé à la menthe. Elle s'arrête devant ma table et imite la danse du ventre avec un sourire encore plus doré que les verres et un nombril qui me fait de l'œil.

Soudain, je comprends l'histoire du génie qui sort de la lampe. J'ai le couroucou d'Aladin !

C'est donc ça, le secret.

Sésame ouvre-toi... Ça marche ! Les mots dégringolent en cascade comme plats de vermeil, et timbales d'or, dans un fracas de cristal. J'ai juste à recopier. Comme les mots brillent ! Mon cahier est le coffre du sultan. Le crayon ne va pas assez vite. Ma tête déborde. Saïda va devoir passer la serpillière sous moi.

Où est-elle ?

Saïda a disparu.

Elle est à genoux devant la porte de la cuisine. Avec le plateau de cuivre et une balayette elle ramasse un monceau de verre doré. C'était ça, le fracas de cristal.

— Misère de moi ! C'est Saïda que M. Clément va tuer.

Justement le voilà.

— C'est quoi ce barouf ?

M. Clément découvre le désastre. Il pique droit sur Saïda, en m'oubliant. Ça barde. Tout se passe en arabe, mais je comprends bien que Saïda entend des noms d'oiseaux. Et pas seulement des bengalis. Elle baisse la tête comme moi au piquet, devant la carte de l'Afrique.

Saïda ! Saïda de Tlemcen. Saïda, la plus belle de tout l'Atlas. Saïda, avec ses monts, ses collines, ses ravins, ses ravines. Saïda et ses yeux plus noirs que ceux du p'pa, son nombril émeraude, et son ventre qui sourit. Saïda, ma Schéhérazade. Saïda, punie. Il faut que je la sauve.

— C'est moi !

M. Clément me jette les mêmes yeux que quand il tire à la pétanque. Il va faire un carreau avec ma tête.

— Quoi, toi ?

— C'est moi qui ai cassé les verres, pas Saïda.

— Toi ! Je vais te...

Je pense que c'est *tuer* qu'il n'arrive pas à prononcer tant ça l'étouffe. Il lève sur ma tête la main tannée qui lui sert à vider les soiffards du samedi soir.

— Tenez, monsieur !

Je brandis mon cahier ouvert, entre M. Clément et moi, tel le bouclier de Brennus.

— Quoi ? Qu'est-ce que c'est que ça ?

— Les menus !

— Quoi, les menus ?

— Je vous ai écrit les menus que vous m'avez demandés.

— Ah, oui, les menus de la patronne.

M. Clément revient à lui. Il abandonne Saïda et quitte son regard de bouliste contrarié par le cochonnet.

— Vous pouvez lire, monsieur.

— Non ! Lis-moi, toi. Moi, j'ai pas mes lunettes.

Mon œil ! M. Clément est fâché avec la lecture. Je m'en suis aperçu, au marché de Maison-Carrée. Il se fait lire les papiers ou se met à l'écart pour les déchiffrer à voix haute. « Pour moi, les mots c'est un troupeau. »

Pourtant, quand ils sortent de sa bouche, c'est une vraie charge de cavalerie, un péplum, une superproduction.

C'est bizarre, les mots, on dirait que c'est comme l'eau des leçons de choses, ça peut être solide, liquide ou gazeux.

— Allez, lis !

Moi, je suis dans le quatrième état : trouilleux. Je lisse la page du cahier avec la main. Ça, c'est pour apprivoiser l'histoire... Doux !... Tout doux !... Pendant ce temps-là, Saïda finit de ramasser les morceaux de verre. Elle m'envoie un baiser du bout des doigts qui me parachute dans l'histoire. Je commence.

— Il était une fois... le menu du jour.

Sans lever la tête, je raconte. Je sens les regards de M. Clément et de Saïda sur mon crâne. J'écoute leur souffle, les silences. La calotte va bien finir par tomber. Je me prépare, je raidis la nuque. Rien. M. Clément ne crache pas. Je crois même entendre des sourires.

Après avoir trottiné pour m'échauffer, j'allonge la

foulée, je pousse bien derrière, je sprinte, et je coupe le fil en cassant le buste.

— Ils se marièrent, service compris, et eurent plein de petits cafés et de pousse-cafés en sus !

Je garde le nez dans le cahier. C'est souvent à la fin que ça tombe. Ça s'appelle la chute.

— Et la suite ?

Comment ça, la suite ! C'est un menu, pas un feuilleton radiophonique. Il veut quoi ? *Sur le banc* avec Jeanne Sourza et Raymond Souplex... Qu'est-ce qu'on mange ?...

— Je vais montrer ça à la patronne.

M. Clément arrache la feuille du cahier. J'ai horreur de ça. On dirait qu'on a volé le plus important.

— La suite ! Tu as compris, gamin. La suite !

Il s'en va. Saïda me regarde étrangement. Elle s'approche.

— Il y en a là-dedans.

Elle me tapote le front. Là-dedans, il y a surtout des ennuis et des devoirs à rendre. Raconter la suite des menus et inventer un poème pour la fille au livre. Vivement que l'école reprenne pour me reposer. Au moins en classe on peut oublier de faire son travail.

— Un jour tu seras un grand savant... Inch Allah !...

Elle embrasse ma main. J'ai honte. On voit bien qu'elle ne connaît pas mon livret scolaire.

— Saïda te remercie. Ça coûte cher sur la paye de casser. Saïda voudrait te faire un cadeau.

Je suis d'accord. Un couscous, une rose des sables ou n'importe quel gâteau au miel.

Ici, Bonbec, la première chose que tu apprends en arabe, c'est le nom des gâteaux et les insultes. Purée, tu peux pas imaginer. C'est souvent avec la mère. Je t'en écris une liste sur une feuille à part que tu devras brûler. Sinon, ma parole, ta mère elle te tue.

— Alors, tu dis quoi pour ton cadeau ?
— Non, Saïda... C'est pas la peine.
— Tu vas laisser ton oiseau dans sa cage ?
Mon oiseau ? C'est ça le cadeau !
— Si tu le laisses trop longtemps, il perdra ses ailes.

Je revois sur la place les bengalis enfermés dans leur volière. Je me demande s'ils savent encore voler.

Bonbec, je ne t'ai pas dit, mais le type de la baraque foraine où on gagne des oiseaux, M. Fernando, il veut que je travaille avec lui. Je te jure. Au début, j'aiderai à nettoyer les cages, mais après, je pourrai vendre les billets de tombola et même lancer les roues de la loterie. Au fait tu ne m'as pas dit qui a gagné le concours Mokarex.

— L'oiseau... euh... non, merci, Saïda. J'ai plein de travail.

Il faut que je m'occupe de la suite des menus et de ce poème *sans faute* que Emma Karénine m'a demandé.

— Tu sais, il faut que tu apprennes avec ton oiseau. Les filles, on peut pas seulement leur donner des histoires. Pour être un homme il faut donner de ça,... de ça,...

Saïda me touche de l'index le front, le short,...

— Et de ça !

Elle appuie sa main sur mon cœur.

Dans un magazine, j'avais lu un article sur « L'acupuncture, la médecine chinoise multimillénaire » avec une carte des « points de vie ». Saïda venait de m'enfoncer trois aiguilles brûlantes dans le corps.

Mais j'avais un menu et un poème à écrire.

— Comme tu veux. Saïda est là quand tu décides pour ton oiseau.

Je sais ce que tu dis encore, Bonbec. Que j'ai été bête, archi-bête et que toi,... Mais figure-toi que ma mère et mes sœurs sont rentrées plus tôt d'Alger. Une histoire d'autocar. J'aurais eu l'air malin, si j'étais monté au grenier avec Saïda.

Maryse et Martine me font bisquer avec leurs bijoux à la tirette. Je leur raconte comment la mer était bonne aujourd'hui. La meilleure depuis le début des vacances. Ma partie de boules, mes glaces, ma poule... Même pas vrai !... A table, je ne reprends pas de couscous... T'es malade ?... Il faut manger léger pour la poésie. Je dois la terminer ce soir.

La m'am raconte une étrange pendule d'Alger à plusieurs cadrans. Le p'pa explique comment il aurait pu ne pas revenir bredouille de sa partie de pêche à la pointe Pescade. Un mérou, comme ça ! Il est confiant pour demain. Cette fois, au lieu d'amorcer au sang de veau, il va expérimenter une technique d'appâts à l'encre de seiche. Il me coupe l'appétit... Non merci, pas de riz au lait...

Bonbec, je crois pas que mon père aille à la pêche. C'est un prétexte. En vérité, je pense que c'est de Gaulle qui l'a envoyé ici. Tu sais, ça ne va pas trop bien. Je ne peux pas t'en parler, mais c'est pour ça, aussi, qu'on n'a pas pu aller à Blida voir Frantz, le copain docteur du p'pa. Paraît qu'en ce moment, il est pas en « odeur de sainteté ». Je sais pas ce que ça veut dire, mais ça sent pas bon.

Dès le repas terminé, je retourne à mon poème. Je m'installe dans le grenier à une vieille table de toilette. Il y a l'électricité, mais je préfère la bougie, ça fait plus poète. A ma panoplie il ne me manque qu'un dictionnaire de rimes, mais je trouve que ça ressemble trop à une antisèche.

A la place, j'ai un bouquin sur l'Algérie : Le livre de Théo. Je l'appelle comme ça parce que « Théo » c'est tout ce qu'on peut lire de l'auteur sur la couverture arrachée. J'y ai souligné des phrases au-cas-où... *Nous sentions malgré nous la poudre d'or du sommeil nous ensabler les paupières...*

C'est vrai que j'irais bien dormir... Tiens il y a un poème entier... *Le Lion de l'Atlas*... Comme Saïda. Ça m'intéresse. Je lis.

Le fauve comédien
Car le lion rusé, pour attirer le pâtre,
Le Kabyle perdu dans ce désert de plâtre,
Contre le roc blafard frotte son mufle roux
Fauve comédien, il farde sa crinière,
Et, s'inondant à flots de la pâle poussière,
Se revêt de blancheur ainsi que d'un burnous !

Pas mal, Théo, je dois reconnaître. En mélangeant et en assaisonnant à ma manière ça devrait aller... Sel... Poivre... Je goûte ma tambouille.

Le lion comédien
Le fauve rusé, pour attirer le berger,
L'enfant perdu dans ce grand désert plâtré,
Contre la pierre blanche frotte sa gueule rousse
Lion comédien, il maquille sa crinière,
En s'inondant entier de la pâle lumière,
Il se vêt de blancheur ainsi que d'un burnous !

Pas mal. Je compte une dernière fois les pieds de mes vers. Un poète c'est comme une maman mille-pattes avant le départ de ses petits pour l'école.

Je recopie mon poème. Demain matin, je l'apprendrai par cœur. Le soir, c'est inutile, j'oublie dans la nuit. Si je récite sans bafouiller, que je mets bien le ton, et que je fais les gestes pour la crinière, Emma Karénine va avoir peur, défaillir, tomber dans les pommes. Elle s'évanouira dans mes bras derrière la grille. Je lui retirerai ses lunettes et je l'embrasserai entre les barreaux, sans la langue, mais bien caoutchouteux comme dans les dessins animés. Et on verra le panneau « The end ».

— Menteur ! C'est même pas toi qui l'as écrit !

La fille au livre n'est pas en train de m'embrasser. Pas vraiment. Elle tape du pied dans la grille, de colère, prend des livres dans sa bibliothèque au soleil et les jette par terre... Tlanc ! Tlanc !... Toujours la même couverture rouge. Comme elle, d'ailleurs. La rage lui fait des joues de Bécassine.

Je me demande à quoi elle a vu que ce poème n'était pas tout entier de moi.

J'aurais dû mettre un ou deux vers bancals. Ça fait plus vrai. Pour m'en tirer, j'essaye de lui parler du hasard, des ressemblances involontaires. Elle donne un grand coup de pied dans la grille.

— Le plagiat est la forme la plus vile du vol.

J'aime bien « vile du vol ». Je le note. Pour « plagiat », avec ce qu'il y a autour, je crois avoir compris.

— Je savais bien que tu étais un gars de derrière la colline.

Ça ne ressemble pas à un compliment.

— Je connais le livre où tu as volé ce poème.

Emprunté serait plus juste.

— Mon père me l'a offert. C'est un livre de Théophile Gautier sur l'Algérie.

Ah, c'est lui Théo ! On ne devrait recopier que les livres dont on a la première page entière.

— Mon pauvre ami, quand on ne sait pas écrire soi-même, on prend un nègre.

Moi, prendre un nègre ! comme Alexandre Dumas. Moi, un quarteron, né pile pour le centenaire de l'abolition de l'esclavage. D'ailleurs, merci au p'pa et à la m'am d'y avoir pensé en me fabriquant. Tant qu'à prendre un nègre ce ne serait pas en rédaction, mais plutôt en orthographe.

— Pour la peine, tu seras puni.

Je n'avais jamais remarqué que ça pouvait être vite réversible, les barreaux.

Me voilà de l'autre côté.

— Tu devras m'écrire une lettre.

A qui je dois l'adresser ? A Emma Karénine, ou Anna Bovary ?

— Aujourd'hui, je suis Albertine, l'héroïne de *A la recherche du temps perdu*. C'est une œuvre de...

Elle laisse un silence pour la réponse, comme dans Quitte ou double, de Zappy Max à la radio.

— ... de...

— Marcel Proust !

La fille au livre est suffoquée. Surprise. Sidérée. Elle n'a pas l'âge pour perdre son dentier, mais c'est tout comme. Rien que pour ce « léger effondrement de la mâchoire inférieure », je remercie les maquettes japonaises Myria, la RAF, le Spitfire et les crâneuses.

— Tu connais Proûoûoust !

Elle me rejoue Mme Juillet au stade Maracana.

Tu te souviens, Bonbec, tu étais allé récupérer notre Spitfire, là où je l'avais caché, derrière la bibliothèque. On avait fait une bonne affaire. Proust et le Spitfire pour le même prix. Je te laisse, la fille au livre s'est remise de sa surprise.

— Bon, puisque tu connais Marcel Proust, tu m'écriras une lettre d'amour, à moi, Albertine, la Prisonnière.

Elle tient les barreaux de la grille comme si j'étais chargé de dessiner la couverture du livre.

— Deux feuilles recto verso. Pas plus. Mais pas moins.

— Et vous ?

Ça m'a échappé. J'avais oublié que c'était une punition.

— Moi ? Eh bien... moi... Je te promets de te répondre... par retour du courrier.

« Par retour du courrier », ça fait ping-pong amoureux avec la lettre qui se prend dans le filet. Mais déjà, je pense à celle qu'elle va m'écrire. A son parfum, son écriture, l'enveloppe,...

Avant de penser à la sienne, écris la tienne !

Une lettre, c'est facile. Pas de pied, pas de rime. On raconte que tout va bien à la colo, qu'on mange bien, qu'on s'amuse bien et que les moniteurs sont gentils.

Une lettre d'amour, c'est comme une lettre en colonie, sauf que ça parle d'une fille.

— N'oublie pas que c'est à Albertine que tu écris. Je serai un peu comme ta muse !

Une muse ! Voilà ce que je cherchais. Ce qui manquait dans ma panoplie du petit poète.

Maintenant, ça va être facile.

Pas tant que ça.

Dès mon retour, je commence ma lettre. Même décor, même ambiance. Sauf que j'ai oublié un détail : mes sœurs ! Mes petites sœurs. Mes chipies préférées.

— Il è-crit à sa pou-le-heu !

— Il è-crit à sa pou-le-heu !

Elles ont beau scander dans le grenier pour me déconcentrer, moi, au moins, ma poule est poétesse. Pas comme Palme-Masque-et-Tuba les trois petits pâlotsrachots habillés en bébés-grenouilles qui tournent autour d'elles sur la plage de la Sirène. De quoi ça a l'air ces trois morveux caoutchoutés et elles ?

— Il è-crit à sa pou-le-heu !

— Il è-crit à sa pou-le-heu !

Impossible d'avoir un peu d'intimité avec sa muse. Je renonce. Ce sera demain à la sieste. A table, le p'pa est fier. Ça commence à rendre l'appât à l'encre de seiche. Le matin, je suis très déçu. Je croyais qu'on perdait l'appétit et le sommeil quand on tombait amoureux. Pas du tout. J'ai dormi comme un ours en peluche et pris un petit déjeuner à la Bonbec.

A la sieste, je suis tranquille dans la salle vide du restaurant. M. Clément me laisse un répit pour raconter la suite des menus.

— Ecrire à une fille. Ça c'est du sérieux. Applique-toi, gamin. Elles aiment ça ! La patronne, elle adorait.

Ça la rendait maboule. Et après... Je te raconte pas. Heureusement, elle a jamais su que je les faisais écrire par un copain.

Saïda passe la lavette sur le carrelage. Depuis le jour des menus, elle me serre la main... Ça va savant?... Non. Je préférais ses baisers au cancre. Il faut que je me concentre pour la lettre. Je ferme les yeux et je pense à ma muse. La fille au livre, derrière la grille... Albertine la prisonnière... J'essaie de faire venir son visage. Mais c'est flou. Pire que notre télé un jour d'Eurovision.

Saïda nettoie les tables en chantant. C'est Oum Kalsoum, « le Rossignol du Delta ». Sa chanson parle d'un jeune garçon timide, d'un oiseau et d'une cage qu'il faut ouvrir, un jour.

Tiens, je comprends l'arabe, moi, maintenant.

Pour me concentrer, je feuillette du pouce le livre de Théo. Par hasard, je tombe sur le passage des danseuses. Pas vraiment par hasard, puisque j'ai corné la page. Ce passage est un de mes préférés. Je relis... *Ces sons âpres, ce rythme haletant*... Un peu comme Saïda sur les toiles cirées... *Elles penchaient leurs corps en avant puis le rejetaient en arrière, de façon à toucher presque les dalles du pavé*... Ici, c'est du carrelage bleu et blanc dans la salle... *Les longues mèches brunes de sa chevelure éparse, agitée par des mouvements désordonnés*...

Oh là là ! Dans le short, je sens monter l'inspiration. J'ai trouvé ! Je vais raconter la fille au livre et sa danse sur la marelle, en regardant Saïda faire le ménage, et en piochant dans le livre de Théo.

Ça y est, la plume court toute seule... *Son petit corps frêle et nerveux paraissait subir plus vivement que les autres l'influence de l'incantation magique*... Je coupe, je transforme. J'ajoute « Terre », « Ciel », la cour, les socquettes. Quand l'élan faiblit, je glisse un œil sur Saïda qui frotte le comptoir en rythme... *Les longues mèches brunes de sa chevelure éparse agitée par des mouvements désordonnés semblaient les lanières d'un fouet...*

Très bien, le fouet. Ça s'emballe sous le parachute... *Le rythme inexorable pressait la danse : chevelure sifflante, bras éperdus, torse pantelant, gorge battant la campagne...*

C'est la gifle si j'écris ça. Pourquoi ? Une gorge, c'est une gorge. Qu'est-ce qu'elle va chercher ? Je vérifie sur Saïda qui astique la machine à café. C'est bien dit. Ça ressemble exactement. Purée, j'arrive en bas de la page. Il faut conclure. Dommage, j'avais de quoi faire deux copies doubles. Faudra que je m'en resserve. Je termine. *C'était horrible et charmant, j'étais épouvanté et ravi.*

La classe !

Non. Il faut toujours conclure sur le sujet. Ça lui fera plaisir. Je raye et j'écris à la place... *Au milieu de ces spasmes chorégraphiques, son délicat visage gardait toujours sa pure beauté.*

Si avec ça, je n'ai pas une bonne note. Je veux dire un baiser caoutchouteux, autant arrêter de recopier des livres.

Je mets au net en commençant par « *Chère Albertine* » et en terminant par « *P-S : P.P.L.F.* ». Pardon Pour Les Fautes.

Pas le temps de relire. Ce sera plus spontané. Elle verra que ça vient du cœur.

— Merci, Saïda !

Elle me regarde sans comprendre mais me sourit en agitant son chiffon.

— Fais attention à ton oiseau.

Je cours porter ma lettre. En chemin, je tourne dans ma tête cent trente-quatre façons de l'offrir à Albertine. Elle est là, devant moi. J'hésite sur la meilleure formule.

— ... Tenez !...

Albertine prend la lettre en la pinçant entre son pouce et son index comme pour une carte postale qui fait coin-coin !

— Elle n'est pas très grosse.

C'est vrai, pas un poil de graisse. Du sec, du ramassé, du concis. Une copie double. Petit format. Plus facile pour la cacher sous son oreiller ou l'avaler si elle est surprise par sa mère.

J'attends. Albertine n'ouvre pas ma lettre. Elle est comme moi, elle aime se faire attendre.

— Reviens dans une heure. Je te donnerai ma réponse.

Albertine me laisse planté devant la grille et retourne lire sur son banc. Je suis déçu, mais je me sauve au restaurant pour ne pas attendre en tournant autour du palmier. M. Clément m'accueille comme si Rouiba avait battu Fort-de-l'Eau 5-0.

— La patronne ne veut plus.

Pas son genre, pourtant, les confidences.

— Elle veut plus que tu racontes les menus.

J'ai rien demandé, moi.

— Elle dit que sinon, ça lui sert à rien de faire la cuisine, si les gens préfèrent les histoires. Elle veut qu'on garde ton menu pour le calendrier de l'année prochaine. Mais est-ce qu'on sera encore là ?...

Tu as remarqué, Bonbec, depuis le début de mes lettres, je ne t'ai pas parlé des événements. C'est exprès. Sinon, ma lettre pourrait être censurée et tu aurais des ennuis avec les gendarmes. Mais je t'expliquerai tout en rentrant.

J'espère bien que M. Clément sera encore à Fort-de-l'Eau, l'année prochaine. Surtout si Albertine devient ma poule. Ça ne suffira pas, les lettres. Il faudra que je revienne chaque année aux vacances pour la voir. Peut-être que j'aille à l'école à Fort-de-l'Eau. Je m'installerai. Ici, je ressemble à tout le monde. Ce sera facile. Avec Albertine on ouvrira un restaurant-librairie sur la plage de la Sirène. On vendra aussi des maquettes.

Bonbec, tu pourrais venir avec ta poule. Je te jure, c'est le plus beau pays du monde. Avec l'île de Ré, bien sûr.

M. Clément m'inquiète. Depuis qu'il m'a annoncé que sa femme ne voulait plus des menus, il reste attablé devant son anisette, l'air songeur. Quand il fixe la carafe comme ça, sans verser l'eau, c'est signe de pensées sombres.

— Les femmes ça change toujours d'avis. On se demande ce qu'il faut faire pour qu'elles soient contentes.

Saïda traverse la salle et verse de l'eau fraîche dans le verre de M. Clément, sans rien dire.

— Tu as raison, ma fille, ce n'est pas le moment de se laisser aller.

M. Clément boit son anisette cul sec et tapote la main de Saïda.

— Tu vois, c'est une fille comme toi que j'aurais dû épouser.

Elle hausse les épaules et retourne derrière le comptoir. M. Clément se dresse de sa chaise en se frottant les mains.

— Bon ! c'est pas tout ça, mais si on me demande je fais une ronda chez le yaouled.

La ronda, Bonbec, c'est un peu la belote d'ici. Ça se joue avec des cartes étranges où il y a des massues, des pièces d'or, des épées,... Je n'ai rien compris, mais j'essaierai de te récupérer un jeu.

— Et ton rendez-vous, tu vas être en retard, pour la fille ?

Saïda me montre la pendule. Ça passe vite une heure près d'elle. M. Clément a raison. C'est une comme elle qu'il me faudrait, en plus petit.

Je me sauve du restaurant. On sent que la sieste se termine.

Ça s'agite sur la place.

A l'école, Albertine m'attend déjà derrière la grille. J'essaie de deviner sur son visage ce qu'il y a dans sa réponse. Mais ce n'est pas facile de lire dans les taches de rousseur.

— Tiens !

Une enveloppe bleue. Mieux que la mienne. Je ne la tâte pas. Ça pourrait faire coin-coin. Je lui arrache presque.

— Non ! pas devant moi.

Elle a un geste de tragédienne pour arrêter ma main sur l'enveloppe. Inutile. Je ne comptais pas ouvrir sa lettre devant elle. Je veux pouvoir la découvrir seul. La déguster. Me faire attendre. Je l'emporte. Je la respire. Je cours en la tenant comme un messager. Celui à qui on coupe la tête si la nouvelle est mauvaise. Mais la nouvelle sera bonne. Je cherche le meilleur endroit pour lire ma lettre bleue. Il me faudrait mon cerisier. Tant pis. Je grimpe sur la falaise, jusqu'au pied du fort.

Je fais face à la mer. Ça souffle. Le vent jaloux manque m'arracher l'enveloppe, je la rattrape et je hurle à la mer.

— Elle m'a répondu-heu !

Mon cœur me mange toute la tête. Mes doigts sont impatients. Ne rien déchirer. J'ouvre. Je déplie la feuille. Elle n'est pas bleue. Dommage. Pas parfumée, non plus... *Chère Albertine*... Elle a commencé comme moi pour me répondre. C'est original. Une bonne idée. Faire semblant de se parler pour ne pas dire ses sentiments trop directement. Il faudra que je retienne l'idée.

Elle continue comme moi. Avec les mêmes mots. Une façon de me faire comprendre tout ce que nous partageons.

Nous partageons beaucoup. Jusqu'à l'écriture. Elle a la même. Cette façon hourloupée de faire les lettres, pour cacher ses fautes d'orthographe. Des fautes d'orthographe identiques aux miennes. C'est fou, on est de vrais jumeaux, Albertine et moi. Des gémeaux, même. J'ai oublié de lui demander son signe. Pour elle je veux bien être un gémeau d'octobre.

Je regarde la lettre d'Albertine, un détail cloche. Ce n'est pas seulement la même écriture, pas seulement les mêmes fautes : c'est la même lettre.

C'est ma lettre !

Pourtant, il y a quelque chose de plus.

Des ronds au stylo rouge entourent les fautes d'orthographe.

C'est ma lettre corrigée qu'elle me renvoie « par retour du courrier ».

Ma lettre d'amour.

Tu te rends compte, Bonbec, si ta poule te faisait ça. Tu la jetterais de la passerelle, au passage d'un train de marchandises, comme sur la couverture de Signal. *Je t'aiderais. Mais à Fort-de-l'Eau, il n'y a pas de train.*

Heureusement il y a le fort sur la falaise. Il est parfait pour pleurer sans être vu.

Je me fais des embruns.

C'est pratique la mer. La Méditerranée, surtout. Ça calme. Remet les idées en place et la colère au bon endroit. C'est décidé. Je retourne chez Albertine. Ça va « chier des bulles » comme dirait le p'pa. J'ai pris avec moi une bouteille d'anis Cristal qui sent plus l'essence que l'anisette.

J'avais entendu des gars sur la plage expliquer la fabrication et le fonctionnement du cocktail Molotov.

Je veux voir comment ça brûle une marelle-avion. Elle va tomber en flammes, l'Albertine. Je vais l'avoir ma cinquième étoile sur mon Spitfire.

Je m'embusque derrière le palmier du premier rendez-vous. J'attends. J'observe Albertine, la fille au stylo rouge. Ce n'est plus ma poule. C'est quelqu'un d'inconnu. Je vois mieux ses gestes. Sa façon méchante de shooter dans le palet pour avancer sur la marelle.

Je respire ma bouteille d'essence. Ce sera son dernier parfum. Je sors un Zippo que j'ai trouvé sur la plage. Elle a le dos tourné. Je me lève.

Un grand désossé approche sur le trottoir en sifflotant. Albertine l'entend. S'arrête. Regarde. Je me cache au coin. Et là, je la vois.

Ecoute bien, Bonbec. Tu vas pas me croire.

Dès qu'elle aperçoit le siffloteur, elle court prendre un livre rouge dans sa bibliothèque au soleil, et le jette par-dessus la grille... Tlanc !... et retourne s'asseoir sur son banc faire semblant de lire. Le grand mal désossé tombe sur le livre, le ramasse et appelle la fille. Elle fait mine de découvrir le dépendeur d'andouilles et vient à la grille. Il lui tend le livre rouge entre les barreaux.

— C'est à vous, mademoiselle ?

— Oh ! je le cherchais partout. Comment a-t-il fait pour se perdre, le coquin ?

Il sourit niaisement.

— Comment vous vous appelez, mademoiselle ?

— Emma Bovary, et vous, jeune homme ?

Je reste le bec suspendu. Sidéré. La même scène ! je viens d'assister à la même scène que celle que j'ai jouée avec Albertine, hier. Un vrai plagiat.

Tout à coup, je comprends.

Tu te rends compte, Bonbec, comment j'ai été bête. Cette fille jetait des livres sur le trottoir pour attirer les garçons. Les appâter. Comme mon père à la pêche avec son encre de seiche. C'est pas croyable, la fille appâtait aux livres ! Franchement, elles sont étranges, les filles, mais nous, on n'est pas très malins. Fais attention à toi, Bonbec.

Je retourne à la falaise, je jette mon cocktail Molotov à la mer et je rentre au restaurant. Je pense à l'encre rouge sur mes mots d'amour.

— Tu pleures ?

Je ne sais pas ce qui fait penser ça à Saïda. Ce n'est tout de même pas mes yeux rouges, ce barbouillis de larmes, ce reste de morve, ces reniflements et quelques vilains hoquets.

Je me regarde dans le grand miroir du bar. Si, ça se voit un premier rendez-vous.

— C'est la fille ? Elle n'a pas été gentille ?

Comment parler à Saïda de mes fautes d'orthographe, elle qui me prend pour un grand savant. Saïda m'essuie le visage. Elle m'embrasse les yeux.

— Saïda t'avait dit. C'est pas tout, les histoires.

Elle me serre contre son ventre. Comment je vais faire avec de si petits bras.

— Viens...

Saïda me prend par la main. On monte l'escalier qui va au grenier. Saïda chante l'histoire d'un oiseau qui ouvre sa cage.

Bonbec, tu te souviens à la guinguette au bord de la Marne, quand tu étais allé dans l'office avec Muguette. Tu avais promis de ne pas me raconter. Eh bien, moi, c'est pareil pour Saïda dans le grenier, je te promets de ne pas te raconter.

Le lendemain, M. Fernando m'annonce qu'il veut bien que je m'occupe de ses cages et des oiseaux. Je serai payé. Si le p'pa et la m'am sont d'accord, il m'emmènera pour une tournée des fêtes foraines, dans les environs de Fort-de-l'Eau.

Mais avant, Bonbec, il y a un autre secret qu'il faut que je te dise. Un secret bien plus gros que celui de Saïda.

On ne se verra plus.

12

Cité Million

Je sais, Bonbec, ce n'est pas bien.

Ce n'est pas bien de ne pas t'avoir dit plus tôt qu'on ne se verrait plus. Mais la m'am nous avait fait promettre-jurer de ne pas en parler. A personne. Cette fois, c'était à cause de l'école, des voisins, du facteur, des commerçants, du gaz, de l'électricité, des allocations familiales, du propriétaire et je ne sais trop quoi encore.

C'était surtout parce que ça pouvait nous porter malheur. La poisse, la guigne, la cerise. Ici, à Fort-de-l'Eau on dit la scoumoune. Ça revient au même. Le dire, même à toi, ce secret, ça aurait tout fait rater. Tu sais comment ma mère est superstitieuse. Pire que la tienne, presque.

Pourtant, la m'am a eu treize gamins. Un chiffre qui porte malheur normalement « sauf pour les enfants », c'est ce qu'elle dit.

Je suis plutôt content qu'elle n'ait pas arrêté avant. Même si je passe mon temps à essayer de me débarrasser d'elles, j'aime beaucoup mes petites sœurs. Il ne faut pas leur dire, Bonbec. Promis ? Ce n'est pas un secret aussi gros que celui que je te cache, mais j'y tiens.

C'est quoi, ce gros secret ?

J'hésite à te le dire. Pas parce que je ne suis pas certain, mais je ne sais pas encore si je suis triste ou content.

Alors, c'est quoi ce secret, si secret ?

On déménage.

Ça y est, c'est dit.

Oui, Bonbec, on déménage. On quitte Villemomble. Tu te rends compte, la ville où je suis né. C'est ça que je n'ai pas osé te dire avant de partir à Fort-de-l'Eau. On a enfin obtenu un logement. Et sans se faire expulser. Après si longtemps. Je sais que tu finissais par ne plus me croire quand je te disais qu'un jour... hop ! on prendrait nos cliques et nos claques. Fini Villemomble. La rue Meissonier. Le 93. Mais cette fois c'est vrai. C'est sûr. La m'am nous a montré le papier officiel. Une « attestation d'attribution » qui dit qu'on va avoir un H.L.M.

Tu te rends compte. Un H.L.M. neuf.

H.L.M. ça veut dire Habitation à Loyer Modéré. N'empêche que le loyer sera moins modéré qu'à Villemomble. Il paraît que « compte tenu de sa surface et des commodités », c'est normal. Ce qui serait normal, aussi, c'est de dire « une » H.L.M... Mais il n'y a que ceux qui n'habitent pas dedans qui disent ça.

En tout cas, « une » ou « un » on l'a.

C'est le p'pa qui a réussi ce coup-là, grâce à Air France. Tu te souviens, on avait tout essayé : la mairie, le sport, la politique, le curé, les syndicats, les copains du maquis, et même une voyante qui a sa roulotte à Chelles.

Six ans ! Des lettres et des lettres. Un plein dossier. La crise du logement qu'ils disaient tous. Pourtant, à la télévision, il en poussait partout, des grues, des chantiers. On en a même visité plusieurs. Mais à chaque fois, quelqu'un nous passait devant. « Tout ça, c'est combines, passe-droit et compagnie. »

Le p'pa voulait aller réquisitionner un logement libre, comme il avait fait pour la rue Meissonier. « C'est fini ce temps-là, Roger. Tu perdrais ta place, à la Compagnie. » Le p'pa s'était calmé. « Votre dossier est bien placé. Mais il faut comprendre, il y a des cas encore plus critiques que le vôtre. »

Plus critiques. Comme si on était tous des malades et qu'on ne donnait qu'aux mourants.

— M'am, puisque c'est son copain, pourquoi le p'pa ne demande pas à de Gaulle de nous trouver un logement ?

— On dérange pas le Général pour des trucs pareils.

Alors, on le dérange pour quoi ?

Je ne comprenais plus rien. De Gaulle, on l'attendait, il était arrivé, et on avait changé de république, paraît-il. C'était la cinquième, maintenant. Mais rien n'avait bougé pour nous.

Sauf une chose. Pour moi. La m'am ne venait plus me parler dans la tête. Elle m'avait prévenu. Je devais avoir eu dix ans sans m'en apercevoir.

Rien qu'à cause de ça, je n'aime pas la Ve République.

Heureusement, pour le logement ça avait fini par être notre tour. Même sans de Gaulle. Tous les chefs de la Compagnie devaient s'être servis. Un peu comme à la cantine quand les grands du certificat d'études prennent tout le gratiné des coquillettes. Pourtant, notre logement est un bon logement. Il sera tout près de l'usine du p'pa, à Orly.

C'est là qu'on va déménager.

Le p'pa n'aura plus à se lever encore à la nuit, ni besoin d'aller à pied à la gare des Coquetiers, de prendre le train jusqu'à la gare de l'Est et après... Après ? Je ne sais pas. Tu te rends compte, Bonbec, je viens de m'apercevoir que je ne sais même pas comment mon père fait pour aller au travail.

Il paraît que je pourrai même aller le chercher à l'usine en vélo, tellement on habitera près.

— Mais quand même pas trop à côté de l'aéroport ?

La m'am s'inquiétait pour le bruit et les chutes d'avions. Le p'pa s'était vexé.

— On dirait qu'il en tombe tous les jours.

Il avait fini par la rassurer.

— Ce sera quand même plus sûr quand le nouvel aéroport sera ouvert, dans un an, normalement. Tu te rends compte, le plus moderne d'Europe.

Pourquoi, il n'est pas encore ouvert ? Comment j'ai pu le décrire, alors, quand on est partis à Fort-de-l'Eau ? J'avais déjà remarqué que les souvenirs pouvaient changer d'époques et de décors sans se gêner.

Au moins, les cartes sont plus fidèles. Le p'pa nous a montré Orly sur une Michelin, ce n'est pas si loin de Villemomble. Bonbec, tu pourras venir en vélo ou en bus, il y a peut-être une ligne Villemomble-Orly, ou même en voiture, avec ta mère.

Alors, ça y est tu l'as, la dernière Panhard. C'est bien, ça veut dire que ça marche, l'avenir, pour ton père.

Pour nous, l'avenir ce sera Orly. Avant de partir en vacances à Fort-de-l'Eau, on est allés visiter notre futur logement. Il est dans le bas de la ville.

A Orly, il y a un *bas* et un *haut* comme pour les colis

fragiles. En haut, ce sont les pavillons, en bas, ce sont les cités. En haut, c'est chic, en bas ce sera chez nous.

En bas, il y a plusieurs cités. La nôtre, c'est la cité Million. « La cité des millionnaires ! » Je te jure, Bonbec, c'est ce qu'on dit. Des bâtiments en brique de quatre étages. Pas plus. Dommage. A côté, il y a des tours de douze étages, avec ascenseurs et balcons. J'aurais aimé. Mais c'est déjà bien.

La m'am regrette pour le balcon. Elle aurait voulu planter des fleurs. « On mettra des pots et des jardinières. – Le gardien dit que c'est interdit. C'est marqué dans le règlement. »

Le règlement, le règlement...

On verra.

Nous, on habitera dans la rue principale. Celle qui traverse la cité. La rue du Docteur-Calmette. Au n° 29. Note bien l'adresse pour m'écrire, Bonbec.

« 29, rue du Docteur-Calmette, Orly, 75, Seine. »

Quand tu viendras me voir, c'est au premier étage gauche, appartement 984. Tu te rends compte, 984 et on n'est pas le dernier. Tu tournes le bouton de la sonnette au-dessous du numéro. Ça fait un tout petit bruit, mais je t'entendrai.

Avec le logement, on aura aussi un parking. Pas « nominatif » nous a dit le gardien, mais quand même. De toute façon, pour l'instant ce n'est pas fini d'être goudronné. On patauge encore un peu dans la gadoue. Tu vois, c'est vraiment tout neuf, comme cité.

On a aussi une cave numérotée. Je suis allé la voir. Ça m'attirait. C'est étrange. Je m'y suis tout de suite senti bien. Comme sous notre passerelle. Tu sais ce que j'ai fait ? J'y ai emporté le livre jaune et je l'ai lu. Il n'est pas très long. C'est l'histoire d'un spermatozoïde et de son copain. Un peu comme toi et moi. Ça raconte leur voyage jusqu'au coup de foudre avec *l'ovule*. Une fille, si tu préfères. Tu te rends compte, même les spermatozoïdes ont un coup de foudre.

Le hic, c'est qu'il n'y a qu'une fille pour des milliards de gars. A la fin de cette histoire, je ne sais pas lequel des deux copains gagne. Des gens sont venus. J'ai dû remonter.

Il faut dire qu'il y a du mouvement. Des familles arrivent tous les jours. Ils viennent de maisons comme la nôtre, paraît-il. Je n'imaginais pas qu'il y en avait tant. A Villemomble on était les seuls. Ils parlent de taudis, de trous à rats.

Nous, ce n'était pas ça.

Elle était seulement petite, notre maison.

Cette fois, notre maison n'est pas une maison, c'est un appartement. Ça veut dire qu'il y a des voisins au-dessus, en dessous, qu'on n'aura plus de cour à nous, ni de garage, ni de cabanon, ni de cerisier. Lui va me manquer, mais on sera au premier étage. C'est un peu pareil qu'un cerisier pour voir passer les gens d'en haut.

Des gens, il y en a partout. Beaucoup de gars et de filles de notre âge. Même dans mon escalier. La m'am connaît déjà tout le monde. « Tu as vu, tu vas pouvoir te faire de nouveaux copains. » D'accord, mais il y a l'air d'y avoir plus de Picard que de Delac et côté filles elles sont soit pour mes petites sœurs, soit pour mon frère Serge. Surtout celle qui habite sur le même palier que nous. Elle a les formes de la fille à l'accordéon.

Tu vois à quoi je pense, Bonbec.

Autant te dire que ce ne sera pas facile pour les coups de foudre, ici.

Par contre, pour le foot, il y a tout ce qu'il faut en squares et terrains vagues. On peut même jouer entre deux bâtiments en dessinant les buts à la craie sur le mur. Ils écrivent beaucoup sur les murs, ici.

Quand je suis venu, ils étaient en train de refaire la Coupe du monde en Suède. Tu sais, Bonbec, celle où Just Fontaine a marqué 13 buts : un par enfant de la m'am.

Sauf que cette fois, on battait le Brésil en finale, 3-0.

Côté style de jeu, ce sont des parties de teigneux. Je te jure. Il y a une sacrée bande de tataneurs, de bourrins et de savateurs. Il va falloir affûter les crampons et mettre la semelle pour avoir sa place.

Ce n'est pas comme aux billes. Tu ne me croiras pas, mais, ici, même les grands jouent avec des billes en terre. On a l'impression qu'ils ne connaissent pas les cales, les calots et les agates. Seulement les billes loupées.

Les billes loupées, ce sont des billes en verre ratées à la fabrication. Paraît qu'il y aurait une usine pas loin. Un gars m'en a montré. C'est très beau. On dirait des agates molles qui dégoulinent. Impossible de jouer avec, mais pour les échanges, avec ça, tu dois obtenir ce que tu veux à Villemomble. Là-bas, personne n'en a jamais vu. Ici, ça ne vaut rien.

Quand on s'écrira, on se fera la liste des choses qui valent chez l'un et pas chez l'autre.

Pour le courrier, écris bien mon nom en gros, pour le facteur. Ici, les boîtes aux lettres sont toutes ensemble. C'est facile de se tromper. Surtout que sur certaines, il y a plusieurs noms.

Pour l'instant, de notre âge, je connais Saïd, RDC

gauche, Bubu, RDC droit, Pierrot, 1er droit, Pastor, 2e gauche, Sebag, 3e gauche et Mich 4e droit.

Il était temps qu'on arrive. La m'am a tout de suite mis notre nom sur la dernière boîte qui restait. Comme si on allait nous prendre le logement en récupérant notre boîte aux lettres. « On aurait l'air malin, maintenant qu'on a donné notre congé. » Elle a écrit une étiquette à la main. C'est penché, mais c'est du provisoire. Le p'pa en fera une, en duralumin, gravée comme une plaque de docteur.

Les boîtes ont des trous. Pour voir si on a du courrier c'est pratique. Quand tu m'écriras une lettre, je le saurai tout de suite. Pas besoin d'attendre que la m'am ouvre à clef. Avec une aiguille à tricoter, je peux la récupérer.

Tu ajouteras la photo de nous avec le chameau que le monsieur avait prise devant chez Nénès. C'est chic, à M. Willy de te l'avoir envoyée. Je n'y croyais pas.

Ecrire c'est bien, mais tu viendras. Je te ferai visiter. Tu verras, le logement est « vaste, lumineux, bien agencé », comme dit la m'am qui trouve toujours les mots qui agrandissent. Très vaste, même. On pourrait y mettre deux fois notre maison de la rue Meissonier. « On va se perdre là-dedans. » C'est un F 5.

En H.L.M., il n'y a pas plus grand. Ça veut dire trois vraies chambres et une salle à manger qui peut faire chambre d'appoint. Au-cas-où. Attention, même après tout ça, il reste encore d'autres pièces. Un salon immense, où on n'aura pas besoin de dormir, avec, sous la fenêtre, une vitre armée Sécurit qui laisse passer la lumière, une entrée avec possibilité de penderie, une cuisine où on pourra mettre une table, un Frigidaire et installer un chauffe-eau.

Mais le plus incroyable dans cette cuisine c'est le vide-ordures.

Oui, monsieur. Un système moderne où tu jettes tes saletés par la fenêtre comme dans le temps. Sauf qu'elles passent par un conduit et tombent dans une grande poubelle. Après, c'est le gardien qui s'en occupe.

Plus besoin de te lever en catastrophe le matin parce que tu as oublié de les sortir le soir.

Il y a aussi des W-C, pas à la turque et une salle de bains, à part, avec un vasistas qui donne dans la cuisine et un branchement pour la future machine à laver de la m'am. Une baignoire, en fer. Ce sera ma première. Pas une où on peut s'allonger comme chez mon frère Guy. C'est une baignoire-sabot. Un joli mot. On tient accroupi à l'aise pour la douche.

D'accord, ce n'est pas la baignoire en mosaïque du yacht d'Onassis, mais ça changera du jet dans le baquet.

Pour le chauffage, il n'y a pas de cheminée. Pas une seule. Mais comme plus personne ne croit encore au Père Noël... Par contre, pas de cheminée, ça veut dire pas de poêle. Plus de feu à tisonner, de cendre à récupérer pour les rosiers et de tuyaux qui fument. Pas de boulets et de briquettes à aller chercher de nuit au tas de charbon, et, donc, plus de Martiens pour me faire peur.

A la place du poêle, on a le chauffage central collectif, oui, mon gars. Toi qui me disais que ta mère tannait ton père pour qu'il en installe un dans votre pavillon, nous on l'a. Et d'origine. Avec des radiateurs en fonte dans chaque pièce. Il y a juste à tourner le bouton.

Par terre, c'est encore mieux. Fini, le parquet en point de Hongrie ou d'ailleurs, terminées, la paille de fer et l'encaustique à passer, oubliés, les aiguilles, les boutons et les pièces qui glissent entre les lames. Par terre, il y a... des dalles plastique ! La merveille des merveilles. Un coup de serpillière et hop, ça brille... Merci Gerflor...

Tu imagines le temps que je vais gagner.

Et la m'am. Je peux te dire qu'elle les a tout de suite essayées... Marchez pas où c'est mouillé...

Pour les peintures et le papier peint, ça été des discussions à n'en plus finir. Moi je m'en fiche du moment qu'il fasse noir quand on se couche. Il n'y a pas de volets aux fenêtres... On verra pour les stores... Pour les doubles rideaux, il faudra attendre un peu...

Côté bricolage, le p'pa et les frères ont prévu de tout installer avant qu'on emménage. L'électricité : « C'est nickel. » Du 220, ça nous changera. Pour les coups de jus aussi. Des prises dans toutes les pièces, installation sous baguette, tabatières porcelaine et disjoncteur général.

Le p'pa a inspecté le compteur. Pas facile à trafiquer.

Pour le reste, il n'y aura plus qu'à installer les tringles à rideaux, les étagères, les penderies, les branchements et... se mettre les pieds sous la table.

On pourra même s'aider entre voisins. Tout le monde a l'air d'emménager en même temps. Ça bricole à tous les étages. Je peux te dire qu'on n'est pas les seuls à connaître les douilles voleuses branchées sur la minuterie.

Ils ne sont pas manchots, non plus, sur le marteau et la perceuse. « C'est un peu sonore, non ? » C'est vrai qu'on entend bien les voisins. « On se sent moins seul. » Mais c'est surtout le vide-ordures et ce qui dégringole dedans qui fait du boucan. Ça surprend la première fois.

J'ai jeté ma première boîte de conserve. Des petits pois. Quand tu viendras, je te montrerai. On jettera des trucs.

Ici, on n'entend pas que des perceuses. Il sort de la musique de partout. On croirait que tout le monde a un électrophone ou une radio. Et vas-y que je t'ouvre les fenêtres, pour Richard Anthony ou Guy Béart.

Il faudra qu'on s'achète un bon pick-up, sinon, on aura l'air de quoi ? Mais tu ne vas pas me croire. Dans l'escalier, personne n'a la télévision. On sera les premiers. Ils pourront venir voir. Ce sera le plus beau meuble de la maison. Et le seul.

Car, côté meubles, « faudra tout passer au feu ». De Villemomble, il n'y a rien à récupérer, sauf la chambre à coucher des parents. La m'am veut la garder. Elle y tient. Et quand la m'am veut...

Pour le reste, ça dépendra de ce qu'on trouvera à l'Emmaüs de Neuilly-Plaisance. Moi, j'aimerais bien un cosy. Je trouve le mot joli.

Plus tard, la m'am aura une salle à manger en Formica. Ce sera le premier gros achat normalement... On verra, on n'est pas Rockefeller...

Le jour où on est venus visiter, la m'am avait préparé un pique-nique genre bord de Marne. Dans l'appartement vide, on a étendu un grand drap au milieu du salon. « On sera bien, ici. » La m'am avait tout prévu au cas où il n'y aurait pas eu de magasins ouverts dans le coin. Tu parles. Juste au bout de la rue il y a un Famiprix. Encore plus grand que le Goulet-Turpin du Raincy.

Tu trouves tout dans ce Famiprix. Et pas la peine de demander à l'épicier, comme chez Monsieur Postillon. Ici, personne ne connaîtra l'orthographe de la m'am.

Le magasin est un self-service. Tu te sers, comme ça,

comme tu veux, tout seul, en remplissant un panier. Tu peux mettre ce que tu veux dedans sans payer. Tant que tu n'es pas passé à la caisse, ça ne compte pas. Il faut que tu viennes, il y a une étagère entière de tablettes de chocolat.

J'ai déjà récupéré le début d'une collection de timbres Cémoi... Polska, Noyta CCP, Nederland, Sveridge, Belgie,... Dommage, il n'y a pas de café Mokarex, sinon je doublais ma collection. Si on ne se fait pas prendre, on peut même goûter de l'Omovaltine, du lait Nestlé, du Banania ou enfoncer son pouce dans les camemberts pour les tâter.

Ici, pour les bouteilles à déconsigner, c'est plutôt Le vin des Rochers, *Le velours de l'estomac*. Il y a même une affichette à l'entrée avec une déclaration du pape. « Le vin est en soi une chose excellente. »

Pie XII dans la cité Million !

Pour le pique-nique, dans notre F5, la m'am avait apporté du Gévéor, la marque préférée du p'pa. Dans l'appartement, sur les dalles plastique, on était allongés comme dans l'herbe, « Vous vous rendez compte les enfants ? ».

On se rendait compte.

Je me rendais surtout compte que la m'am n'était pas comme d'habitude. Elle parlait plus, menaçait moins de nous calotter et nous montrait les choses. D'habitude elle nous laissait voir.

Il faut comprendre, ça lui en faisait du changement. Elle laisse toutes ses amies à Villemomble. La famille, Guy, Roland, Josette... « T'inquiète pas, Paulette. Le soir, je rentrerai beaucoup plus tôt. »

Le p'pa avait emmené la m'am dehors, devant la porte de notre escalier. Je les regardais de la fenêtre. Il tenait la m'am par l'épaule et lui montrait le coin de la rue. C'est de là qu'il arriverait de l'usine en Traction. La m'am devait se dire qu'elle aurait le temps de se remettre du rouge.

J'ai traversé l'appartement pour aller à la fenêtre du salon et vérifier si je pourrais voir arriver le p'pa encore plus tôt, et griller mes petites sœurs pour la course au preums du soir.

C'est là que j'ai failli m'évanouir. Je suis tombé sur une école.

Juste en bas de chez moi.

Mon école.

Tu te rends compte, Bonbec, la cour de récréation arrive sous nos fenêtres. Pile. Les bâtiments sont dans les mêmes briques que notre immeuble, avec des fenêtres tout en vitres. Il y a un préau, et un gymnase avec un terrain de sport à côté. Même pas la peine de traverser toute la ville pour aller en plein air. Tu te souviens quand on arrivait à se sauver en chemin ?

L'école est toute neuve, mais quand même, ils auraient pu la construire un peu plus loin. T'imagines, de la fenêtre de sa cuisine, ma mère va pouvoir me surveiller en buvant son café. Et pas un arbre dans la cour de récréation pour se cacher. Autant aller tout de suite en pension chez les enfants de troupe.

L'avantage, c'est que, le matin, je serai en trois foulées à l'école. Il fallait que je compte le nombre de secondes que je mettrai. « T'as déjà le sirop de la rue, toi. » J'aime quand la m'am me dit ça. Je ne comprends pas, mais je sens que ça me fait du bien. « Tu t'éloignes pas trop. Ça m'étonnerait pas qu'il pleuve. Prends au moins ta pomme. » Pas envie. « Garde-la-moi, m'am. – Et alors, tu pars comme ça ? »

J'ai eu mon premier baiser d'H.L.M. Sur le palier. Pas trop la main dans les cheveux, m'am. On pourrait nous voir. Je me suis lancé dans l'escalier. J'avais déjà pris le coup, avec la rambarde métallique. Maryse et Martine n'ont pas remarqué mon départ. C'est ça l'avantage d'un F5. On perd plus facilement ses sœurs.

Heureusement, je voulais être seul. Il y avait quelque chose d'important que je devais vérifier. Les terrains de foot. Où est-ce qu'ils les ont cachés ?

La m'am n'avait pu me dire et le p'pa était vague. Il parlait d'un terrain dans le parc d'un château. C'était impossible. Serge s'en fichait. Lui resterait jouer à Villemomble. Le F.C. Orly était au moins deux divisions en dessous et il n'y avait pas de prime de match.

Mais moi ? Moi qui venais juste de signer ma première licence au Stade de l'Est Pavillonnais, en poussin. Sans prime. Maillot rouge, parements jaunes, short bleu. Qu'est-ce que j'allais devenir ? Comment être champion du monde à Orly ? Une ville sans terrain de foot. Tu vois, Bonbec, si tu avais fait ma taille, je t'aurais donné mon équipement. Ici, il ne me servira à rien.

J'ai tourné à la recherche du stade mais je n'ai trouvé qu'un bidonville, on dit comme ça, paraît-il, derrière des terrains vagues, sans poteaux de but. Au moins, je pourrai ramener Blanco, ici. Je crois qu'il y sera bien.

J'ai eu beau chercher, il n'y avait rien qui ressemblait à un vrai stade. J'allais m'en retourner quand je suis tombé sur une cité d'urgence. Plein de petites maisons, un peu comme la nôtre, les unes sur les autres, avec des jardins en fouillis, des lilas, des cabanons et des chats.

Il y avait un attroupement autour d'une DS 19 noire. Un ancien modèle avec les flammes chromées sur les ailes. Ça chauffait. Un costaud en maillot de corps, qui aurait pu être catcheur dans le civil, rouspétait comme le grand Zampano. « Moi, ils m'y mettront pas dans leurs cages à lapins. » Je n'ai pas bien vu contre qui il en avait, j'essayais de lire le compteur de la DS pour savoir à combien elle montait. « Eh toi, va voir là-bas si j'y suis. » C'est idiot ce genre de phrase, mais le chauffeur de la DS avait l'air tellement énervé, que j'y suis allé voir quand même.

Je suis retourné dans le square que j'avais traversé. Un square au milieu des bâtiments. Le square André-Guérin. C'est son nom. Avec la rue du Docteur-Calmette, ça fait un peu Cité B.C.G. ma cité.

J'y suis retourné parce que j'avais vu une chose étrange. Des garçons de notre âge jouaient à un jeu qu'on ne connaît pas chez nous : le vélo-ball. C'est du foot en bicyclette. Ça te plairait. Tu pourrais jouer goal, il y a juste à jeter son vélo pour arrêter le ballon. Mais t'as intérêt à avoir un vieux spad sans garde-boue, sinon ton biclou déguste.

La partie t'aurait intéressé, mais surtout les filles qui regardaient, sans regarder. Deux de notre âge. Elles discutaient en riant, mais pas trop fort. L'une était chez elle, accoudée à une fenêtre du rez-de-chaussée. Une, déjà formée. Drôlement même quand elle se penchait. Un peu Martine Carol, tu vois. Sa copine était assise sur la pelouse au milieu de sa robe. Plus dans le genre de ta poule. Grande, un peu en os, avec une fossette au menton à la Kirk Douglas.

Crois-moi, Bonbec, il y avait de quoi faire un double coup de foudre, si tu avais été là.

J'ai fait comme si je m'intéressais à la partie. « Excusez-moi, mesdemoiselles, je cherche le terrain de football. » C'est ce que j'avais envie de leur demander, mais je n'ai pas osé. Ça se voyait trop que c'était un prétexte. Elles m'ont regardé. Comme ça. Direct. « T'es nouveau ? T'emménages ? » Pas effrontées, mais pas bêcheuses comme les filles de chez nous. C'est difficile à expliquer. Je n'ai pas eu de parachute dans le short. Pourtant, ce n'est pas l'envie qui m'en manquait. Mais je ne savais pas pour laquelle.

Tu crois qu'on peut avoir deux poules en même temps ?

On a appelé de l'intérieur de l'appartement. Deux prénoms. « On arrive. » La fille à la fossette a rejoint sa copine en grimpant par la fenêtre. Sacrément souple et vive. C'est pratique un rez-de-chaussée. « Salut ! » Elles ont disparu toutes les deux. Je te jure, Bonbec, elles ont dit *salut*. J'essaie de me souvenir quels prénoms on a appelés tout à l'heure. Il y avait un prénom composé et un autre.

J'ai essayé de me souvenir. J'ai fait défiler la moitié du calendrier. Rien. Je me suis seulement souvenu que je cherchais les terrains de football.

J'ai demandé à un gars du vélo-ball. Le p'pa avait raison, le stade est dans le haut d'Orly. Un parc de château. Je serais bien monté, j'avais sacrément envie, mais la m'am aussi avait raison, il allait sûrement pleuvoir. Et dru. C'était gris au-dessus de la cité. Etre perdu sous un orage dans une ville inconnue, j'attendrai d'être meilleur en description pour raconter ça.

Je suis rentré au 29, rue du Docteur-Calmette. Chez moi.

A partir de là, Bonbec, je ne peux plus te dire. C'est du secret. Du secret de famille. De notre famille. Tu comprends.

Quand je suis arrivé à l'appartement, je n'ai pas sonné. C'est chez moi, maintenant. Je suis entré. C'est seulement là que j'ai senti l'odeur de neuf. La peinture, le plâtre. L'appartement était vide. Il n'y avait que la nappe blanche étendue dans le salon et les restes du pique-nique. Ma pomme sur une serviette pliée. Une pomme rouge et une part de clafoutis.

J'ai regardé autour de moi et je me suis aperçu que je me souvenais de l'endroit. La disposition des pièces. La lumière. Déjà.

Et puis j'ai entendu.

Un bruit dans la cuisine. Etouffé.

Et puis j'ai vu par la porte entrebâillée.

La m'am.

Elle pleure.

De vraies larmes. La m'am ne pleure jamais. Jamais vraiment. « Juste des poussières d'oignon » comme elle dit. Mais là, ça ressemble à du vrai. Qu'est-ce que je dois faire ? Je n'ai que mes deux mains, mes bras trop petits. C'est immense une maman qui pleure.

Il ne faut pas que je reste là. Si je ne vois pas les larmes de la m'am, elles n'existeront pas. Jamais. Je ressors de l'appartement, mon cœur bat comme un complice, je dévale l'escalier, contourne le bâtiment. J'escalade le grillage de l'école. Je m'écharpe les mains, les genoux. Me voilà dans la cour de récréation déserte.

Je regarde la façade de mon immeuble. Il ressemble à un calendrier de l'Avent. J'en avais vu un chez Bonbec. Pas chez nous. Dommage. « Vous imaginez la pagaille pour savoir qui ouvrira la porte du jour. »... Preums !...

Je repère nos trois fenêtres au premier étage. Je calme mon cœur.

— M'am !

Je l'appelle. Fort. Avec ma voix de cerisier quand je suis accroché à une branche et que je veux lui montrer un cochon pendu, un Tarzan-la-banane, ou rien.

— M'am !

Je sais qu'elle m'a entendu, mais je lui laisse le temps de sécher sa poussière d'oignon.

— Qu'est-ce que tu fais là ?

Le visage de la m'am apparaît. Souriant. Seul. Parmi les trente fenêtres du bâtiment. 30, 60, 90, 120, 150 fenêtres, même.

J'avais une chance sur 150 et c'est celui de la m'am qui apparaît.

— Tu m'as gardé ma pomme ?

— Bouge pas.

Elle réapparaît à la fenêtre du salon.

— Tiens, attrape.

Il y a un éclair rouge dans l'air. La m'am vient de me jeter ma pomme. Mais bon Dieu mais c'est bien sûr ! De là où on habitera, la m'am pourra me lancer mon goûter à 4 heures, mon porte-plume à la récréation, une orange, un casse-croûte au fromage, mon écharpe, un mot d'excuse, mes tennis, mes antisèches... je veux dire mes fiches de révision, mon matériel de dessin et... ma part de clafoutis.

Celle-là, je ne l'avais pas vue venir. Pleine face.

La m'am rigole. Je m'essuie le visage. Ce serait mieux si elle se décidait à ôter le noyau des cerises. C'est bon de la voir rire, exactement dessinée comme quand je découpais des maisons en papier dont les volets s'ouvraient toujours sur elle.

— Allez, rentre, tu vas te faire saucer.

Pas question, maintenant que j'ai vu la m'am rire, je

veux la prendre cette pluie. La sentir sur mon visage. Qu'elle nettoie tout. « On sera bien, ici. » Je croque ma pomme, l'orage et la cité tout entière.

Je suis le roi du monde.

— Hé ! toi là-bas !

Le parapluie qui fonce vers moi n'est pas d'humeur à me faire roi. Il est brandi comme une lance par une masse que je ne prends pas le temps de détailler. J'abandonne mon trognon à l'ennemi et je franchis le grillage sans soigner le style.

— On se reverra, toi.

Je ne suis pas pressé. Sa voix est pire que la pointure de ses souliers. Je me réfugie sous l'auvent du 29 pour me sécher un peu et regarder la pluie tomber.

— Je t'ai vu. T'as failli te faire choper par Joseph.

C'est le gars du RDC droit. Il est accoudé à sa fenêtre. Je l'ai vu jouer au foot tout à l'heure. Il est petit, mais il dribble pas mal.

— Joseph, c'est le dirlo de l'école. Vaut mieux pas tomber dans ses pattes.

Il commence à me raconter les séances dans son bureau. Je regrette déjà M. Brûlé, son piquet et sa carte de l'Afrique toute neuve qu'il vient de racheter, m'a dit Bonbec. Pas à cause de moi mais des huit nouveaux états indépendants. J'avais bien raison de trouer l'ancienne.

Je remonte à l'appartement.

La m'am a débarrassé la nappe. Ça agrandit l'appartement. J'entends rire dans la cuisine. La m'am a vraiment aimé mon numéro de clafoutis volant. On rit et on parle. Je m'approche de la porte entrebâillée. Je regarde. C'est la m'am. Elle discute. Elle discute toute seule, tournée vers le mur du fond. Ce n'est pas son genre de parler au mur. Ça m'inquiète. Il faut que je prévienne le p'pa. La m'am devient folle. J'écoute.

— Tenez, madame, il me reste du sucre.

La m'am joue à la marchande. Il paraît que c'est comme ça, quand on perd la tête. On retombe en enfance.

C'est trop tard, maintenant, m'am. On est trop grands avec Maryse et Martine pour jouer avec toi.

— Si vous avez besoin de quoi que ce soit, vous tapez.

Ce n'est pas la voix de la m'am. Elle fait la marchande et la cliente. C'est encore pire que je croyais.

— C'est tout de même pratique quand quelque chose manque.

Il faut absolument que je trouve le p'pa. On ne peut pas prendre ce logement. La m'am ne pourra jamais. Tant pis. On retourne à Villemomble. On expliquera au propriétaire.

— Venez donc prendre le café à la maison.

— C'est gentil, j'arrive.

La m'am se redresse. Le visage d'une dame à lunettes de myope apparaît. C'est moi qui deviens fou. On croirait une télévision incrustée dans le mur, avec une drôle de speakerine, à l'intérieur. J'ouvre la porte de la cuisine. Il faut que je comprenne. La m'am me voit.

— Je te présente notre voisine de palier. C'est pratique ce vide-ordures, non ?

C'est donc ça. La m'am parle à la voisine d'en face, par la trappe du vide-ordures.

— C'est votre garçon ?

Comme si ça ne se voyait pas.

— Bonjour, jeune homme.

Bêtement, je tends la main à la drôle de speakerine myope.

— Attention !

Un paquet d'ordures dégringole juste à ce moment-là. Moins une et j'y laissais la main. Il faudra que je prévienne Bonbec. La m'am a l'air excité.

— Tu te rends compte, c'est extraordinaire, on peut se parler par le vide-ordures, avec la voisine.

La m'am n'a plus de poussière d'oignon dans l'œil. Ça me rassure. Je me souviens quand elle parlait avec Mme Larget. Chacune d'un côté du mur, sans se voir. Je les regardais du haut de mon cerisier. J'avais l'impression qu'elles se disaient des choses importantes. Secrètes, même.

— Je reviens. Je vais boire un café chez la dame.

La m'am vient de se trouver une nouvelle copine. Ça n'a pas traîné. Mais elle se force encore à faire semblant. Je le vois.

Je suis seul dans l'appartement. L'orage doit le savoir. Ça redouble. Tonne. Des éclairs. Je cours à chacune des fenêtres pour admirer le spectacle de partout. Mon premier orage à Orly. Peut-être qu'il va engloutir l'école, la submerger, l'emporter. Comme avec le barrage de Fréjus. Mais elle a l'air solide.

— M'am ! viens voir.

Je suis entré en trombe chez la voisine. Elles ont sursauté. Je croyais avoir frappé.

— Viens voir, m'am !

— Tu vois bien que je prends le café.

Je sais que la m'am est en train de se dire que la voisine pense qu'elle a un fils mal élevé. Ça commence mal.

— Viens, je t'assure... C'est l'orage.

— Tu sais bien que j'aime pas. Ça me fait penser aux bombardements.

— Je sais. Mais, là, tu vas pas en croire tes yeux.

Je prends la m'am par la main. Elle est gênée.

— Excusez-le.

Je la ramène dans notre appartement, à la fenêtre de sa chambre. J'ouvre. La rue du Docteur-Calmette est noyée sous la pluie.

— Regarde.

La m'am a ses yeux de guinguette.

— C'est fou, ça...

Dehors, chacun a descendu ses plantes vertes pour les baigner. Des caoutchoucs, des philodendrons, des yuccas, des palmiers. Toutes les Fêtes des Mères sont alignées sur le trottoir.

La rue est devenue une véritable serre tropicale.

— Incroyable...

J'observe le visage de la m'am. Ses yeux bleus tendus. Son sourire. Le vrai. C'est à cet instant, j'en suis certain, que la m'am a eu son coup de foudre pour la cité Million.

L'orage a cessé d'un coup. Le p'pa, les frères et les sœurs sont rentrés trempés. « On a trouvé la Seine... T'as raté ! C'est pas loin du tout... C'est vrai, on pourra pique-niquer... Faudra acheter une barque... Comment on l'appellera ? »

— Où est ta mère ?

Le p'pa a ses plis soucieux.

— En face, chez la voisine. Elles boivent le café.

— Chez la voisine ?... Le café ?...

Le front du p'pa se déplisse doucement.

13

Le cœur à la craie

Je quitte l'appartement rassuré. Quelque chose me tire dehors. Je traverse la rue et j'entre dans le square. L'orage l'a nettoyé. Les deux filles ne sont plus là. Les fenêtres sont fermées. Les rideaux tirés. Sur le mur de brique du bâtiment, il y a un immense cœur à la craie dessiné. Je ne l'avais pas vu, tout à l'heure. L'orage l'a épargné.

Il y a des lettres à l'intérieur. M-F =...

De l'autre côté, ce sont les mêmes initiales que les miennes.

On dirait une histoire qui commence.

Je me demande qui est cette M-F. Une fille. Certainement, une des deux filles du square.

Sinon, Bonbec, pourquoi avoir un coup de foudre pour un cœur à la craie ?

[illegible]

[illegible]

[illegible] Quelque chose [illegible] de [illegible] la rue [illegible] dans la [illegible]

[illegible]

[illegible] qui commence [illegible]

[illegible]

Table

Daniel Picouly dans Le Livre de Poche

L'Enfant léopard n° 15074

16 octobre 1793. Dans sa cellule de la Conciergerie, Marie-Antoinette se prépare à mourir. Au-dehors, un ultime complot s'est formé. Il ne reste que douze heures pour sauver la reine. Pendant ce temps, dans ce Paris tumultueux de la Révolution, on traque un mystérieux enfant léopard. Certains pour le protéger, d'autres pour le tuer. Mais qui est cet enfant léopard si convoité ? Est-il vrai qu'il est le fils caché d'une grande dame du royaume, voire de la reine elle-même ? Difficile à croire. Et pourtant... C'est à une folle cavalcade romanesque derrière ce mystère que nous invite Daniel Picouly. Les intrigues s'entremêlent, les péripéties se bousculent comme chez Alexandre Dumas. Les deux inspecteurs noirs qui recherchent l'enfant, dans un étrange Harlem derrière le Luxembourg, sont tout droit sortis de l'univers de Chester Himes. L'occasion de se souvenir que Dumas lui-même était métis. Ce roman joyeux, aussi fantaisiste qu'érudit, et qui trace un émouvant portrait de Marie-Antoinette, mère assassinée, étrangère devenue bouc émissaire, a valu à son auteur le prix Renaudot 1999.

Paulette et Roger n° 15416

En novembre 1943, le narrateur est parachuté sur la France occupée, du côté de Vauzelles, dans le Morvan. Circonstances singulières : il a l'air d'avoir douze ou treize ans, mais, en réalité, il ne naîtra que cinq ans plus tard ! Qui n'a rêvé de savoir ce qui s'est passé avant lui, et de quelle histoire d'amour il est issu ? Ce rêve, la magie du roman permet ici à l'auteur de *L'Enfant léopard* (prix Renaudot 1999) de le réaliser. Il va assister au mariage de Paulette, veuve, neuf enfants, et de Roger, Martiniquais de Tarbes, de sept ans son cadet. Il va trembler pour ce « P'pa » lancé dans l'aventure de la Résistance. Et ce garçon en culottes courtes va nous montrer l'Occupation et la guerre comme nous ne les avons jamais vues…

La Treizième Mort du Chevalier n° 30475

En cette année 1799, le chevalier de Saint-George, mulâtre, maître d'escrime et compositeur de musique, est atteint d'un mal qu'il pressent mortel. Et voilà que Beaumarchais – auteur dramatique célèbre, mais sans doute aussi agent diplomatique discret – lui confie le prospectus d'un mystérieux théâtre, l'Extrême-Ambigu… Tel est le point de départ des multiples aventures qui attendent Saint-George, et qui feront tournoyer autour de lui des figures passées ou présentes : la reine Marie-Antoinette, qu'il n'a pu soustraire à l'échafaud, l'énigmatique chevalier d'Éon, avec qui il a un vieux compte à régler, et beaucoup d'autres encore…

Du même auteur :

Romans

LA LUMIÈRE DES FOUS, Le Rocher, 1992 ; J'ai lu.
NEC, Gallimard, Série Noire, 1993.
LES LARMES DU CHEF, Gallimard, Série Noire, 1994.
LE CHAMP DE PERSONNE, Flammarion, 1995 (Prix des lectrices de *Elle*) ; J'ai lu.
FORT DE L'EAU, Flammarion, 1997 ; J'ai lu.
L'ENFANT LÉOPARD, Grasset, 1999 (Prix Renaudot) ; Le Livre de Poche n° 15074.
PAULETTE ET ROGER, Grasset, 2001 (Prix Populiste) ; Le Livre de Poche n° 15416.
LA TREIZIÈME MORT DU CHEVALIER, Grasset, 2003 ; Le Livre de Poche n° 30475.
UN BEAU JEUDI POUR TUER KENNEDY, Grasset, 2006.

Albums

VIVEMENT NOËL, Hoëbeke, 1996.
LE 13e BUT, Hoëbeke, 1998.

Livres pour la jeunesse

CAUCHEMAR PIRATE, Castor poche, 1995.
LE LUTTEUR DE SUMO, Castor poche, 1996.
LA COUPE DU MONDE N'AURA PAS LIEU, Castor poche, 1998.
ON LIT TROP DANS CE PAYS, Rue du Monde, 2000.
LULU VROUMETTE, Magnard, 2002.
L'ARCHE DE LULU, Magnard, 2003.
LULU ET LE LOUP BLEU, Magnard, 2004.
LULU ET LE SAPIN ORPHELIN, Magnard, 2004.

Divers

TÊTE DE NÈGRE, Librio, 1998.

Bandes dessinées

TÊTE DE NÈGRE, Emmanuel Proust, 2002.
RETOUR DE FLAMMES, Casterman, 2002.

Composition réalisée par IGS-CP

Achevé d'imprimer en décembre 2006 en Espagne par
LIBERDÚPLEX
Sant Llorenç d'Hortons (08791)
N° d'éditeur : 80323
Dépôt légal 1re publication : janvier 2007
LIBRAIRIE GÉNÉRALE FRANÇAISE – 31, rue de Fleurus – 75278 Paris cedex 06

31/1567/2